经 / 典 / 小 / 说 / 坊

化身博士

[英] 罗伯特·路易斯·史蒂文森等 著
仇惠等 译

江苏凤凰文艺出版社
JIANGSU PHOENIX LITERATURE AND ART PUBLISHING, LTD

图书在版编目（CIP）

化身博士 /（英）罗伯特·路易斯·史蒂文森等著；仇惠等译 . -- 南京：江苏凤凰文艺出版社，2018.8
（经典小说坊）
ISBN 978-7-5594-2299-6

Ⅰ . ①化… Ⅱ . ①罗… ②仇… Ⅲ . ①中篇小说 – 小说集 – 世界②短篇小说 – 小说集 – 世界 Ⅳ . ① I14

中国版本图书馆 CIP 数据核字 (2018) 第 130241 号

书　　名	化身博士
著　　者	（英）罗伯特·路易斯·史蒂文森等
译　　者	仇惠等
责任编辑	王　青
出版发行	江苏凤凰文艺出版社
出版社地址	南京市中央路 165 号，邮编：210009
出版社网址	http://www.jswenyi.com
印　　刷	三河市兴国印务有限公司
开　　本	880 × 1230 毫米　1/32
印　　张	9.75
字　　数	219 千字
版　　次	2018 年 8 月第 1 版　2019 年 9 月第 2 次印刷
标准书号	ISBN 978-7-5594-2299-6
定　　价	42.00 元

CONTENTS

目录

化 身 博 士

[英]罗伯特·路易斯·斯蒂文森　著
仇惠　译

第一章　门的故事

律师厄特森先生是个面容粗犷、不苟言笑的人。他生来性情淡漠、少言寡语、不善交际、身材瘦长，一副干巴巴的样子，看上去就叫人泄气，但其实他也挺可爱的。每当朋友相聚，再加上酒又合口味，他的眼睛里便会流露出一种浓郁的温情。诚然这份情谊从不在其谈吐中表现出来，可是他那饭后无语的面部表情已能反映一二，而他的为人之道更是有力的证明。他严格律己，独酌时只喝杜松子酒，以打消喝葡萄佳酿的瘾头；他喜欢看戏，却有二十年没跨进剧院的大门了。不过，他对别人倒非常包容，有时看到某些人一味地胡作非为，他会感到惊讶，甚至有点妒忌；但是无论人家怎样十恶不赦，他都宁可提供救助，而不愿横加指责。他经常自我解嘲道："我中了该隐的谬论的毒，放手让我的兄弟上魔鬼那儿去。"本着如此性格，他就常常有幸成为那些堕落者的最后一个正派朋友，发挥最后一点良好的影响。对待这些人，只要他们上他家来，他的态度决计不会显示出丝毫变化。

毋庸置疑，厄特森先生的乐于行善正是天性使然。因为他最不喜欢表现自己，甚至他的友谊也建筑在类似的宽厚性格的基础之上。接受命运为他安排的现成的社交圈子，是一位谦谦君子的标志，而这也就是律师的交友之道。他的朋友多半是他的亲戚，或是结识多年的熟人。他的感情犹如常青藤，是时间的产物，对结交的对象也没什么特别的要求。因此，毫无疑问，他与他的远亲、有名的花花公子理查德·恩菲尔德先生之间的友情即按照这种形式建立的。许多人为此百思不得其解：这两个人互相看中了对方什么呢？他们能在哪些方面找到共同兴趣呢？据见过他俩每星期天一起散步的人说，他们一句话也不讲，沉闷得出奇，一旦遇到一个可以打招呼的人，两人都如释重负。尽管如此，这两位依旧很重视他们例行的散步，把它视作每周的珍贵活动。为了散步时不受干扰，他们不但可以将别的赏心乐事搁在一旁，甚至连业务拜访也能够弃之不顾。

有一回，他们漫步到伦敦闹市区的一条小街上。街很窄，静悄悄的，但平时这里的贸易活动可是相当活跃。街上的居民似乎家家经营有道，而且还好胜地希望更加兴旺发达。于是大家把盈余的钱全用来装潢门面，使得街道两旁的橱窗呈现出一副殷勤揽客的样子，就像两排笑容可掬的售货小姐。即使在星期天，这条街将它琳琅满目的迷人手腕暂时掩藏起来，路上较为空旷，也比周围那些邋遢的街光彩照人，仿佛森林中燃烧的一把火。刚油漆一新的百叶窗，擦得锃亮的铜招牌，一切干干净净、喜气洋洋，立刻便能吸引路人的注意，让人感到赏心悦目。

顺左手拐弯，往东走过两个门面，墙上开着一扇门，通向一座院子。此地有一栋凶宅模样的建筑，它的山墙临街突出，共两层楼，没有窗户，只在底楼有个门，门楣以上的墙面早已褪色，好像没眼睛的额头。这座房屋处处呈现着一派年久失修的颓败景象。门上既无铃，也没环，漆皮起泡，斑斑驳驳。流浪汉无精打采地拐进门洞在门板上划火柴；小孩子在台阶上做摆摊的游戏；学童们则在墙根边试刀子。差不多有一代人之久，却从未有人出来撵走这些不速之客，或者修葺损坏的地方。

恩菲尔德先生和律师走在小街的另一边。当他们来到那门口对面时，恩菲尔德先生举起手杖指了指。

“你留意过这扇门吗？”他问。他的同伴做了肯定的回答，随后他又说："这扇门在我的脑海中同一件非常离奇的事情纠缠在一起。"

"哦?"厄特森先生的声音有点异样，"怎么回事?"

"呃，是这么回事。"恩菲尔德娓娓道来，"那是一个漆黑的冬夜，凌晨三点钟左右，我刚从遥远的地方赶回来。一路上什么都看不到，只看得到街灯。我穿过一条又一条街，所有的人都已沉睡。相连的街上，灯火通明，像是有队列通过，可是又空荡荡的杳无一人，犹如教堂一般。最后，我一个人听啊听啊，竟产生了这样一种心情：开始盼望能看见一名警察。突然，我瞧见两个人影：一个身材矮小的男子正噔噔噔地快步朝东走；另一个是个八到十岁左右的小女孩，正在一条横街上奋力奔跑。不用说，这两个人当然会在转角处撞成一团啦。可这时发生了此事中极可怕的一段情节：那男人竟若无其事地从女孩身上踩了过去，听任她躺在地上尖叫。这件事听起来没什么大不了的，可亲眼目睹的话着实恐怖。那家伙简直不是人，而是个该死的印度教神[1]。我立即大喝一声，猛追上去抓住那人的衣领，把他揪回原地，此刻那里已经有一大群人围住那惨叫着的孩子。但他无动于衷，也不挣扎，只是向我投来凶恶的目光，令我像跑步似的浑身冒汗。闻声而至的是小女孩家里的人。原来这女孩是被差去请医生的，不一会儿，那医生也到了现场。据他说，孩子没有遭到太大的伤害，主要是惊骇过度。至此，你大概以为事情就算了结了吧？然而有个情况十分叫人费解。我一看到那个男子就顿生憎恶。小女孩的家人自然更是如此，可那位医生的态度却令我惊诧万分。他无非是个再普通不过的行医者，年龄、外貌都没什么特别，一口爱丁堡口音，情绪之冰冷如同一

---

① Juggernaut：【印神】世界主宰，印度教主神之一毗湿奴的化身。

管苏格兰风笛。总之，先生，他跟其余在场的人一样：每次朝那家伙瞅一眼就会虚弱得脸色煞白，恨不得宰了他。我知道他的心思，他也了解我的想法。既然不可能杀死他解恨，便退而求其次。我们告诉他：我们可以并且定要就这桩事大做文章，让他的名字从伦敦这头臭到那头。如果他本来有朋友或是信用，我们保管它丧失殆尽。我们一面对该男子连吓唬带威胁，一面尽可能地隔开妇女，因为她们个个气得像疯狂的女妖。我从未见过这么一圈仇恨的面孔，而陷入重围的人却漠然置之、阴沉轻蔑，我发现他也吓得不轻，但依旧满不在乎，真像魔鬼撒旦啊，先生。‘若是你们想小题大做的话，我当然也没办法。任何一个体面之人都希望避免出丑。’他说，‘你们开个价吧。’哼，我们逼他赔偿小女孩的家属至少一百英镑。他显然不同意，可我们摆明了跟他干上了，最后他只好认账。接下来的问题是拿到这笔钱。你猜他把我们带到哪儿？就到那扇门跟前！他掏出一把钥匙，开门进去，随即又出来，带着十镑金币，余额则开了一张库茨银行的支票，凭票即可兑现。支票上所签的名字我不便透露，虽然这是我所讲故事的一大关键，但至少我可以说这名字是众人皆知、时常见诸报端的。支票的金额确实不小，可如果签名是真的，肯定要比这笔金额值钱得多。我不客气地向那男子指出这张支票颇为可疑：现实中哪会有人清晨四点走进一扇地窖门，又带着一张由别人签字的将近一百镑的支票出来，而他却神态自若地冷笑说：‘我会一直陪你们等到银行开门，然后亲自拿支票去兑现。’于是我们一行人，包括医生、小女孩的父亲、这位肇事的男子以及我一起到我的住所度过这一宿残余的一点时间。第二天，一吃完早饭，我们便动身前往银行。我亲手将这张支票递了进去，并说我有充分的理由怀疑它是伪造的。不料结果完全相反，支票是真的！”

“啧——啧！”厄特森先生惊叹起来。

“瞧，你和我感觉一致。”恩菲尔德先生说，“的确，这是个很糟糕的故事。被我揪住的那家伙是个谁也不愿与其打交道的人，他是彻头彻尾的恶棍；签支票的人倒是财力雄厚、赫赫有名，还是你们所谓功成名就之辈中的一员。依我看，这八成是起讹诈案，一个老实人不得不为他年轻时的荒唐行为付出些代价，因此，我把那扇门里边的房子称作讹诈楼吧。不过你也知道，这远远无法将一切解释清楚。”他补充了几句后，语调渐渐转为沉吟。

可是厄特森先生突然提出了一个疑问，唤醒了他的思维，即“你知不知道签支票的人是否住在那栋房子里？”

“很有可能就住在里面，不是吗？”恩菲尔德先生答道，“然而我恰巧注意过他的住址，好像是个广场还是什么的。”

“你从来没有打听过那门里到底是何地方吗？”厄特森先生问。

“没有，先生，我做事尚知分寸，”恩菲尔德先生回应道，“虽说我也特别想弄明白，但这问东问西的太像末日审判了。提出一个问题，好比推动一块石头，你安安稳稳地坐在山顶上，那石头却滚落下去，并撞动其他石头。一转眼，你最意想不到的某一位好好先生也许会在他自家的后院里被砸中脑袋，导致全家巨变。不，先生，我给自己立下一条规矩：人家越是处境尴尬，我就越要少问。”

“真是条好规矩。”律师说。

“但是我也查看过那个地方。”恩菲尔德先生继续说，“它不像一幢住宅。没有别的门，很长一段时间内，除了我那故事中的主人公进出过一回，无人再进进出出过。二楼有三个俯临院子的窗户，一楼一个也没有。窗户总关着，可也干干净净的。还有一个烟囱，大部分时间都在冒烟，想必里面自然有人住。不过也难说，院子里的房屋挤得那么紧，简直分不清哪个是头，哪个是尾了。”

两人又默默地散了一会儿步，然后厄特森先生来了句：“恩菲尔德，你立下的那条规矩真不错。”

“是啊，我也这样认为。”恩菲尔德答道。

“即便如此，”律师接着说，“有一点我还想问一下，那个从女孩身上踩过去的人叫什么？”

“好吧。”恩菲尔德先生说，“我觉得这关系不大，此人名叫海德。”

“嗯，”厄特森先生问，“他长得什么模样呢？”

“很难描述。他的相貌有点怪怪的，叫人见了很不愉快，甚至令人憎恨。我从来没有讨厌一个人达到过如此程度，却又说不出个所以然来。他一定有什么地方长相反常，使人强烈地感觉到他是畸形的，尽管我不能具体指出是哪一点。他反正就是形状异乎寻常的人，可我实在举不出哪里不对头。真的，先生，我说不出来。我难以描述这个人。这倒不是因为记忆力不佳，相反我敢说他现在就仿佛浮现在我眼前似的。”

厄特森先生继续默默前行，他显然陷入了沉思，最后他问：“你确信他是用一把钥匙开的门吗？”

“我的好先生……”愕然失措的恩菲尔德刚要开口。

“是的，我明白。”厄特森先生说，“我明白这样问，你一定感觉奇怪。事实上，我之所以不问你另一个人的名字，在于我已经知道了。你看，理查德，你讲的故事事关重大。要是你在哪个细节上说得不够确切，最好纠正一下。”

“我看你该向我提出警告。”恩菲尔德不无恼怒地回答他，“我说的情况句句属实。那个家伙有一把钥匙，而且至今他都带在身边，一个星期前我还看见他开门来着。”

厄特森先生深深地叹了一口气，没有作声。年轻的恩菲尔德接下去说："这是又一次教训，凡事以不开口为妙。我为自己的多嘴多舌感到惭愧。让我们约定，今后别再提这事了。"

"我由衷地赞同，"律师说，"理查德，那我们就一言为定。"

第二章　寻找海德先生

那天晚上，当厄特森先生回到他的单身寓所时，心里烦透了，连吃饭也毫无食欲。按照他星期天的惯例，用过晚餐后，要坐在火炉边，书桌上放一本枯燥乏味的神学著作，直到附近教堂的钟敲过十二点，他才怀着肃穆和感恩的心情上床睡觉。然而这天夜晚，刚吃过饭，他便拿起一支蜡烛走进他的办公室，打开保险箱，从柜中最隐秘的角落里取出一份封皮上写有“杰基尔博士遗嘱”字样的文件，再坐下来，阴着一张脸研究上面的内容。此遗嘱系本人亲笔所写。厄特森先生只在如今负责保管，当初订立的时候他却拒绝提供任何帮助。该遗嘱不仅规定在拥有医学博士、民法学博士、法学博士、皇家学会会员等头衔的亨利·杰基尔博士故去后，他所有的财产将转入他的“朋友兼恩人”爱德华·海德之手；还规定在杰基尔博士“失踪或未经说明而外出超过三个月”的情况下，爱德华·海德也可立即继承亨利·杰基尔的财产，并且除向博士家人支付几笔小数目的款项外，别无任何附加条件或义务。这份遗嘱长期为律师所不屑。作为一个律师，他对这种条文感到生气；作为一个头脑清醒、尊重生活习俗而视异想天开为轻举妄动的人，他也对这类文件抱有反感。更使他气恼的是，直到今天之前，他对这个海德先生还是一无所知。现在，事情陡生变故，他知道海德先生是怎么样的人，于是他觉得特别气愤。本来，这个名字对于他而言只是一个名字，此外关于这人的情况完全不了解，这已经够糟糕的了。而如今，这名字上又添加了那么可恶的品质，从迄今蒙住他眼睛的虚无缥缈的迷雾中蓦地跳出一个恶魔的清晰形象来，那就更加糟糕了。

“我本以为这是神经错乱，”他把这份令人厌恶的文件放回到保险箱里时自言自语道，“现在我开始担心这是一件见不得人的丑事。”

说完，他吹灭蜡烛，穿上大衣，动身前往卡文迪许广场上的一座医学城堡，那儿住着他的朋友、大名鼎鼎的兰宁医生，而到他那里去看诊的病人也是摩肩接踵。厄特森心想：“如果有人知道底细，那就是兰宁了。”

表情严肃的管家认识厄特森，把他迎进去；没作什么耽搁，直接带他到餐厅。兰宁医生正坐在那里喝酒。这是一位个性和蔼、心宽体胖、衣着讲究、脸色绯红的绅士，一头过早花白的头发乱蓬蓬的。他容易激动而又保持着毅然决然的风度。看到厄特森先生，他迅速从椅子上站起身来，伸出双手表示欢迎。如此殷勤的姿态，犹如在做戏，可真是出自诚挚的感情。因为他们俩是老朋友、中学同学、大学校友。双方都是既自尊自爱，又互相钦佩，尤其难得的是彼此都十分乐于同对方相处。

闲扯了几句以后，律师就把谈话引到这个使他焦虑不安的问题上来。

“我看，兰宁，”他说，“你和我应当是亨利·杰基尔最老的朋友了吧？”

“我倒希望咱们是年少点的朋友，”兰宁先生笑言，“不过我想应当是的吧。可是老朋友又怎么样呢？我最近很少见到他。”

“真的吗？”厄特森说，“我还以为你们有不少共同兴趣。”

“曾经有过。”兰宁回应道，“但是早在十多年前，亨利·杰基尔已经变得让我感觉太荒唐、太过分了。他的头脑越来越不正常；虽然看在往日的情分上，我会继续关心他，然而我们现在和过去见面的机会都不太多，尤其是听说了他那些反科学的无稽之谈后，”医生突然涨红了脸，激愤地补充了一句：“即便刎颈之交也得分道扬镳。”

这番略带几分怒气的话倒使厄特森放下心来。“他们只是在科学问题上有分歧。”他心想。由于他自己对科学（除了有关财产转让的问题）并无兴趣，甚至认为：“这也没有什么大不了的！”他等他的朋友定了定神，接着便提出他特意来打听的那个问题。

“你有没有见过他挺宠信的一个叫海德的人呢？”他问。

“海德？”兰宁重复道，“没有，从来没有，有生以来没听说过。”

这就是律师了解到的全部情况。他将这些东西带回家，黑暗中一个人躺在床上时辗转反侧，从半夜一直折腾到黎明；以至于他的思绪一整晚都在起伏翻腾，被一连串疑问团团围住。

离厄特森先生的寓所很近的地方有座教堂，那里的钟已敲了六下，而他还在纠缠这个问题。在此之前，这件事只触及他属于理性的一面，但现在他的想象也被卷了进去，或者换言之他饱受这个问题的折磨。他躺在床上翻来覆去，在漆黑的夜里，在拉上窗帘的房间里，恩菲尔德先生讲的故事就像一卷被照亮的连环画在他脑海中浮掠过去。他看到了夜城街头的大片灯光，看到了一个走得很快的男人的身影，看到了从医生那里急忙跑回家去的一个小女孩，他们碰上了，那个化成人形的恶魔将孩子踏在地上，不顾她尖声叫喊，扬长而去。或是他看到了一间陈设富丽的屋子，他的朋友躺着做梦，在梦中微笑，忽然房门打开，床幔撩起，这睡着的人被叫醒。瞧，前面站着一个人，手上握有偌大的权力，即使在这深更半夜也能命令床上的人起来办事。一个人物、两段情节，整夜在律师的头脑中作祟；即使他有时迷迷糊糊地睡去，也总是看到那人更加鬼鬼祟祟地潜入沉睡中的人家，脚步越走越快、越走越快，快到令人晕眩的程度，接着穿过灯火通明的城市迷宫，在每一个街角上都要撞倒一个女孩子，把她独自留下苦苦叫喊。然而这个形象却没有一张厄特森一眼就能识别出来的面孔，甚至在律师的梦中也没有面孔，或者最多是张一晃即逝，看不真切的脸。因此，一种异常强烈的、几乎是失了分寸的好奇心在律师心头油然而生，使他非要亲眼见一见海德先生的真正面目。只要可以见上一面，他相信疑云便会冲淡，甚至可能完全消散，正像许多怪事一样，都经不起仔细检查。所以他也就能看出他的朋友产生奇怪的偏爱或受到束缚究竟原因何在，更可以明白遗嘱上那些叫人胆战心惊的条款到底是什么意思。至少，这张面孔，一张没心没肺、丧尽天良的人的面孔，一张稍一露面就让难得动感情的恩菲尔德先生长期感觉憎恶的面孔，是值得一看的。

从此以后，厄特森先生经常来到那条满是店铺的小街，在那扇门周围徘徊。在办公时间尚未开始的清晨，在业务繁忙、时间宝贵的白天，在月色朦胧的雾都之夜，总之，无论照在街上的是日光还是灯光，无论是清静还是热闹的时刻，都会发现律师站在他选定的位置上。

“既然他叫海德先生，”他想，“那么我就扮演西克[①]先生。”

他的耐心终于得到了回报。在一个晴朗干燥的夜晚，气温降至冰点以下，街道像舞厅的地板一样干净，没有一丝风摇撼灯光，光影组成的图案线条稳定。十点钟左右，店铺都关门了，小街上冷落得很，尽管有来自伦敦城各个角落的隐隐的喧嚣，这里还是十分幽静。一点轻微的声音就能传得很远，在马路两旁能够清楚地听

① “海德”(Hyde)在英语中与“躲藏”(hide)同音，“西克”(seek)意为“搜寻”，此处是双关语。

到从人家屋里发出的各种声响，未待行人走近也能早闻其声。厄特森先生站在他的固定位置好几分钟后，发觉有轻微而异样的脚步声正在趋近。最近他每天夜巡，已经听惯了一个行人尚在远处、人未到声先行所产生的特殊效果。那声音往往会猛然冒出来，与嘈杂纷乱的城市喧嚣区别得清清楚楚。而这回他的注意力从来没有如此断然而急剧地被吸引住；他怀着一种强烈得近乎迷信的预感认为成功在望，闪进了院子的入口。

脚步声迅速逼近，在街角拐了个弯，突然响亮起来。律师趴在墙角朝外看，很快便看清了他的对手是个什么模样。此人身材矮小，衣着素净，但他的面容，即使相隔一段距离，也使观察者产生强烈的反感。那人径直走向那扇门，为了节约时间斜穿了马路。到了门口，他从口袋里掏出一把钥匙，就跟平常回到家的人一样。

厄特森先生走出来，在那人擦过身边时，碰了碰他的肩膀，问道："是海德先生吧？"

海德先生一下子向后缩紧了身体，倒吸了一口凉气，但他的惊恐状只是一眨眼的事。他侧过头去不看律师的脸，冷冰冰地回应道："正是，你想干什么？"

"我看到你正要进门去，"律师说，"我是杰基尔博士的一个老朋友，我叫厄特森，住在冈特街，你八成听说过我。凑巧在此地碰见你，我想你会让我进去的。"

"你见不到杰基尔博士，他不在家。"海德先生一边说，一边把钥匙插进锁孔。忽然，他头也不抬地问道："你怎么知道我的名字的？"

"我有一件事想拜托你帮忙，可以吗？"厄特森先生问。

"乐意效劳。"对方回答说，"什么事情？"

"能否让我一睹尊容？"律师问。

海德先生似乎有些犹豫，接着，仿佛经过一番快速的思考后，他带着一脸挑衅的神情昂首面向对方。两个人非常专注地互相凝视了几秒钟，“现在我算是认识您了，”厄特森说，“也许会有用处的。”

“的确是。”海德先生说，“既然我们见了面，顺便我也可以告诉您我的住址。”他把索荷区的街道门牌号给了律师。

“我的天哪！”厄特森心想，“难道他也一直在惦记着那份遗嘱？”不过，他并没有流露出他的揣测，只是嘟哝了一声，表示听懂了这个地址。

“那么，你是怎么认识我的？”对方问。

“根据别人的描述。”律师答。

“谁的描述？”

“我们拥有共同的朋友。”厄特森先生说。

“共同的朋友！”海德先生反复念叨这几个字，嗓音略微有点嘶哑，“你指谁？”

“比方说，杰基尔。”律师说。

“他从来没跟你说过！”海德怒冲冲地吼叫起来，“我没想到你居然撒谎！”

“哎，这么说不太妥当吧。”厄特森说。

对方的嚎叫变成了一阵狂笑，紧接着他身手敏捷地打开门，消失在屋里。

律师被海德先生撂下后还站了一会儿，显得比较尴尬。然后他慢慢地顺着街道往回走，每走一两步就停下来摸摸额头，就像是一个心中满是疑惑、苦苦思索的人。他一路走时心里在争辩的问题可不那么容易得到解答。海德脸色苍白，身材矮小，给人一种畸形的印象，但又叫人说不出畸形的地方到底在何处。他的笑容让人不愉快，使律师觉得他胆怯却又莽撞。他说起话来喉咙嘶哑、声音低沉，像是喊破了似的。这一切都不利于他，但这些统统加在一块儿仍然不能解释为什么厄特森先生会对他产生那种前所未有的厌恶、憎恨和畏惧。

“一定还有别的原因。”困惑的绅士自言自语道，“一定还有，只是我说不出个究竟。上帝啊，这个人实在不算是个人！是不是有点像类人猿？也许只能归结于关于费尔博士的那个古老的故事？[1]或者仅仅是邪恶的灵魂之光透过它的躯壳放射出来，并且使之变了形？我看是后者，因为，哦，我那可怜的老哈利[2]·杰基尔啊，如果我曾在一张脸上看到有撒旦的签名的话，那必定是在你新朋友的脸上！”

走出小街，绕过拐角，是由几幢古色古香的房屋组成的一个街区，但是它们现在都已从昔日荣华高贵的地位上跌落下来，屋子被分套或分间出租给各式人等——刻地图者、建筑师、靠不住的律师、野鸡公司的代理人等。然而从边上数的第二幢房屋还是由主人占用着。此时虽然这幢房屋除了楣窗整个都沉浸在黑暗中，可仍然能见出它的气派尊荣。厄特森先生停下来敲门，一个衣冠楚楚的老仆人出来开门。

“普尔，杰基尔博士在家吗？”律师问。

“我看看去，厄特森先生。”普尔一边说，一边把来客让进屋。

---

① 约翰·费尔(1625—1686)，英国神学家，牛津大学基督堂神学院院长。据说他曾以开除相威胁责令一个学生翻译古罗马诗人马提雅尔的一首讽刺短诗。那个学生做了一首诗作答：

我不喜欢你，费尔博士，理由我说不出，不过我知道，知道得很清楚，我不喜欢你，费尔博士。

② 哈利是亨利的昵称。

这是一间宽敞、舒适的厅堂，顶不高，石板铺地，像乡村住宅的风格一样，烧着一炉暖烘烘的明火，家具也全是名贵的橡木制的。

“您在这儿稍坐，烤烤火，好吗？还是我给您点个亮儿到餐厅里去？”

“就这儿吧，谢谢你。”律师说罢，抽身坐近炉火，靠着那高高的围栏。现在只留下他一人待着的这个厅堂是他那位博士朋友的得意之作；厄特森也经常说，这是伦敦最惬意的一间屋子。但今晚，一股冷气几乎渗透到他的血液里，海德的面容顽固地滞留在他的脑际。他觉得恶心，简直失去了生趣，这在他是不多见的。处在这样阴郁的情绪下，他把炉火映在擦亮的橱柜上的闪光和影子在天花板上不安的跳动都看做是一种威胁。当普尔不一会儿回来告诉他杰基尔不在家时，他反而觉得轻松了，并因此感到惭愧。

“我看到海德先生走进老解剖室了，普尔，”他说，“杰基尔博士不在时，这样妥当吗？”

“没问题，厄特森先生，”仆人回答，“海德先生有把钥匙。”

“普尔，你的主人看来很信任这位年轻人啊。”律师若有所思地继续说道。

“是的，先生，确实非常信任。”普尔说，“主人命令我们都要服从他。”

“我好像从来没有在这里会到过这位海德先生吧？”厄特森先生问。

“啊，当然没有，先生。他从来不在这里吃饭。”仆人答道，“我们也极少在屋子这边看到他，他一般都从实验室那门进出。”

“好吧，普尔，晚安。”

“晚安，厄特森先生。”

于是律师怀着沉重的心情回家去。“可怜的哈利·杰基尔，”

他想，“真叫人难受，他一定日子很不好过啊！他年轻时相当放荡，尽管那是很久以前的事了；但是，上帝的法律并无诉讼时效的限制。唉，肯定是这么回事，是某一桩从前的罪过阴魂不散，是某一件掩盖着的隐私结成毒瘤。好多年过去了，记忆早已将其忘却，自尊心早已把它宽恕，但惩罚最后还是缓慢地却又无法躲避地来到。”想到这里，律师不由得吓了一跳，他开始追溯自己的过去，在记忆的每个角落搜寻，生怕某一段旧日的不义行为没准儿会像装着弹簧的玩偶从匣子里跳出来。他的过去可谓一片清白，很少有人能更加泰然地读自己一生的历史。不过一想到做过许多不好的事，他依旧羞愧得无地自容；又想到有不少事自己险些要做可总算没有做，一种诚惶诚恐的感恩心情不禁油然而生。然后，当他再一次陷入沉思时，他突然看到了一丝希望之光。“这位海德先生，如果查究一下的话，”他思忖着，“必定有他自己的秘密。瞧那脸就可想而知一定是见不得人的隐秘；相比之下，可怜的杰基尔做最坏的事也显得光明磊落。这件事不能任其继续下去。只要想到这家伙像贼一样摸向哈利的床，我就心底发凉。可怜的哈利，要面对多残酷的景象、多危险的状况啊！万一这个海德又察觉到有这么一份遗嘱存在的话，他可能会迫不及待地要继承遗产。嗯，只要杰基尔同意，我一定力挽狂澜！”他补充说，“要是杰基尔同意就好了。”此刻，遗嘱中那些奇怪的条款仿佛幻灯片一般在他的脑海中一一闪过。

第三章　杰基尔博士临阵不乱

两星期后，博士举行了一次照例很愉快的便宴招待五六位老朋友，他们各个功成名就，同时也是品酒专家。厄特森正想巧借这个好机会在其余的客人离去以后留下来。这不是别出心裁，而是被实践过许多次的事情。只要是欢迎厄特森去的地方，那自是非常热情地欢迎。当谈笑风生的客人纷纷告辞的时候，主人总爱挽留这个沉默寡言的律师；他们喜欢跟他一起坐上一会儿，不受打扰，以便在热闹欢腾的气氛散尽后回归平静，让自己的思路在此人可贵的淡然中慢慢清醒。这一规律，杰基尔博士也无例外地接受。现在他正在壁炉的对面坐着，这位五十岁的学者身材高大、匀称，脸皮光滑，也许带点诡谲的气质，可从他满脸洋溢出的对厄特森先生的真诚而热烈的好感表明他各方面才能兼备、心地善良。

“我早就盼着能和你聊聊了，杰基尔，”律师开始说，“你还记得你的那个遗嘱吗？”

一位精细的观察者或许能看出这个话题是不受欢迎的，然而博士还是泰然处之。“我可怜的厄特森，”他说，“你有我这么一个委托人真是不幸。我从来没有见过任何人像你这样为我的遗嘱苦恼，除非那个古板的老学究兰宁，每回一谈及他所谓的我的科学邪说，也像你这个样子。哦，我知道他是个好人，一个很好很好的人，你不要皱眉头，其实我特别想多跟他见见面，但他毕竟是个刻板至极的老学究，一个没知识却哗众取宠的老学究。从未有人像兰宁这样使我失望。”

“你知道我对它始终不赞成。”厄特森先生坚持谈遗嘱，丝毫不热衷于新话题。

“我的遗嘱是吗？当然啦，我知道，”博士说，口气略微有点刺耳了，“你早告诉过我好多次了。”

“好吧，我再告诉你一次。”律师继续说，“我最近听到了一些关于年轻的海德先生的传闻。”

杰基尔博士那张面目端正的大脸突然发白，一直白到嘴唇，而眼圈则泛出黑色。“我不想再听了，”他说，“我们说好不再谈这些的。”

“我听到的情况相当不妙。”厄特森说。

“这无关紧要。你不明白我的处境。”博士回答道，举止都有点失措，“我的处境很痛苦，厄特森，我的状况非常非常奇特。这类问题谈起来于事无补。”

“杰基尔，”厄特森说，“你是了解我的，我是一个值得信赖的人，你可以跟我说心里话，告诉我你的情况，毫无疑问我能帮助你摆脱困境。”

“我的好厄特森，”博士说，“你待我真好，你对我真是好到极点了。我不知道该如何谢你。我完全信赖你，要是让我选择的话，我对你的信任超过其他任何活人。甚至也超过我对自己的信任。但是，真的，事情不是你想象的那么回事，并没有糟糕到那种地步。为了让你的好心得到宽慰，我要告诉你一件事：任何时候，只要我愿意，我就能永远摆脱那个海德先生，这点我可以向你保证，并再三向你表示感谢。我只想再说一句，厄特森，想必你不会见怪；这是我的私事，我恳求你别再管它了。”

厄特森眼望着炉火，沉思了好一会儿。

“我不怀疑你是正确的。”最后他说完，起身离开。

“好吧，你既然已经谈起这事，我最后再表示一点希望，”博士继续说，“有一点我希望你能理解，我对可怜的海德的确很关心。我知道你见过他，他告诉我了；我怕他对你不客气吧，但我真心诚意地非常非常关心这个年轻人；一旦我去世，厄特森，我希望你答应我要容忍他，把他应得的东西都给他。我相信要是你知道个中缘由，肯定会这样做的；而你答应了我，也就叫我心中的一块大石头落了地。”

“我不能假装说喜欢这个人。”律师说。

“我不要求你喜欢他。”杰基尔辩解道，又把一只手按在厄特森的胳膊上，“我只问法律上的正义，我求你当我去世后，看在我的面子上尽量帮助他。”

厄特森忍不住长叹了一声，说：“好吧，我答应你。”

第四章　卡鲁凶杀案

将近一年后，在一八××年的十月，一桩残忍至极的罪行震惊了伦敦城，且案件因为被害者地位极高而更轰动一时。案情细节不明但骇人听闻。一个女仆，独自住在离河岸不远的一幢房子里，夜里近十一点时上楼去睡觉。虽然那天深夜浓雾笼罩着整个城市，上半夜却是晴空如洗。那女仆的房间俯临一个巷子，满月的清辉照得通明透亮。她似乎有点浪漫的情调，因为她在窗前的木箱上坐着若有所思。她从来没有比这一刻感觉更与世上一切人、一切思想如此和谐。正当她这么坐着，她发现有个上了岁数、仪表堂堂的白发绅士沿着小巷走近来，而迎着他走的则是一个个头矮小的人，她起初没注意这第二个人。当他们走到可以互相说话的距离时，年长的那一位点点头，彬彬有礼地上去和另一位攀谈起来。大概他说的也不是什么重要的事儿，从他的手势看，似乎只是在问路而已。他说话的同时，月光倾洒在他的脸上，女仆饶有兴致地瞅着，觉得他有一种天真而质朴的善良，而且眉宇之间还有一种高贵的气度，似乎他本就应该如此怡然自得。紧接着她的眼光转到另一个人身上，她惊讶地发现那竟是海德，此人曾经到她主人家拜访过，当时她对这客人感到憎恶。此刻这人手中正把玩着一根很沉的手杖，一言不发，好像是用一种不怀好意的耐心在听着。突然间，他勃然大怒，跺着脚，挥舞起手杖来，跟个疯子似的。老绅士退后一步，神色十分惊诧又气愤。这时，海德已经无法按捺住自己的性子，他不顾一切，挥起手杖把老绅士一棍打翻在地；然后他像个猿人一样，粗暴地不停地朝倒在他脚下的老绅士身上猛踩，拼命地用手杖暴雨般的狠揍。老绅士的身体被摔在路面上，连骨头折断的声音都听得见。这景象、这声音是如此恐怖，那女仆当即吓得昏倒在地。

等她苏醒过来，已是凌晨两点，她连忙去报警。凶手早已逃之夭夭；但被害者还躺在巷子里，血肉模糊、惨不忍睹。作为凶器的手杖虽然是用稀有的质地坚硬的木料制的，可是也经不起如此心狠手辣的重击而断成两截，一半滚落在附近的沟里，另一半肯定已被凶手携走。从被害者身子下面发现了一个钱包和一只金表，但没有名片或任何纸张，只有一封封好的信，大概是他带往邮局去寄的，信封上写着厄特森先生的地址和姓名。

这封信在第二天一大早就被送到律师那儿，那时他还没起床。他看了这信，听来人介绍了情况，立即严肃地紧闭起嘴唇。“在看到尸体以前我不想发表意见，”他说，“这可能是件非常严重的事。请稍等片刻，让我穿上衣服。”他脸色阴沉地匆忙吃了早点，就坐马车赶到警察局去辨认早已运到那里的尸体。他一进入那小房间便点点头。

“是的，”他说，“我认识他。我很遗憾，这是丹佛斯·卡鲁爵士。”

“我的上帝！先生，”警官惊叫起来，“这可能吗？”但随后职业上的雄心立刻使他眼睛发亮了。“这可要引发满城风波了！”他说，“你大概能帮我们找到凶手吧？”他简单地把那女仆看到的情况介绍了一下，又把半截手杖递给律师看。

厄特森听闻海德的名字已经吃了一惊，等手杖被放到他面前时，他更没什么好怀疑的了。虽然已经折断破裂，但他认出这是自己多年前赠送给亨利·杰基尔的一根手杖。

“那位海德先生是个矮个儿吗？”他问。

“特别矮小，长得也特别凶恶，这是那女仆说的。”警官回答道。

厄特森思考了一会儿，然后抬起头说：“如果你搭我的车跟我走，我想我能把你带到他家里去。”

时间是大约上午九点，那天正遇上这季节的第一场雾。一片巧克力色的帷幕从天而降，风不断地冲击和吹散着这厚重的雾气。所以当马车从一条街拐向另一条街时，厄特森看到了无数种浓淡不一、色彩各异的微妙景象；有的地方黑得像深夜最暗的时候，有的地方却是色彩浓艳的红棕色，就像一场奇异的大火照亮了烟雾；有的地方雾气暂时被驱散，一抹憔悴的日光穿过旋转的雾圈落到地面。在这千变万化的光线下，索荷区那破旧的房子、泥泞的路面、衣衫褴褛的行人，以及几乎从来没有熄过也从来没有好好点亮以击退黑暗卷土重来的街灯，在律师的眼中，仿佛构成了一个梦魇中的城市。此外，他的思绪也染上了最阴暗的色调，每当他的眼光落到与他同车的警官身上时，他也感到一丝那种连最问心无愧的人也会对法律和执法官员产生的畏惧之心。

马车驶到预定地点时，雾渐渐散去了些，露出一条肮脏的街道、一家装潢俗气的酒店、一个低档的法国餐馆、一家零售一分钱杂货与二分钱凉拌菜的小店。一伙衣衫破烂的孩子拥挤在门口，许多不同国籍的女人手里拿着钥匙走出来，准备去喝一杯晨酒。仅一会儿雾幕又落了下来，变成了赭石一般的深褐色，把他同周围不三不四的环境分隔开来。旁边就是亨利·杰基尔的宠儿——一个二十五万英镑资产的继承人的家。

一个面如象牙、发如银丝的老妇人开了门。她相貌恶毒，不过因着虚伪的笑容也还算和气，举止落落大方。是的，她说这就是海德先生的寓所，但是现在他不在家。他昨天夜里很晚才回来，不到一小时又走了。这没什么可奇怪的，他的生活毫无规律，经常不见人影。譬如说昨晚之前，他已经有两个月没回来过了。

“很好，我们想看看他的房间，”律师说，但那女人先是声明这不可能。于是厄特森补充道：“我最好告诉你这个人是谁，这是苏格兰场[①]的纽可曼警长。”

老妇人的脸上立马露出狰狞的笑容。“啊，他出事了！他干了什么？”

厄特森和警长交换了一下眼色。“这个人看来很不得人心。”律师说，“那么，我的好太太，让我和这位先生去看一下吧。”

整座房子就住着这老妇人一个人，海德只用了其中两个房间，但那两个房间的陈设不仅富丽，而且趣味高雅。有一个柜子里放满了酒，盘子是银制的，餐巾很素净，一幅名画挂在墙上，这必定是亨利·杰基尔送的礼物，杰基尔可是个美术品鉴赏家。地毯很厚实，颜色很柔和，但这房间好像刚刚被人扫荡过似的，衣服散落在地板上，口袋全翻了出来，带锁的抽屉拉开着，炉架上有一堆灰，说明才烧掉不少纸。警官从这堆灰烬中捡出一本绿色的还没被烧光的支票簿存根，在门背后找到了那手杖的另半截。警官因为他的推测得到了证实而惊喜欢呼。到银行去一看，发现这个海德有几千英镑的存款，这一点更使他肯定自己的判断。

“你可以放心，先生，”他对厄特森说，“他已经在我手心里了。看来他是昏了头，要不然不会傻到把那半截手杖落在家里，更不会烧掉那支票簿。本来嘛，谁都嗜钱如命。我们只需要在银行等他，同时发出通缉告示就行了。”

然而这后一个措施落实起来并不那么容易，因为与海德熟识的人寥寥可数，就连那女仆也只见过他两回。无处找寻他的家人，

---

① 苏格兰场：伦敦警局。

他也从来没有拍过照片；至于那几个能描述他相貌的人，说法也大相径庭，可是一般人观察别人都是如此。仅有一点，他们一致认同，那就是，逃犯给见过他的人都留下一种无法说清而又始终叫人难以忘怀的畸形感。

第五章 信件风波

下午的晚些时候，厄特森先生来到杰基尔博士家。普尔立刻引他进去，带他经过厨房和原先是个花园的院子，走进那幢既称作实验室，又称作解剖室的房子。当初，博士是从一个著名外科医生的继承人手中把这房子买下来的。他自己的兴趣主要在化学上，而不是解剖学上，于是就改变了花园尽头一排房屋的用途。律师还是头一遭来到他朋友寓所的这一部分。他好奇地端详着这座幽暗无窗的房子，在穿过实习讲堂时，他带着一种别扭的奇异之感环顾四周。那里一度挤满了求知若渴的学生，现在却冷冷清清的。桌上堆满化学仪器，地板上杂放着柳条箱和打包用的麦秆，透过雾蒙蒙的圆顶落下来的日光昏暗朦胧。在尽头有一段楼梯通向一扇包着红色粗呢的门；穿过此门，厄特森先生最后被引进博士的密室。那是个大房间，周围都是玻璃罩面的橱柜；除了其他陈设外，还有一面穿衣镜和一张办公桌，三块蒙满灰尘的带铁栏的窗子向着房子之间的空地开着。炉膛里生着火，壁炉架的搁板上点着一盏灯，因为甚至在屋里雾也趋浓。在那里，紧靠着火边，坐着一脸病容的杰基尔博士。他难以站起身来迎接客人，只伸出一只冰凉的手，以言语表示欢迎，但他的嗓音却变了。

“今天，”等普尔一走出房门，厄特森就问，“你听到新闻了吗？”

博士震颤了一下，说：“他们在广场上大声嚷嚷，我在餐厅里听到了。”

“我就问你一句话，”律师说，“卡鲁爵士是我的委托人，你也是。我想知道我该怎么办。你不会愚蠢到把那家伙藏起来吧？”

“厄特森，我向上帝起誓，”博士叫了起来，“我向上帝起誓，我再也不愿意见到他，我以我的名誉向你保证，我在这世界上已跟他一刀两断。一切全结束了。实际上他也不需要我帮助。我了解他，你不了解。他现在很安全，非常安全，你留心听我的话：他永远不会再露面了。”

律师心情阴郁地听着他说，他不喜欢他的朋友这副狂热的姿态。“你似乎对他很放心，”他说，“为你的安全着想，我希望情况的确如此，要是弄到法院去，你的名字会被提出来。”

“我对他确实放心，”杰基尔回答道，“我有理由这么肯定，尽管我不能把它们和别人分享，但有一件事你可以给我点建议，我——我收到一封信，我不清楚是否应当将其交给警方。我把它给你，厄特森，我相信你能作出明智的判断。我最信任的人就是你。”

“我想你是怕这信会牵扯出他的藏身地对吗？”律师问。

“不，”博士说，“这个海德结局如何我不再关心，我跟他从此断绝来往了。我只是不想让这件糟糕的事情败坏我的名声。”

厄特森缄默良久，他惊异于朋友的自私，但同时也松了一口气。“好吧，”他最后说，“让我看看这信吧。”

这封信是用一种奇怪的直立体书写的，签名是爱德华·海德，内容很简短，是说写信人长期以来辜负了他的恩人杰基尔博士的千种德泽，希望他不必为写信人的安全担忧，因为写信人已找到万无一失的逃脱方法。律师见到这信当然十分欢喜，因为它呈现出了一种比他设想的要好得多的亲密关系，他责怪自己以前过于猜疑了。

“信封呢？”他问。

“我烧了，”杰基尔答道，“在我还没意识到自己在做什么前就烧了。不过上面没贴邮票，信是他差人直接送来的。”

“要我把信带走，妥善藏起来吗？”厄特森问。

“我希望你全权代我作出判断，”博士回答，“我已对我自己失去信心了。”

“好吧，我考虑一下。”律师说，“我还要问你一句话：是海德要你在遗嘱里写了那一段关于失踪的条款吗？”

博士似乎一阵眩晕发作，他嘴巴紧闭，点了点头。

“我晓得了，”厄特森说，“他想谋杀你。你算是死里逃生了。”

“我得到的东西远远不止于此，”博士庄重地说，“我得到一个教训，哦，上帝，厄特森，我得到了多大一个教训啊！”说罢，他用手把脸捂住了一会儿。

在出去的路上，律师停下脚步和普尔说了几句话。“顺便问一下，”他说，“今天有人送来一封信，那送信的人长什么模样？”可是普尔肯定地回复说，今天除了邮差以外没人来送过信，而且邮差送来的也只是通告之类。他补充说道。

这个讯息使律师离开时又陷入重重疑虑中。很明显信是从实验室的门递进来的，很可能就是在博士的密室里写的，要果真如此的话，事情就要作不同的判断了，得更加谨慎才好。他一路上听到报童在人行道上声嘶力竭地喊着：“号外！惊人消息！议员被杀！”这就是他的一个朋友兼委托人的祭文，同时他又不能不替另一个朋友兼委托人感到担忧，怕他的好名声被卷进这人命案的漩涡里去。至少，这是一个他不得不作出决断的棘手的问题；他习惯了依靠自己，可此时却也盼望能有人指点。直接找人商量不太妥当，但是他想可以旁敲侧击地听点意见。

不久，他就在自己的火炉旁，与他的首席办事员盖斯特先生面对面坐着。一瓶储藏在地窖里多年的陈年佳酿摆在他们中间，离炉火正好不近不远。浓雾依然盖在这个被它淹没的城市上空，路灯闪烁，发出红宝石的光芒。虽然厚积在地面的云压住了声音，城市日常生活的声浪仍通过大动脉滚滚涌入，音响宛如呼啸的劲风。而在这火光融融的房间里，气氛却是愉快的。酒瓶中的酸味早已分解；浓艳的色彩已在漫长的时间里变成了柔和的色调。透过滑落着雾水的窗户，可以看见外面越来越重的天色。秋天午后的日光已经在山坡的葡萄园里做好了准备，打算一泻而下，驱散笼罩着伦敦的浓雾。律师的身心刹那间觉得轻松了许多。他对任何人都没有像对盖斯特先生那样透露过那么多的秘密，有时连他自己也不清楚是否在此人面前讲了他本不愿讲的事。盖斯特经常处理与博士有关的业务，常到杰基尔家去，并也认识普尔，他不太可能没听说过海德先生，他或许有自己的一些看法，那么，给他看看一封有助于解开谜底的信不是也挺好吗？尤其是盖斯特专门研究过书法，是个鉴定笔迹的行家，应该会觉得给他看信是件合乎情理的事吧？另外，这位办事员是个很有见地的人，他读了这样奇怪的一封信件，绝不会不提任何看法的；而厄特森可以借助于这些见解来拟定自己以后的方针。

“丹佛斯爵士的事真叫人难过。”他说。

“不错，先生，真的，这件事引起了公众极大的愤慨。”盖斯特说，“那凶犯肯定是个疯子。”

“我倒想听听你对此事的看法。”厄特森说，“我这里有一份他亲笔写的东西，只有你知我知，而我还不确定该如何处理；说得再好听些也是件丑事。你来看，这就是一个杀人凶手的亲笔信。”

盖斯特眼睛发亮了。他立即坐下，专注地研究起来。“不，先生，”他说，“毫无疯狂的迹象，只是笔法奇异。”

“从大家的说法来看，写这信的人确实是个怪人。”律师补充说。

正在这时，仆人走进来，送上一张便条。

“是杰基尔博士写来的条子吗，先生？”办事员问，“我想我认识这笔迹，有什么不便让人知道的事吗，厄特森先生？”

“只是请我去吃饭罢了。怎么啦？你想看看？”

“就看一眼。谢谢你，先生。”那办事员把两张纸并排放在前面，仔细比较。“谢谢你，先生。”他最后说，把两张纸都还给厄特森，“的确是一封非常有趣的亲笔信。”

有一点冷场，因为厄特森在做心理斗争。“你为什么要比较两封信呢，盖斯特？”他突然询问。

“嗯，先生，”办事员回答说，“这两者之间有一种古怪的相似之处，两种笔迹在许多地方是相同的，只是倾斜的方向有异。”

“真蹊跷。”

“不错，正如您所言，太蹊跷了。”盖斯特回答道。

“我不会跟别人讲这件事，你懂的。”

“是的，先生，我能理解。”

当房间里只剩下厄特森一人时，他马上打开保险箱，把那封信锁在里面，从此一直放在那里。“天哪！”他心想，“亨利·杰基尔竟为杀人凶手伪造信件！”想到这里，他血管的血冰凉冰凉的。

第六章　兰宁医生的离奇之死

时间一天天过去了，因为丹佛斯先生的死对社会造成了负面影响，悬赏的金额也高达几千英镑，但是海德先生却从警方的视野中完全消失，就像他这个人从来没有出现过一样。他过去的很多丑事被翻了出来，真的，都是让人身败名裂的事情：传闻说他很残忍无情，过着卑贱低下的生活，与他交往的都是些怪人，并且他从头到尾似乎只能引起别人的憎恨，但是关于他目前的行踪却杳无音讯。自从他在案发那天早上离开索荷区的房子之后，这个人似乎就被抹掉了。随着时间的流逝，厄特森先生开始从惊恐之中渐渐恢复过来，情绪也趋于平静。在他看来，尽管丹佛斯先生已经死去，但换来海德的消失，倒也不失为一桩幸事。既然不良影响已经排除，杰基尔博士就可以开始新的生活了。他结束了自己的隐居状态，重新恢复与朋友们的联系，再一次成为他们熟悉的座上客或东道主。过去他因做慈善事业出名，现在他在宗教方面也依然表现突出。他非常忙，花很多时间在外面奔波，为别人做好事。他的性情开朗明快，仿佛内心有种为他人服务的意识。有两个月，博士都处于平静的状态中。

一月八日，厄特森和一小群人在博士家吃饭，兰宁也在。杰基尔博士看看厄特森又看看兰宁，跟当年他们三个人是形影不离的朋友时那样。可是十二日，接下来十四日，律师吃了两次闭门羹。“博士把自己关在屋里，”普尔说，“不想见任何人。”十五日，厄特森又尝试了一次，依然被拒之门外。最近两个月以来，他已经习惯几乎每天都能看见他的朋友，所以博士重新过起隐居的生活令他不知所措。第五天晚上，他留盖斯特和他一起吃晚饭，第六天晚上，他去找兰宁。

至少在兰宁这里他不会吃闭门羹，但是当他进门后，他就被医生外表发生的变化吓了一跳。兰宁的脸色明显地透露出他离死亡之日不远了。一向红润的脸庞变得苍白，人消瘦了，头发也明显秃了，整个人看上去苍老很多。比起这些生理上迅速衰颓的迹象，律师更注意到连医生的眼神和言行举止，都似乎表明他心里有一种根深蒂固的恐怖。他不可能是怕死，而这引起了厄特森的猜测。"是的，"他想，"他是个医生，他一定知道自己的身体状况，知道自己剩下的日子已经不多了，这比任何事都要让他难以忍受。"当厄特森说到他脸色不太好的时候，他竟然用一种很肯定的语气宣称自己已经必死无疑了。

"我受到了惊吓，"他说，"再也不可能恢复了，死不过是几个星期之内的事情。的确，生活是令人愉快的，我热爱它，是啊，先生，我一直热爱着它。有时我想，如果我们能知道一切事情的来龙去脉的话，我们也许会更乐观地离开人世。"

"杰基尔也病了，"厄特森说道，"你最近见过他吗？"

兰宁顿时脸色大变，他举起一只颤巍巍的手。"我再也不想见到杰基尔博士，也不想听到有人说起他！"他嗓门很大，但声音却在发抖，"我和那个人已经绝交，我请求你不要再提起一个我认为已经死去的人。"

"唉——唉，"厄特森先生叹着气，停顿了一会儿，他询问道，"我总可以做些什么吧？我们三个毕竟是老朋友。兰宁，我们在余生也不会跟别人交这么好的朋友了。"

"这也没办法，"兰宁回答道，"你去问他好了。"

"他不肯见我的。"厄特森说。

“我对此一点也不感到奇怪，”兰宁答道，“有一天，厄特森，在我死后，你也许会知道其中的是是非非。我不能告诉你，现在如果你坐下来跟我聊聊别的事情，看在上帝的分上，留下来吧；但是如果你坚持要说这个令人讨厌的话题，那么，我以上帝的名义请你走吧，因为我受不了。”

厄特森一回到家，就坐下来给杰基尔写信，抱怨他被拒之门外，并且问他跟兰宁绝交的原因。第二天，他收到一份很长的回信，是用十分哀伤的笔调写成的，有些地方含义晦涩，却表明了和兰宁之间的争吵没有回旋的余地。“我不责怪我的老朋友，”杰基尔写道，“但是我同意他的看法，我们永不相见。我打算从今以后去过一种离群索居的生活。如果我的门经常关着，甚至对你也不例外，请你一定不要感到惊讶，也不要怀疑我们之间的友谊。你必须让我独自面对前面的路，我要承担一种无以名状的惩罚和危险。如果说我是罪魁祸首的话，我同时也是最受伤害的人。我无法想象这个世界上有一个地方会叫我遭受如此非人的痛苦和恐怖。厄特森，你只能做一件事情让命运减轻对我的惩罚，那就是尊重我的沉默。”厄特森困惑了，海德的负面影响本来已经不存在，博士回到他过去的工作和朋友中来，一个星期前都还前景灿烂，一切都预示着他能安享幸福和富贵的晚年，但是转瞬间，友谊、心灵的平静和他整个生命的进程都被破坏了。如此巨大和出乎意料的变化只能表明他陷入疯狂，但是从兰宁的言谈举止看来，事情一定有更深刻的原因。

一个星期之后，兰宁医生卧床不起，不到两个星期，他就去世了。在葬礼上厄特森悲痛欲绝。回来之后，他把办公室的门锁了起来，坐在闪动着惨淡的火苗的蜡烛旁边，取出一个信封放在面前，这封信是他死去的朋友用自己的印章封的口。“私密信件：这封信只能由 J. G. 厄特森本人打开，万一他在此之前去世，必须原封不动地将它毁掉。”这行字下面标有强调的记号。律师忐忑地看着这些内容。“我今天已经埋葬了一个朋友，”他想，“如果这封信又让我失去另一个朋友，那该怎么办？”转而他又谴责起自己的胆小和对朋友的背信弃义，然后打开了封印。里面还有一层包装，同样密封着，上面写着“直到杰基尔博士死去或者失踪再打开”。厄特森不能相信他所看到的这一切。是的，失踪，又是这两个字，就跟在他此前归还给杰基尔本人的那份疯狂的遗嘱中写的一样，这儿又把失踪这个概念和亨利·杰基尔联系在一起。但是在遗嘱中，这个概念是因海德阴险的建议写出来的，他用意明显，而且居心叵测，但是从兰宁手中写出来，该怎么理解呢？这个受委托人产生一种强烈的好奇心，想不顾信封上的禁令，马上探究出这些秘密事件的底细。但是作为律师的职业道德和对他死去的朋友的忠诚使他意识到自己的职责，因此他把信又放到私人保险箱最里面的角落里。

抑制好奇心是一回事，战胜它又是另一回事。令人怀疑的是，从那天之后，厄特森希望见到他依然活着的朋友的心情是否还跟以前一样。他很想念杰基尔，但是这种想法又让他感到烦躁不安和害怕。他真的去拜访过他，反而因为被拒绝而感到轻松。也许在他的心里，他更愿意与普尔在门口聊聊天，被这座城市的空气和声音包围着，而不愿意被引进那个自愿被束缚者的屋子里，坐下来与不可理喻的隐居者谈话。事实上，普尔也没有非常令人愉快的消息要告知。博士如今更喜欢把自己幽闭在密室里，有时甚至睡在那里。他已经失去理智，变得沉默寡言，也不再读书，看上去好像心事重重。厄特森逐渐对这些一成不变的消息习以为常，以至于他来访的次数也越来越少了。

第七章　发生在窗口的怪事

事情发生在一个星期天，厄特森先生和恩菲尔德先生照常一起散步，他们又一次走过那条小街，因此当他们来到那扇门前时，都不约而同地停住脚步望着它。

“嗯，”恩菲尔德说，“那个故事总算结束了。我们再也看不到海德先生了。”

“希望如此吧，”厄特森说，“我有没有跟你说过我曾见过他一回，而且跟你一样，对他产生厌恶？”

“看到他的人都会产生反感，”恩菲尔德答道，“顺便说一句，你肯定因为我一开始不知道这是通往杰基尔博士家后门的路，而嘲笑我是个大笨蛋吧！即使我现在已经弄清了，但我之所以那样，你也得负部分责任。”

“那么也就是说你已经弄明白了，对吗？”厄特森问道，“如果是这样的话，我们可以走进这个院子里，看看那些窗户。实话跟你说，我很担心可怜的杰基尔。即使我们在屋外，我都觉得似乎朋友的出现对他是有好处的。”

这个院子很阴冷，而且有些潮湿，黄昏似乎过早就来临，虽然头顶上的天空依然充满着夕阳的光辉。三扇窗户中间的一扇半掩着，厄特森看到杰基尔博士靠窗坐着，呼吸着空气，一副无限悲伤的样子，就像愁眉苦脸的囚徒。

“嗨！杰基尔！”他叫道，“我相信你身体已经好些了。”

“我非常虚弱，厄特森，”博士颓废地回答道，“很不好，我的日子不会持续太长时间了，感谢上帝。”

“你在屋里待得太久了，”律师说，“你应该出来走动走动，像我和恩菲尔德一样。来吧，戴上帽子，和我们一起稍微走走。”

“你真是太好了，”杰基尔博士叹口气，说，“我很想出去，但是不，不，不行，这是不可能的，我不敢。真的，厄特森，我很高兴见到你，这确实是一件令人非常愉快的事情。我想请你和恩菲尔德先生上来，但是这个地方真的不太合适。”

“噢，没关系，”律师很温和地说，“最好的办法就是我们就在楼下这儿跟你聊一会儿。”

“这正是我想要冒昧提议的。”博士笑着说，但是话音未落，他脸上的笑容就不见了，取而代之的是一种极为恐怖和绝望的神情，使下面两个先生的血液都凝固了。他们只瞥见了一眼，因为窗户立马关上了，然而这一瞥也就足够了。他们转过身来，一言不发地离开那个院子，默默地穿过那条小街，来到一条邻近的大街上，那里即使在星期天也依然充满生机，这时厄特森先生才回过头来看着他的同伴。他们都被吓得面色苍白，眼里都露出同样的恐惧。

“上帝宽恕我们，上帝宽恕我们。”厄特森先生说。

但是恩菲尔德先生只是很严肃地点了点头，继续往前走，再一次陷入了沉默。

第八章　最后的一夜

一天晚饭后，厄特森先生正坐在火炉边，这时令他意外的是，普尔来了。

“上帝保佑，普尔，出什么事了？”他叫道，然后又重新打量了他一眼，“你在烦恼什么呢？”他又加了一句，“是不是博士病了？”

“厄特森先生，”普尔说道，“出事了。”

“你坐下，先把这杯酒喝了。”律师说，“来，别着急，跟我说清楚到底怎么了。”

“您是知道博士的种种行径的，先生，”普尔回答说，“您也知道他是怎样把自己封闭起来的。现在，他又把自己关在那个小房间里不出来了；我不愿意看到他这样，先生，我情愿死掉也不愿意他这样。厄特森先生，我很害怕。”

“慢慢说，好人，”律师说，“说详细点儿。你在害怕什么呢？”

“我担惊受怕了大约一个星期了，”普尔答道，执拗地绕开了律师的问题，“我再也无法忍受了。”

他的神情充分地证实他说的话，而他的举止变得更糟糕了；除去他第一次声明他的恐惧的那一刻，他再也没有看过律师的脸。这时候，他坐在那里，膝盖上放着那杯未曾沾唇的酒，眼睛则直直地注视着地板的一角。“我再也无法忍受了。”他重复道。

“来吧，”律师道，“看来你有理由如此，普尔；我想一定是出了什么严重的问题。跟我说说吧。”

“我认为发生了一起谋杀。”普尔哑着嗓子说。

“谋杀！”律师叫了起来，先是极其惊骇，随后显得颇为愤慨，

"什么谋杀！你说的到底是什么意思？"

"我不敢说，先生，"他回答道，"不过，您能亲自跟我一起去看看吗？"

厄特森先生没有言语，只是站起身来，拿起了帽子和大衣；然而，他不明白为何这位管家脸上流露出一种极大的释然之色，也不明白他为何一滴不喝就把那杯酒放下跟着自己走了。

这是一个典型的三月的夜晚，萧瑟，寒冷，苍白的弯月斜挂在天空，仿佛是被风吹歪了似的，而那被风吹动的云彩宛如最轻薄的细亚麻布。寒风凛冽，说话十分困难，脸也被吹得通红。街道上的行人似乎被异乎寻常地扫荡一空了，在厄特森先生看来，伦敦城的这块区域从未如此荒凉过。他一点儿也不希望会是这样，他一生中从未像此刻般如此急切地希望看到和触摸他的同类；尽管他并不愿意那样想，但还是确定地预感到有什么不幸的事情即将发生。当他们走到广场的时候，发现那里已经风尘弥漫，花园里，沿着篱笆有稀稀落落的几棵树，枝条在风中摇曳碰撞着。普尔之前一直比厄特森走得快一两步，此刻却在路中央顿住了脚步，不顾刺骨的寒风，把帽子摘下来，用一块红色的手绢擦了擦额头。然而，虽然他一路走得如此匆忙，擦掉的汗水却并不是走路累的，而是被某种令人窒息的痛苦逼出来的，他的脸色苍白如纸，说话时声音也嘶哑刺耳、断断续续的。

"您看，先生，"他说，"我们到了，愿上帝保佑一切平安无事。"

"我也如此祈祷，普尔。"律师说。

随即，这位仆人遮遮掩掩地敲了敲门，门的锁链开了，一个声音从里面传来，问道："普尔，是你吗？"

"没错。"普尔说，"把门打开。"

当他们进去的时候，大厅里灯火通明，炉火燃得很旺，所有的仆人都聚在壁炉边，有男有女，像羊群似的挤在一起。一看到厄特森先生，女仆歇斯底里般呜咽起来，厨子大叫了一声："上帝保佑！厄特森先生来了。"随即跑上前来，像是要拥抱他似的。

"怎么回事，怎么回事？你们都在这儿？"律师怒气冲冲地说，"这非常不合规矩，非常不得体，你们的主人会很不高兴的。"

"他们都很害怕。"普尔说。

随后屋里一片寂然，没有一个人出言反对，只有女仆提高了嗓子，大声哭起来。

"别哭了！"普尔冲她说，凶恶的语气表明他自己也紧张不安；实际上，当那个女孩提高声音大哭的时候，他们都吓住了，一个个转头朝内门看去，脸上带着可怕的期待神色。"现在，"这位管家接着对洗餐刀的男仆说，"给我拿根蜡烛过来，我们这就去看看到底怎么回事。"然后，他请求厄特森先生跟在他身后，带他走向后面的花园。

"现在，先生，"他说，"请您尽可能地放轻脚步。我希望您来听听，可是要小心别被他发现。而且我得先告诉您，先生，如果他让您进去的话，千万别听他的。"

这一出人意料的结论使得厄特森先生浑身一凛，险些失去平衡；不过他还是重新恢复了勇气，跟着管家向密室走去，穿过堆着柳条箱和瓶瓶罐罐的阶梯手术大厅，来到了楼梯下面。普尔示意他站在一侧，竖耳倾听，他自己则放下蜡烛，硬着头皮清楚地大喊了一声，然后有些犹豫不决地敲了敲那个小房间包着红色粗呢的房门。

"先生，厄特森先生来拜访您了，"他喊道；这么喊的同时，他还打着夸张的手势让律师注意听。

房内传来一声回答："告诉他我谁也不见。"这话音里透着一股不满。

“打扰了，先生。”普尔说，他的声音里带着某种获胜似的得意，然后他拿起了蜡烛，领着厄特森先生返回去，穿过院子，进入大厨房，厨房里的灶火已经灭了，甲虫在地板上蹦来跳去的。

“先生，”他直视着厄特森先生的眼睛说，“您听那是我家主人的声音吗？”

“听起来很不一样。”律师回答说，他的脸色很是苍白，目光直视普尔的眼睛。

“不一样？好吧，没错，我也这么认为，”管家说，“我在这个人的家里待了二十年，怎么会搞错他的声音呢？不，先生，主人他被谋害了，八天前他就被谋害了，那时候我们听见了他呼喊上帝，可是，屋子里的那个是什么人，他为什么待在那里，那个一直在呼天唤地的家伙，厄特森先生？”

“这件事非常离奇，普尔，这简直是个传奇故事，”厄特森先生咬着手指说，“假设事情就像你猜测的那样，假设杰基尔博士已经被——呃，谋杀了，是什么原因使得这个凶手留下来了呢？那说不通啊，一点也不合逻辑。”

“好吧，厄特森先生，您向来不轻信什么，不过我会让您相信的，”普尔说，“过去整整一星期，那个人，或者说那个东西，那屋子里是什么都无所谓，日日夜夜地哭叫着要一种药，但又想不起来要什么。有时候他的做法跟我家主人一样，也就是，把他的要求写在一张纸上，扔在楼梯上。这星期以来除了那些纸片，我们什么也没看到，门一直关着，我们把饭留在门口，那家伙会等没人的时候偷偷拿进去。先生，每天，唉，每天都有两三次，他会扔些指令出来，要么就是在里面抱怨，我几乎要跑遍全城的化学用品店。每次我把东西买回来，就会有另一张纸片命我把它退回去，因为它不纯，然后打发我去另一家买。他是那么迫切地想要那种药，先生，谁知道他是用来干什么的。”

“那些纸你还留着吗？”厄特森先生问。普尔在口袋里摸了摸，掏出了一张皱巴巴的纸条，律师拿过来，弯身靠近蜡烛，仔仔细细地查看。上面写着：“杰基尔博士向毛乌公司的诸位先生致意，他向诸位保证，他方才买的那些样品并不纯净，不符合他的需要。于一八××年，杰基尔博士从贵店购买了一大批药品，现请诸位尽心寻找，如有余货，无论多少，请即刻送来。价钱不论。杰基尔博士急需此物。”只从这几句话来说，写信人还是十分从容镇定的，但是写到这里，笔尖洒了几滴墨水，写信人的情绪失控了，“看在上帝的分上，”他继续写道，“给我找些旧药品送来吧。”

“这张字条真奇怪。”厄特森先生说，然后声音尖锐起来，“这信你是怎么拆开的？”

“毛乌公司的人非常生气，先生，他像扔垃圾似的把它扔回了我身上。”普尔答道。

“毫无疑问，这是博士的笔迹，你看呢？”律师再次发问。

“看上去是的。”这位仆人十分阴沉地说，然后换了种语气，“笔迹管什么用？”他说，“我见过他！”

“见过他？”厄特森先生重复道，“怎么回事？”

“没错！”普尔说，“事情是这样的。那天我冷不防地从花园走到了阶梯大厅里。他似乎是溜出来找那种药品或者其他什么东西的，小屋的门开着，他就在房间一头的那堆箱子里翻找什么。我进来时他抬头一看，然后大叫起来，像挨了一鞭子似的跑上楼梯，钻进了小屋里。这过程不到一分钟，不过我吓得头发像羽毛一样竖起来了。先生，如果他是我的主人的话，为什么脸上戴着面具呢？如果他是我的主人，他又为何像老鼠似的大叫，从我身边逃开呢？

我侍奉了他那么长时间。而且后来……”他说不下去了，用手捂住了脸。

“这种情形很奇怪。”厄特森先生说，“不过我想我有些眉目了。你的主人，普尔，很明显是得了什么怪病，这病令他很痛苦，而且身体也发生了变化，所以，据我所知，他的声音变了，所以他戴上面具，不跟朋友见面，所以他急切地想找到那种药物，这个可怜的人还希望这种药能把他医好——愿上帝保佑他心想事成！这是我对此事的解释，这太让人难过了，普尔，唉，虽然这么想让人害怕，但是如此一来，事情就清楚明白了，能说得通了，而且我们也能摆脱那些离谱的恐慌了。”

“先生，”管家说，他的脸色青一阵白一阵的，“那个家伙不是我的主人，这是真的。我的主人”——说到这里他打量了一下周围，开始低声私语——“个子很高，身材魁梧，可那个人是个小矮子。”厄特森试图反驳。“哦，先生，”普尔叫道，“难道您认为我在这儿待了二十年还认不出我的主人吗？难道您认为我不知道他进屋子时头朝哪边，不知道这些年来每天早上在哪里能看见他吗？不，先生，那个戴面具的家伙绝对不是杰基尔博士——天知道它是什么东西，不过绝对不是杰基尔博士；这就是为什么我从心底相信我的主人被谋害了。”

“普尔，”律师回答说，“如果你说的是真的，那我就有责任去弄清真相了。我非常想知道你的主人有什么想法，而且这张字条让我感到非常迷惑，它似乎表明他还活着。我应该考虑一下，把门打开，闯进去。”

“啊，厄特森先生，这才是您会说的话！”管家叫道。

“那么，第二个问题来了，”厄特森又道，“这件事谁来做？”

“这还用说，您和我啊，先生。”普尔毫不畏惧地回答。

“阶梯大厅里有一把斧子，”普尔接着说，“您还可以拿着厨房的那把火钳。”

律师把那件粗糙但很有分量的工具拿在手里，掂了掂。“你可知道，普尔，”他说，抬头往上看着，“你和我，正要把自己置于某种险境。”

“您说的没错，先生，确实如此。”管家回答说。

“那好，这样的话我们应该开诚布公，”律师说，“我们都有话瞒着没说，现在全说出来吧。你看见的那个戴面具的家伙，你认得出他是谁吗？”

“这个，先生，他跑得很快，而且弯腰弯得那么厉害，我不敢说我认得出来，”普尔回答，“不过，您要说他是不是海德先生的话——那么，是的，我想是他！您看，他们的身形一样，身手也一样敏捷轻巧，况且，除了他还有谁能从实验室的门里进去呢？您没忘记吧，先生，谋杀发生的时候他手里不是还拿着钥匙嘛。不过这也说不准。我不知道，厄特森先生，您是否见过这位海德先生呢？”

“是的，”律师说，“我曾经跟他说过话。”

“这样的话，您一定像我们其他所有人一样知道那位先生多少有些古怪——古怪得让人震惊——我不知道该怎么形容才好，先生，我说的远远不够，他使人从骨头里发寒，忍不住打颤。”

“我自己也有你描述的那种感觉。”厄特森先生说。

“就是这样，先生，”普尔说，“当那个戴面具的家伙像猴子一样从化学药品堆里跳出来，飞奔进小屋里的时候，我的脊椎里像是从上到下灌进了冰块似的。哦，我明白这不算证据，厄特森先生；我没少从书上学到这些，不过，人是有感觉的，我敢向上帝发誓他就是海德先生！”

“唉，唉，”律师说，“我害怕的就是这一点。这样一来，我怕会有不幸的事发生——不幸的事一定会发生。啊，真的，我相信你，我相信可怜的亨利被杀害了，我也相信那个杀人犯——只有上帝知道他有什么目的——还藏在他的房间里。让我们为博士复仇吧。把布拉德肖叫过来。”

那个随从被叫来了，他面无血色、紧张兮兮的。

“打起精神来，布拉德肖，”律师说，“这件悬案，我知道，使你们大家都很担心，不过现在我们打算把它解决掉。普尔，还有我，打算强行闯进屋里去。如果一切顺利，那么我的肩膀足够宽厚，能扛起所有责任。同时，为了防止出什么纰漏，或者犯人从后面逃出去，你得带一个听差藏在角落里，一人拿一根结实的木棍，守在实验室门口。给你们十分钟时间，快点到那里站好。”

布拉德肖离开后，律师看了看表。“好了，普尔，现在轮到我们上了。”他说，然后把火钳夹在腋下，领头走进院子里。飞云遮住了月亮，夜色非常浓重。深深的院子里卷起一阵阵小风，蜡烛的光随着他们的脚步前前后后地摇曳着，直到他们走进了阶梯大厅里，静静地坐在那里等待。伦敦城到处一片肃穆地喧嚣着，但在他们周围一片岑寂，只听得到头顶小屋地板上来来回回的脚步声。

“他白天一直不停地走，先生，”普尔小声说，“唉，晚上也折腾大半夜。只有从化学用品店买来新样品时，他才会歇一会儿。啊，他肯定是良心不安，才走个不停！啊，先生，他走的每一步都流着罪恶的鲜血啊！您再听听，再靠近一点儿——用心仔细听，厄特森先生，然后告诉我，那是博士的脚步声吗？”

那脚步踩得很轻，也很古怪，还摇摇摆摆的，每一步都很慢，的确跟亨利·杰基尔嘎吱嘎吱的沉重踩踏声不一样。厄特森叹息了一声，“还有其他特别之处吗？”他问。

普尔点点头。“有一回，”他说，“有一回我听到他哭。”

“哭？怎么哭的？”律师说，突然感到一阵毛骨悚然的恐惧。

“哭得像一个女人，也像个孤魂野鬼。”管家说，“我很快就走开了，心里非常难受，差一点也哭了。”

这时，十分钟到了。普尔从一堆包装用的麦秆下面抽出了那把斧子；蜡烛放在最近的一张桌子上，好给他们的袭击照明；他们屏住呼吸靠过去，在这个静悄悄的夜晚，屋里那人依旧一步一步，一步一步，耐心地走着。

“杰基尔，”厄特森大喊了一声，“我必须得见见你。”他停顿了片刻，但里面没传出任何回答。“我是在提醒你，我们都怀疑你出事了，我必须见你一面，非见不可。”他又说，“如果不能通过合理的方式，那就只好采取非常手段了——如果你不同意的话，我们就硬闯了。”

“厄特森，”那个声音说，“看在上帝的分上，别这样！”

“啊，那不是杰基尔的声音——是海德的！”厄特森叫道，“把门砸开，普尔！”

普尔把斧子举过肩膀，用力一挥，整座房子都跟着颤了颤，罩着红粗呢的门剧烈晃动着，拉扯着门锁和铰链。这时屋内响起一声凄厉的尖叫，简直像一头吓坏了的野兽发出的。普尔再一次举起斧子，门板被砍裂了，但门框依旧岿然不动；如此一连砍了四次，但门的木质非常坚硬，而且安装得也十分稳固结实，直砍到第五次，门锁才碎裂了，那扇破门板朝内倒在地毯上。

这两个围攻者也被自己的野蛮以及接下来的平静吓了一跳，往后退了一小步才向屋内看去。房间的一切都呈现在他们眼前，宁静的灯光下，壁炉里的火苗熊熊燃烧着，噼啪作响，水壶细声细气地唱着小调，有一两个抽屉拉开了，一些文件整齐地摆放在办公桌上，更靠近火炉的地方摆放着一套茶具。你见了准会说这是最安静的房间了，如果没有那个盛满化学药品的玻璃橱的话，这里就是此夜伦敦城中最平常的一间屋子。

房间的正中央躺着一个人，他的身体痛苦地蜷曲着，不住地抽搐着。他们踮着脚尖走了过去，把他翻过来，只见那正是爱德华·海德的面孔。他身上穿的衣服对他来说太大了，完全是博士才能穿的尺寸，他面部的神经还在抽动着，像是还活着似的，而事实上生命早已离他远去了。通过他手里那个打碎的药瓶和弥漫在空气中的那股浓重的杏仁味，厄特森意识到，他眼前的这个人是自杀而亡。

“我们来得太晚了，”他神情严峻地说，“救人也好，治罪也好，都太晚了。海德得到了他该得的惩罚，接下来我们要做的只剩下寻找你家主人的遗体了。”

这幢房子的最主要部分就是那个阶梯大厅，它占据了几乎整个底层，光从上面照下来。另外就是那个小房间，位于二楼的一端，面朝庭院。阶梯大厅通过一条走廊同小巷相连，那个小房间也有另一道楼梯跟走廊连在一起。除此之外，就只剩几个黑乎乎的小隔间和一个宽敞的地下室了。所有这些地方他们都找遍了。那些小隔间都空无一物，一眼便可看清，而且一开门便落下一片尘埃，可见关了很久了。地下室里乱糟糟的、堆满了无用的杂物，大部分都是杰基尔这幢房子的前任主人，那个外科医生的东西，不过他们一开门就发现这里也没有进一步搜索的必要，经年累月形成的蛛网垂下来，像席子似的把入口全封上了。亨利·杰基尔是生是死，到处都找不到一点蛛丝马迹。

普尔在走廊的石板上跺来跺去。“他肯定被埋在这儿了。”他说，一边留心听着发出的声音。

“或者他可能逃走了。”厄特森说，然后转过身去检查通往小巷的那扇门。门是锁着的，在附近的石板上，他们发现了一把钥匙，上面已经锈迹斑驳了。

“它看上去不能用了。”律师看了看说。

“能用！”普尔附和说，“它裂了，先生，您没发现么？很像是被人用脚踩的。”

“呀，”厄特森接着说，“这些裂缝也生锈了。”这二人惊讶地看着彼此。“这事儿我真弄不明白，普尔，”律师说，“咱们还是回小屋里去吧。”

他们悄无声息地爬上楼梯，而后不时害怕地扫一眼那具尸体，对小屋进行了一场更为彻底的检查。一张桌子上残余着做过化学实验的痕迹，数量不同的白色盐类堆放在一些玻璃盘子里，像是为一场试验准备的，而那个不幸的人没能把它做完。

“那就是我一直给他买的药品。”普尔说，他说话的时候，那只水壶里的水开了，溢了出来，发出的响声吓了他们一跳。

他们被吸引到了火炉边，那里舒适地放着一张安乐椅，茶具搁在椅子上的人随手能拿到的地方，茶杯里加好了糖。一个书架上摆着几本书，有一本摊开着摆在茶具一旁，厄特森惊讶地发现那是一本神学论著，杰基尔曾多次对它予以高度评价，如今上面却写满了令人震惊的渎神的注释，而且还是他自己的笔迹。

接下来，在检查房间的过程中，两位搜查者走到了穿衣镜前面，怀着情不自禁的恐惧朝镜子里看去。但镜子偏得厉害，他们从中只看得见映在房顶上的玫瑰色火光，闪烁在橱柜玻璃上的炉火的层层叠叠的重影，以及他们弯腰往里看时那苍白惊惧的面孔。

“这面镜子一定目睹了一些怪事，先生。”普尔低声说。

“毫无疑问，它自己更奇怪。”律师用同样的口吻附和。

“为了什么，杰基尔——”提到这个词他浑身一凛，然后又克制住自己的软弱——“杰基尔要这面镜子来干什么呢?”他说。

“您说的没错!”普尔说。

然后他们去检查办公桌。在桌上那叠整齐的文件当中,最上面是一只大信封,信封上写着厄特森先生的名字,是博士的亲笔。律师把它拆开,几份附件掉了出来,落在地上。第一份是封遗嘱,措辞同半年前他退还给博士的那份一样古怪,倘若他去世了的话就作为遗嘱,失踪了的话则作为馈赠契约,不同的是,律师带着难以言喻的惊讶发现,受益人的名字从爱德华·海德变成了加布里埃尔·约翰·厄特森。他看了看普尔,然后把目光转回纸上,最后落在摊在地板上的那具凶手的尸体上。

“我完全被搞糊涂了,”他说,“他在这里待了这么长时间,而且他毫无理由对我抱有好感,他肯定已经发现他的名字被替换掉了,但竟然没把这份文件毁掉。”

他又拿起了下一张纸,那是博士亲手写的便条,最上面标着日期。“噢,普尔!”律师叫道,“他今天还活着呢,就在这里。在这么短的时间内,他的尸体不可能被处理掉,他肯定还活着,他一定是逃跑了!不过话说回来,他为什么要逃呢?又是怎么逃的?这么一来,我们能否贸然将海德的死说成自杀呢?哦,我们一定得慎重。我有一个预感,我们可能会使你家主人陷入一场可怕的灾祸当中。”

“您为什么不看看上面写的什么呢,先生?”普尔问道。

“因为我害怕,”律师严肃地回答,“但愿这情形不是由我造成的!”说着,他把那张纸举到眼前,上面写着:

我亲爱的厄特森,

当你拿到这封信的时候,我应该已经失踪了。我无法预知自己会在何种情形下失踪，不过我的直觉和我此刻难以言表的境况告诉我，我的死期肯定不远了，我也必须尽早死去。往下看吧，先看兰宁警告我说要交给你的那份陈词，如果你想知道更多，那就读读我的自白书吧。

您卑劣而悲惨的朋友

亨利·杰基尔

“第三份附件呢？”厄特森问。

“在这里，先生。”普尔说，然后把一个相当有分量的、盖了好几处封印的信封递到他手里。

律师把它装进了口袋里。“关于这份文件我会守口如瓶的。倘若你的主人逃走或者死亡了的话，我们至少还能保全他的名声。现在已经十点了，我得回家好好地读读这些文件，不过我午夜之前会回来的，到时候咱们得把警察叫来。”

他们走了出去，锁上了阶梯大厅的门。然后厄特森又一次告别了聚集在客厅火炉边的用人们，步履艰难地返回了他的办公室，去阅读那两份能使这个神秘事件水落石出的陈词。

第九章　兰宁医生的笔述

一月九日，即距今四天之前，我收到一封随晚班邮件送来的挂号信，信封上很明显地印着我的同行兼同学亨利·杰基尔的字。我十分吃惊，因为我们之间从未通过任何信件。而且我刚刚才遇到过他，事实上，在这前一天的晚上我们俩还一起共进晚餐。无论如何我也搞不清楚还有什么话要如此煞费苦心地用挂号信送过来，而信的内容更使我愕然。原文是这样的：

一八××年十二月十日

亲爱的兰宁：

应该说你是我交往时间最长的朋友之一，虽然在科学研究上我们存在着不同的意见，但至少我认为，我们之间从来没有过任何友情上的摩擦，从来没有过。如果有一天你对我说"杰基尔，我的生命、我的声誉、我的一切都靠你了"，我一定会不顾一切地去帮助你。兰宁，如今是我，我的生命、我的声誉、我的一切都依赖于你的帮助了。若是你今夜没能成功，我就全完了。以上这段话，或许你会以为我是在要求你去做什么见不得人的勾当，那就由你自己来定夺吧。

我希望你今晚能推迟自己的所有预约——哪怕是国王要召你去看病，叫一辆出租马车，拿着这封信直奔我家。我已经事先吩咐过我的管家普尔了，让他找一个锁匠等候在那里。之后可以叫锁匠把我的密室门打开，接着只能你一个人进去，打开左边一个标有E字的玻璃柜；如果柜子上了锁，你就把锁撬开；从上往下数第四个，或者从下往上数第三个抽屉（其实是一个抽屉），你把它拉开，将它里面的所有东西一个不少地取出来。由于我处在极大的苦恼之中，又有一种让人胆战心惊的恐惧，所以生怕为你指错了目标。不过，就算我说错了，你也可以根据抽屉里装的一些什么东西，包括几种药粉、一个小瓶和一本本子，来推算出是哪一个，我希望你能把这个抽屉原封不动地拿到你在卡文迪许广场的家中。

这是我冒昧恳请你帮我做的第一件事。第二件事是这样的：如果你已经拿到此信，请即刻出发，那样的话在半夜时你就可以赶回自己家中；不过，我还是要给你留一点富裕的时间，一来为了避免在发生一些难以预料、防不胜防的事故时，时间不够用，二来也是想等你的仆人都睡了以后再继续完成下面的工作。因此，我得请求你在午夜时分独自坐在你的诊察室内，亲自为一个人开门并放他进来。他会以我的名义来介绍自己，然后你把从我房间里拿回来的那个抽屉交付到他手中。这样，你就完成了我恳求你所做的全部事情，我会对你感激涕零。如果你坚持要求作出解释，五分钟以后你就会明白我对这些事情的安排是多么的关系重大，不管它们看起来何等荒谬，但只要你忽视了其中的任何一项，你将会因我的死亡或我的理性的毁灭而遭到良心的谴责。

虽然我相信你不会把这封求救信付诸一笑，但哪怕一想到还是有这种可能，我的手就会抖个不停，我的脉搏就会停止跳动。你可以想象一下我此时的处境，在一个陌生的地方，忍受着与任何臆想比起来都有过之而无不及的苦恼。不过，我清楚地知道，假如你能不出任何差错地依照我的请求来完成这些事，我所担心的危险处境就会变成一个虚构的故事远远地离开我。你必须帮我，亲爱的兰宁，你必须救救我。

又及：封好信后，我又想起了一种可怕的可能，恐惧使我立刻惊悸异常。也许邮差会出什么差错，可能明天早上你才会收到这封信。如果发生了这种事情，亲爱的兰宁，请一定要在明天白天随便什么时候帮我把这件事办完。我派去的那个人同样会在午夜到你那儿取货。但是，如果第二天夜里那个人没有出现，那么你就会知道，你现在读的就是亨利·杰基尔一生中所写的最后一封信。

看完这封信，我完全相信我的同行确实是神志不清了；但即便断定他已发疯，我还是有义务按照他的要求办事。我对这件莫名其妙的事情愈不理解，我就愈是难以判断它的重要程度，但这呼吁采用如此措辞，使我感到责任重大，不能轻易置之不理。于是，我从桌旁站起身来，叫来一辆马车，径直坐到了杰基尔的家中。管家正在等着我去，他也是从随晚班邮件送达的一封挂号信中得到指示，当即派人去请了一个锁匠和一个木匠过来。在我们正交谈的时候，这两个匠人也赶来了；我们结伴去往老丹曼医生的阶梯大厅，从那儿到杰基尔的密室最便捷。门无比坚硬，锁也特别牢。木匠抱怨说万一必须硬干，可够他麻烦的，而且门会损坏得相当厉害。锁匠则几乎陷于绝望，可好在他的技术精湛，两个小时后，门被打开了。标有E字的那个柜子并没有锁上，我找到那个抽屉，用麦秸把它包好，又用一块被单把它包了起来，一起拿到了卡文迪许广场。

回到家后，我开始检查里面的物品，药粉打磨得相当细致，但是比起店里的药剂师来还差一些，显然这是由杰基尔本人制作的。我打开其中的一包，发现一种在我看来很寻常的白色晶粒状盐类。

之后我注意到一个小瓶子，里面装着半瓶血红的溶液，散发出异常刺鼻的气味，我认为里面应该混有磷和一些具有挥发性的醚类药物。至于还有什么成分我就猜不出来了。那本本子是普通的记事本，其中只有一连串的日期，一直延续了好几年；但我发现到了大约是一年前的时候，记录就终止了。在一些日期下面也零散地做了一些简短的批注，最常见的只有两个字——“双倍”；在这几百个日期中，这样的批注大概出现了六次。在最早的记录中，有一处批注后面加了好几个感叹号——“彻底失败!!!”所有的这一切引发着我的好奇心，但是却无法给我肯定的答案，只不过是一些药剂、一包盐类物质和一系列根本得不到实质结论的实验记录。我屋里的这些东西如何能影响我这位常有奇思异想的同事的名誉、神志和生命呢？要是他的使者能到一个地方去，为什么不能到另一个地方去？就算有些不便之处，为什么这位先生又必须由我亲自秘密接待呢？我越思考越觉得我正在处理一桩脑疾病例。虽然我把仆人们都打发去睡觉了，我还是把一支老式左轮手枪装上子弹，以备万一有事发生时自己还可抵挡一阵子。

十二点的钟声刚刚在伦敦上空敲响，一阵轻轻的敲门声就传到了我的耳中。我走过去打开门，见一个身材矮小的人，蜷缩着身子，斜倚在门廊里的柱子上。

“是杰基尔博士让你来的吗?”我问。

他打了一个紧张的手势表示“是的”。当我请他进来的时候，他并没有立刻移动，而是回头先向黑暗的广场瞥了一眼。不远处站着一个警察，正提着打开的牛眼灯前进。我注意到那位使者被这警察吓了一跳，急急忙忙地跟进屋里。

我承认，这些情景令我不快，当我跟着他走进灯光明亮的诊察室时，我手一直搁在武器上。到屋里后我才第一次有机会仔细瞧瞧这人。过去我从未见过此人，这是毋庸置疑的。正如我所言，他个头矮小，此外使我吃惊的是他脸上那种十分可憎的表情。他体格很弱，但肌肉活动能力很强，并且——这是最后一点，也是最为突出的一点——我发现一靠近他，我就会产生一种主观上的紧张反应，有点像发烧刚开始寒战的症状，同时还伴有明显的脉搏减弱趋向。当时我把它归因于某种特异反应、我个人的反感，仅仅对症状的来势之猛感觉惊讶。可是后来我有充分的理由相信，其原因就深藏在此人的本性之中，而我的反应也不是出于仇恨，是一个听起来更高尚的说法。

因此，这个人刚进门，我便触发了一种我只能称之为讨厌的好奇心。他穿的服装，要是在一个普通人身上，肯定会让人发笑。他的衣服可以说都是优等质料、色调高雅，但尺寸对于他来说实在太大了。裤子空荡荡地悬在他腿上，裤脚只好卷起才能避免拖到地上。大衣腰身落到臀部下面，大领子铺在肩膀上。说来也奇怪，如此滑稽的装束竟一点没引起我发笑。相反，因为我面前站着的这个人本质里带有一种反常的可鄙的东西，一种令人胆寒甚至憎恶的素质，所以衣着上的不相称倒也显得与之相配，并加强了他给人的上述印象。所以我不单对此人的本质和性格感兴趣，还平添了对他的来历、生平、财产状况和社会地位的好奇感。

以上这些观察写下来占了很大的篇幅，实际当初只是几秒钟的事。我的那位客人如火急火燎般迫不及待。

“你拿来了吗?”他叫道，“你拿来了吗?”他如此不耐烦，甚至把手搁到我的手臂上想要摇撼我。

我把他推开，觉得跟他一接触就像有一阵冰冷的痛楚注入我的血液。“嗨，先生，”我说，“您忘了我还没荣幸认识您呢，请坐下吧。”说着，我给他做了一个榜样，自己先在习惯的位子上坐下，摆出一副通常对待病人的姿态;因为在深夜时分,我的职业惯性与我的内心恐惧促使我强打起精神来。

“我请求您的原谅,兰宁医生。”他十分恭敬地对我说,“您说的话都很在理,是我太着急了,失了分寸。我是按照您的朋友亨利·杰基尔的吩咐到这儿来完成一件非常重要的事情的。我知道……”他停顿了一下,把手放在喉咙上,我看得出来尽管他拼命强迫自己镇静,但已经处于歇斯底里的边缘了,“据我所知,有一个抽屉……”

这时,我有些怜悯我的客人的焦灼情状了,也许是我的好奇心愈发强烈的结果。

“都在这儿,先生。”我说,向他指了指放在一张桌子后面的地板上、还用被单包着的那个抽屉。

他一下子跳到那里,又停下来,用手捂住胸口。我可以听到,他的牙齿因颤动发出咯咯的响声。他的脸色恐怖极了,我不禁为他的生命和理智担忧起来。

“镇静一下!”我说。

他冲我露出了一个可怕的笑容,然后孤注一掷地一把拽走被单。看到了抽屉里的东西,他发出很大的声响倒抽一口气,那种如释重负的表情叫我目瞪口呆。接着,他问:“你有量杯吗?”此时他的声音已控制住了。

我费了点劲才从座位上站起来,将他所要的东西递给他。

他点头微笑向我表示感谢。然后倒出少量红色溶液,再加进某种药粉。这混合物开始呈现出微红色,随着晶体的渐渐溶解,颜色变得越来越明亮,还发出沸腾的声音,冒出一小股烟气。忽然,就在同一瞬间,气泡的翻腾停止了,溶液变成一种深紫色,后来又慢慢地变淡,成为淡绿色。我的客人凝视着变化过程,微笑着把量杯放到桌上，转过身来，似乎是在端详我。

“好吧，”他说，“剩下的事咱们来个了结吧。你想不想做一个智者？你愿不愿知道一切？你是情愿让我拿着这个杯子离开你的房子，还是情愿让好奇心牢牢控制你的理智？先好好想想再回答，因为事情将照你的决定办。选择前者，你就会和以前一样，既没富一点，也没聪明一些，除非意识到自己曾帮助一个陷于绝境的人这件事可以算作某种精神财富。反之，选择后者，那么，此时此地，就在这间屋子里，一个新的知识领域、一条新的成名得势的道路，将立刻展现在你的面前；这奇迹不仅会使你不相信自己的眼睛，还能让无视一切的撒旦也魔心动摇。”

“先生，”我说，故意装出与实际心情大不相同的淡漠，“你的话实在费解，我听了并不觉得令人信服，你大概不奇怪吧。今天我一直是在不明就里的情况下替你做事，我已经参与得太多了，必须得到结果，否则，我不能让自己停下来。”

“很好，”我的客人回答道，“兰宁，记住你的誓言：让下面发生的事情成为你我职业上的秘密。长久以来你都把自己束缚在最狭隘、最庸俗的观念中，你否认超越一般经验的医学之功效，你嘲笑比你高明的人，现在，你亲眼看看吧！”

他把量杯放到嘴边一饮而尽。随后就大吼一声，身子打了一个旋转，踉跄了几步，他抓住桌子边不让自己倒下，瞪着受感染的眼睛，张开嘴大口喘气。就在我注视着这一切的时候，变化发生了：他好像在膨胀，他的脸骤然发黑，五官先是模糊，继而变样。我忽然直蹦起来，一下子退到墙边。我举起一只手臂，想挡住那不可思议的异象，我的心已淹没在恐怖之中。

“哦，上帝！哦，上帝！”我一遍又一遍地喊着。因为在我的面前，脸色惨白、浑身战栗、处于半昏迷状态、伸出两手向前摸索，犹如一个刚死而复生的人的，竟是亨利·杰基尔！

随后一小时他跟我讲的故事，我无法再鼓起精神写下来，我看够了、听够了，我的灵魂至今犹在恶心。现在，这景象已在我眼前消失，我问自己是否还相信它，却回答不上来。我的生命的根基已动摇，我压根儿睡不着。最致命的恐怖日日夜夜、时时刻刻地围绕在我身边，我感到自己留在人间的日子已屈指可数了，我一定会死的，但是我死都不相信。至于那人含着愧恨的眼泪向我暴露的道德堕落行为，我如今一想起来，仍会吓得心惊肉跳。我只想说一件事，厄特森先生，如果你有勇气相信的话，此事也就能够说明问题了。那天夜里潜入我房子的家伙，杰基尔自己也承认，就是全国每个角落都在通缉的杀死卡鲁的凶手，即大家更为熟知的那个名叫海德的人。

黑斯蒂·兰宁

第十章　亨利·杰基尔关于本案的全部交代

我于一八××年出生后便拥有一大笔财产，此外还被赋予优秀的品质、天生的智慧，喜欢赢得同辈中智者贤人的尊敬。由此可以假定，凡是保障锦绣前程所需要的每一个条件我都具备。的确，我最糟糕的缺点是不耐烦、图快活，这种性情能使许多人得到愉悦，但是我发现它同我的强烈欲望——在人前昂首挺胸、保持庄重的仪容——很难协调。因此，我就隐藏我的快乐；而当我达到认真反思的年龄，并开始环顾四周，估量自己在社会上的前途和地位时，我已经深深地陷于这种口是心非的生活了。许多人要是犯有类似我这样的毛病，甚至会高调地宣布自己有罪；然而，我从个人的远大抱负出发，心怀一种几乎病态的羞耻感看待并极力掩饰它们。所以严格意义上来说，不是我的缺点中有什么特殊的堕落倾向，而是我的抱负之大把我塑造成了我现在这个样子，并且将区分和合成人的两重性的善与恶这两大范畴在我身上切割得比大多数人更为壁垒分明。在这种情况下，我不得不深刻地怀疑源于宗教，同时又作为苦恼最充沛的源泉的严峻的生活法则。尽管我是如此鲜明的表里不一，但我绝不是一个伪君子；我的两个方面都是非常真诚的。我在光天化日之下努力钻研学问或减轻他人痛苦的时候，和甩开一切约束、一头扎进丑事堆的时候，同样不弄虚作假。碰巧我的科研方向——有关神秘、超越的课题——对这种长期自我冲突的意识也起到了很大的澄清作用。每一天，我从我的智力的两个层面——道德的和理性的——一步步地去接近真理（仅仅发现了真理的一部分，我就注定要遭到如此可怕的毁灭）：人并非是单一的，而是二元的。我只说二元的，因为我自己的认识水平还没有超出这一点。不过，在这条路上，别人会追随着我并后来居上。我猜想，将来终会明白，人无非是由形形色色自相矛盾而又各自独立的居住者组成的一个政治实体。就我而言，我从个体生命的本质出发，始终朝着一个方向，而且仅是这个方向前进。在道德方面，我是通过亲身体验看透人的十足而原始的两重性的。我认识到，在我的意识领域内有两种本性在斗争，即使有充分理由说我属于其中之一，那也在于从根本上讲这两者我都具备。从一开始，甚至在整个过程中，我的科学发现已经清清楚楚地显示这种奇迹的可能性，故而我学会了快乐地活着，像做一个可爱的白日梦那样，津津有味地反复思索如何使两者分离。我告诉自己，如果这两者能被安置在不同的身份中，生命将被免除一切难以忍受的东西；不义的人可以从他更正直的双胞胎兄弟的渴望与悔恨中解脱出来，走自己的道路，正义的人可以踏实而安全地走在他的上坡路上，从做好事上找到人生的乐趣，不再因受到多余的邪恶之身的牵累而出丑和忏悔。这样互相排斥的两类人被纠缠在一起，在子宫内不断挣扎、饱尝苦楚，实在是人类的诅咒。那么，如何才能使两者脱离呢？

迄今为止我一直在冥思苦想，突然，正如我刚才所说，在实验台上获得的一些成果从侧面为这一课题提供了启示。我开始比以往更加深切地领会到，我们那个看似坚实的身体其实像雾一般虚幻而缥缈。我发现某些药物具有抖掉和扯去那个躯壳的力量，恰似一阵风能把一个帐篷的帘幔吹开一样。鉴于这两个好的理由，我不会对我陈述的科学部分作深入阐释。第一，因为我已经懂得我们人生的厄运和负荷必将永远压在人的肩膀上，每一次试图抛开它们，只会变成一种更陌生和更可怕的压力反弹回来。第二，因为我的发现是不完整的，这一点可从下文看清楚（唉，太明显了！）。然后，我不仅能把我的自然躯体与构成我的精神的某些力量的气和光区分开来，而且设法复合药物，可以废黜这些力量的权威，代之以第二种形态和面貌；第二种形象对我来说没有什么不自然的，毕竟那是我灵魂中卑劣情操的表现并打上了它们的烙印。

在把这种理论付诸实践之前，我犹豫了很久。我很清楚我在冒着死亡的危险，因为任何具有强大力量能够控制和摧毁个性堡垒的药物，只要稍微过量或服用时间不当，就会使我期望改变的那个幻象似的肉体完全消失。但是这种发现的诱惑是那么强烈，最终战胜了我的轻微恐惧。我花了很长时间准备配药，立即从一家化学品批发公司购买了大量某种特殊的盐，我从实验中知道这种盐是必备的原料。然后在一个命定的晚上，我把所有的成分混合在一起，看着它们在杯中沸腾、冒烟，当气泡消失后，我鼓起勇气把药喝了下去。

紧接着产生一种让人撕心裂肺的痛苦：有种骨头被撕裂的感觉，非常恶心，精神上的恐惧比起出生或死亡时有过之而无不及。后来这些痛苦开始迅速减弱，我似乎从一场大病中恢复过来。我有一种奇怪的感觉，一种难以描述的新奇感和从中产生的让人难以置信的欣慰感。我觉得自己变得年轻了，身体也轻盈很多，整个人都更加愉快了。我内心意识到一种令人兴奋的冲动，一串串混乱的意象就像推磨一样在我的想象中流泻，我觉得自己解脱了，感受到一种从未有过的但是并非天真无邪的自由。从这种新生活开始的第一秒起，我就知道自己变得很邪恶，比过去邪恶十倍。我出卖了自己，变成原罪的奴隶。这种想法，在那个时候，像酒精一样使我充满活力和欢乐。我伸出双手，为这新鲜的感觉而狂喜，但同时，我突然意识到自己变矮小了。

当时我的房间里没有镜子，我笔下的这面现在立在我旁边的镜子，是后来专门为观察变形的过程而运过来的。那一夜已经很晚，快到第二天清晨了，尽管天色还是很黑，但白昼即将来临。家里的其他人这会儿都睡得很熟，胜利和希望使我异常兴奋，我决定以崭新的形象冒险走到卧室去。我穿过院子，满天星辰看着我，我惊讶地想我是它们在不眠之夜看到的第一个生物。我蹑手蹑脚地穿过走廊，像成了自己家里的陌生人。来到卧室后，我第一次看到了爱德华·海德的样子。

现在我只想从理论角度分析这个问题，不说那些我已经知道的东西，而是说我认为极具可能性的东西。我现在已经把决定性格形成的能力转移到我本性中的邪恶的一面，它同我刚刚废弃的善的那一面比起来，瘦小得多，发育差得多。此外，在我的一生中，我毕竟使用了百分之九十的精力去努力工作，完善道德和自我克制，如今它已经很少再用，也就不那么容易耗尽了。我想，这也正是爱德华·海德比亨利·杰基尔矮小、瘦弱和年轻的原因。善良的光辉照耀在杰基尔的脸上，邪恶也清清楚楚地写在海德的脸上。另外，邪恶（我依然相信这是让人致命的一面）在身体里留下了畸形和腐烂的烙印，但当我在镜子里看到这丑陋的相貌时，我却没有反感，反而拍手称快。这个人也是我，挺自然的，也合乎人性。在我眼中，它带来了一种生机勃勃的精神，比我此前习惯称为"我"的那个残缺的面貌来得更明确、更纯粹。以上我的分析无疑是正确的，我观察到当我以爱德华·海德的面目出现时，没有人一开始就能不带半点厌恶感地走近我。我认为，这是因为我们遇到的所有的人都是善和恶的统一体，而爱德华·海德是人类中纯粹由邪恶组成的人。

我只在镜子前徘徊了一会儿，因为决定性的第二步实验还需要我努力尝试。我是否已经无法挽回自己原来的样子，是否能在天亮之前从这个不再属于我的屋子里消失，这些都还留待观察。我匆忙赶回密室，再次配好药喝下去，又一次承受了身体消解的痛苦，然后重又回到了具有亨利·杰基尔的性格、身材和面容的自己。

那一晚，我走到了命运的十字路口，如果我能用一种比较崇高的精神来对待我的这个发现，如果我是在高尚、虔诚的渴望推动下来冒险试验，也许事情就会是另外一个的样子，从那些生与死的折磨中，我能成为一个天使，而不是恶魔。药物没有识别的能力，它既不是邪恶的，也不是神圣的。它冲击了我本性的大门，里面的东西就像腓利比俘虏一样，关在里面的总有一天会出来[1]。那时，我的美德沉寂了，我的邪恶却野心勃勃地清醒着，警觉地、迅速把握住时机，于是就产生了爱德华·海德。因此，虽然我现在有两种性格和两副面孔，一个完全邪恶，另一个仍然是原来的亨利·杰基尔，但我早已绝望地认识到我是一个无法改造，也无法改善的不和谐的统一体。因此整个情形就朝着越来越坏的方向发展。

即使在那个时候，我还是没有克服对枯燥无味的研究生涯的厌恶，经常找寻一些欢乐。因为我的乐趣（说好听一点）是不高尚的，而我不仅远近闻名，受人爱戴，还逐渐上了年纪，所以这种极其矛盾的生活让我日益受不了。正是在这一点上，新的力量诱惑了我直到我成为它的奴隶。我只要喝一杯药，就能立即抛弃有名望的教授的身体，像披上大衣一样，附上爱德华·海德的身体。想到这里，我不禁很欣慰，那时候，我觉得这一想法很有趣。我非常小

---

① 根据《圣经》记载，圣徒彼得在腓利比城传教时被当地长官抓了起来，到了夜里全城大地晃动，市民们大为惊骇，第二天早上长官便恭恭敬敬地把彼得送出了牢狱。

心谨慎地做了一切准备工作。我在索荷地区买了一幢房子，并购置了家具，这幢房子就是后来警方在追踪海德时曾去过的；雇了一个我确信会守住话的、在社会道德上又不太较真的女仆。另一方面，我对仆人们宣布，海德先生（我描述了一下）在我的房子里享有绝对的自由和权力。以防万一，我甚至经常用我的第二身份来拜访自己，使自己成为家中的常客。接下来，我写下了那份你竭力反对的遗嘱，这样，如果杰基尔博士出了什么事，我还可以借用爱德华·海德的身体而不会在经济上蒙受损失。这样我在能想到的各个方面安排完毕，就开始从我的有利身份所具有的奇特豁免权中获得好处。

以前，曾有人雇佣亡命之徒来犯罪，而他们自己的人身和荣誉都能完好无损。我是第一个为使自己快乐而这样做的人，我是能在众人眼中以德高望重的姿态出现，而瞬间像小学生那样脱掉借来的衣服，一头扎进大海自由畅游的人，但是对我而言，在坚实的覆盖物下，我是绝对安全的。想想看——我甚至根本不存在！只要让我逃进实验室里，给我几秒钟的时间调配并喝下我早就放在一边的药，那么不论爱德华·海德做了什么事，他都能像呵在镜子上的水汽一样消失掉，代替他的是亨利·杰基尔，他安静地坐在家中，在书房里剔他那盏夜里用的灯；他对外来的质疑都能泰然处之。

正如我所说，我急于通过我的伪装去寻找的快乐是非常不光彩的，我不想用更加难听的词汇，但是，到了爱德华·海德的手中，这种快乐很快就开始转为可怕的事物。当我结束一次外出旅行回来时，我常常为我的化身所干的卑劣行径深感震惊。我从自己的灵魂里召唤出来，派遣去寻欢作乐的这位友人，事实上是一个天生的邪恶之徒。他的每一个行动和思想都以自我为主。他带着兽性般的欲望去寻求乐趣，而给别人带来的一切痛楚和折磨全不放在眼里，俨然一块无情的顽石。亨利·杰基尔有时也被爱德华·海德的所作所为吓呆了；但这一切也是平常法律远不能约束的，于是不知不觉间也就放松了向良心施加的压力。毕竟说到底，是海德一个人在犯罪，杰基尔没有变坏，他醒来时那些优良品质似乎未受损伤。他甚至总是尽可能迅速地弥补海德犯下的罪恶，因此，他的良心也就得到了安宁。

我不打算细述我所纵容的（直到现在我还无法承认是我干的）那些丑事，我只想谈谈我怎么受到了警告，惩罚又是怎么找上门的。我碰到过一件小事，因为无关紧要，我就一笔带过。我对一个孩子施加过虐待，这一残酷的行为引发了一个过客的愤怒，当然后来我发现他竟是你的亲戚。当时一个医生和孩子的家属都站在他一边，我不免对我的生命表示担忧。最后，为了安抚住他们的不满，爱德华·海德不得不把他们带到家门口，并支付给他们一张由亨利·杰基尔签名的支票。不过，此后我在另一家银行用爱德华·海德自己的名字开了一个账户，也就很容易地排除了未来再出现这种危险的可能性。我把笔迹向后倾斜，又给自己发明了另一个签名样式，我想从今往后我就高枕无忧了。

在丹佛斯爵士被谋杀前大约两个月，有一回我去冒险，一小时后才回家。第二天早上在床上醒来时，我有些异样的感觉。我环顾四周，看到了广场附近自己家里像样的家具和轩敞的房间，认出了窗帘的图案和红木框架的式样，但我还是觉得自己身处他地，仿佛在索荷区我通常以爱德华·海德的身体睡觉的小房间里。我暗自感到好笑，并且依照心理学的方法懒洋洋地开始调查这种幻觉的由来。在这过程中，我偶尔又打起舒服的清晨瞌睡来。到了一个清醒的时刻，我把目光落在我的手上。如今亨利·杰基尔的手

（像你经常说的那样）是一副专业的形状和大小：大而坚定，又白又漂亮。可是现在在伦敦黎明的昏黄灯光下，我看到了一只苍白瘦弱，皮包着骨头且长着一层黑毛的手半握着搁在床上。这就是爱德华·海德的手。

我在惊讶导致的麻木状态中想必对它注视了差不多半分钟，直到恐惧在我心中猛醒过来，犹如钹的碰击给我一种惊人的崩溃感。我从床上蹦起来，冲到镜子面前。一对上镜中人的眼睛，我的血液立刻变得稀薄，浑身冰凉凉的。是的，我上床时明明是亨利·杰基尔，醒来时却成了爱德华·海德。这该如何解释？我问自己；然后，我又被另一大必然的恐怖笼罩——这又该如何补救？此时天已大亮，仆人们都起来了，而我所有的药物都在密室里，离我目前站的位置有一段长长的距离，要下两层楼，穿过后面的通道和院子，再经过阶梯大厅。诚然，我可以把脸遮起来，但我无法隐藏我的身材变化，所以能有多大用呢？这时，我怀着一种无比甜蜜的宽慰心情想起，仆人们已经习惯于我的化身进进出出了。于是，我马上尽我可能地穿好我本人那个尺寸的衣服，急急忙忙穿过院子；布拉德肖注意到海德先生一大早打扮得如此奇怪，不禁瞪圆了眼睛，后退几步。十分钟后，杰基尔博士又恢复了原形，皱着眉头坐下来装作吃早饭。

其实我什么也吃不下。这件莫名其妙的事情扭转了我以往的经验，似乎像巴比伦宫墙上的手指，正在拼写对我作出判决的字句①。我开始比从前任何时候更认真地反省我的双重存在可能导

---

①《旧约·但以理书》第五章载，巴比伦王伯沙撒在宫中设宴与大臣们面对面欢饮，忽有手指在宫内粉墙上写字，王的许多哲士均不能解读。后来经先知但以理讲解，原来所写文字为“你被称在天平里显出你的亏欠”。当夜，伯沙撒王被杀，王国亦告分裂。

致的严重后果。因为最近我对制造出来的那个化身加强锻炼和补充营养，我感觉爱德华·海德长大了不少；当我套上他的躯壳时，感觉体内血气方刚。我隐约察觉到一种潜在的危险，假如就这么顺其自然的话，我的本性的平衡可能被永远打破，随意变形的能力也许会丧失，爱德华·海德的性格将不可逆转地主宰我的性格。那种药的效力不是一直都是显著的。曾经在我从事这项活动之初，它是完全失败的；所以此后我不得不增加剂量，有一回甚至冒着死亡的风险加到了三倍的量；而这罕见的不确定性在我心满意足之外留下了迄今为止唯一的阴影。不过，通过早晨的事故，我注意到，如果说之前的困难在于抛弃杰基尔的肉体，那么显然现在已经逐渐转移到了另一边。所有的一切似乎都指向一点：我慢慢地失去了原始的更好的自我，向着第二个糟糕的我趋同。

在这两者之间，我认为我必须做出选择了。这两个我虽说有着共同的记忆，可别的能力两方却共享得极不平等。杰基尔（他是个复合体）时而保持着清醒的头脑，时而带着无尽的贪婪预测和分享海德的快乐与奇遇；但海德是冷漠的化身，就像山上的土匪，人们只有在寻找藏身的洞穴时才会想起他们。杰基尔的关怀不下于一个父亲，而海德的冷淡却比一个不孝子还甚。要是我选择了杰基尔，意味着与我长期偷偷迁就而近来开始纵容的欲望绝缘；要是我选择了海德，则意味着与千百种权益和抱负绝缘，并永远成为一个受打击、遭鄙视、无人睬的对象。交易中自然会有不公平，但仍有另一个因素应予以考虑，即杰基尔会在禁欲的烈火中饱受剧痛，海德却对事情的一切毫无意识。我的处境虽然奇怪，然而这里所讨论的问题陈旧又平常；任何受到考验而摇摆不定的罪人，都要在大同小异的诱惑和忧虑面前作出抉择。我和大多数同类一样，最终选择了更好的那一部分，可我需要力量来坚持下去。

是的，我选择了那个上了年纪而又感到不满足的博士，他的周围环绕着朋友，个人也心怀诚挚的愿望。我毅然决然地告别了无拘无束的自由、更加年轻的身心、轻快的步伐、有力的脉搏和我在披上海德的外衣时享受到的秘密乐趣。我做出这个选择的时候，也许有一些不自觉的保留，因为我既没有舍弃索荷区的房子，爱德华·海德的衣服也被我藏在柜子里。不管怎样，我坚持我的选择两个月了。期间我比以前更加严格地要求自己，我也从良心的赞许中获得了补偿，但是，时间抹杀了我的新鲜感，对于良心的赞美越来越令我觉得是理所当然的。我开始被痛苦和渴望折磨着，类似于挣扎着要自由的海德的痛苦和渴望。最后，在一个意志薄弱的时刻，我再次合成了一副化身药剂吞了下去。

我想，当一个酒鬼就他的恶习自己跟自己辩论时，他五百次中不会有一次考虑到他那畜生般的麻木不仁给自己招来的危险。同样，我对自己的状况盘算再三，还是没有充分估计到爱德华·海德的主要特征——冷酷无情的罪恶行径以及对一切漠不关心的道德观念。所以，我由此受到了惩罚。我的恶魔被长期锁闭着，势必要咆哮着冲出来。只要我把药一喝下去，就感觉到心中有一种更加难以控制、更加肆无忌惮的作恶倾向。一定如此，我想，这也导致了我听完不幸的受害者礼貌地向我问路时，我的反应异常暴虐浮躁。我至少敢在上帝面前宣誓：没有一个精神健全的人被一点点刺激挑衅后会犯下那样的罪行；而我在打那个人的时候，并不比一个任性的孩子砸碎玩具时头脑清醒。可是我是自愿剥夺了使自己维持精神平衡的本能；要知道，即使是我们中最坏的人，凭借这种本能也还能在诱惑的包围下继续往前走。可我呢，一旦被引诱，无论是多么微不足道的引诱，都意味着沉沦。

恶魔的灵魂一下子在我身上苏醒并大发兽性。我怀着欣喜若狂的心情殴打那个无力反抗的肉体，每打一下就尝到一份快乐，直至达到兴奋的巅峰时，我才感到恐惧，心都凉透了。浓雾散去，我预感自己的生命将被没收，便从暴行的现场逃离，又是得意洋洋，又是胆战心惊。我的邪恶的欲望得到了满足和刺激，而我对生命的眷恋如同琴弦绷紧到了不能再紧的最大限度。我跑到索荷区的住所，销毁（双重保险）了我的文件；接着我从那里出发穿过灯火通明的大街小巷，情绪仍处于分裂的狂热状态，我对所犯的罪行自鸣得意，甚至想放心大胆地再做上几次，却又不敢停下匆忙的脚步，还时不时地留神倾听有没有复仇者追来。海德一面配药，一面唱着歌。他喝下药算是为死者干杯。尚且处于变形的剧烈疼痛中时，亨利·杰基尔早已满脸泪水、悔恨交加地跪倒在地，在上帝面前紧合双手开始祈祷了。狂放不羁的遮盖物已被揭去，我想起了我这一辈子，我回忆起了小时候父亲牵着年幼的我一起走路的情形；我也想起了多年来拼命克制欲望、通宵达旦地进行科学研究的生活。我又多次回想起那天晚上的恐怖情形，可总觉得那是一种虚幻。我痛苦得真想大喊大叫，满含着泪水不停地祈祷，想要忘却那些盘旋在脑子里的令人恐惧的情形。可是，在我祈求的过程中，我那蠢蠢欲动的坏的一面一直在偷窥着我的灵魂。当剧烈的疼痛完全消失，我不禁感到幸运：海德将不复存在了，我再也不用为何去何从而犯难了。无论我愿不愿意，我已经处于了生活中好的一面的控制之中。哦，每当想到这一点我就忍不住心花怒放！我略带羞辱地欢快地恢复了原来的自我！我是多么真诚地以一种悔过自新的心情关闭了我常常出入的那道门，并且把钥匙用脚踩得粉碎。

第二天，消息传来，谋杀案经过仔细的调查，世人都已知道凶手是海德，并且被害人社会地位崇高。这不仅是一桩犯罪，而且是一场愚蠢的悲剧。我好高兴听到这个消息，这样可以利用对于断头台的恐惧心来支撑和保护我的较好的素质。杰基尔现在是我的避难所，海德只要敢探头朝外张望一下，就将被千夫所指、人人得而诛之。

我决定在未来的行动中赎回过去。我可以诚实地说，我的决心结出了一些好果子。你也知道，去年的最后一个月我是多么努力地缓解痛苦，为别人做了不少好事。那些日子过得很平静，对我来说是幸福的。我实在不能说自己厌倦了这种只行好、不作恶的生活；相反，我认为自己每天都尽情地享受到了它的乐趣。然而，我还是要受着那双重性的折磨。悔罪的利刃刚刚失去最初的锋芒，我身上卑下的一面（过去长期受到纵容，不久前才用锁链拴起来）便开始嚎叫，要求释放。并非我梦想让海德复活，光是这个念头就能叫我全身冰凉。不，是我本人又一次受到诱惑想玩弄一下良心，是我作为一个普通的秘密罪人顶不住诱惑的攻击终于垮了下来。

于是一切的一切都终结了，最深最大的容器也满了，这短暂的对我的劣性的迁就彻底破坏了我灵魂的平衡。然而我并不惊讶，堕落的发生似乎很自然，仿佛又回到了我做这些科研之前的那些日子。这是一月的一个晴朗的白天，冰融化的地方略微有点潮湿，可一抬头便能看见万里无云的天空，摄政公园里充满了冬日啁啾的鸟语和初春甜蜜的气息。我坐在长凳上晒着太阳，潜伏在我体内的兽性馋涎欲滴地回味着过去的好日子；精神却有些昏昏沉沉，总在想着怎样才能更好地弥补过错，却又没有着手行动起来。我在想，说到底，我毕竟同世人相似；我跟他们相比，把自己积极热情的好意同他们的漠不关心相比，我还是无愧于心的。就在这种虚荣心刚刚产生的刹那，我便开始浑身发抖，恶心得要命，感到一种难以忍受的恐惧。发作完毕后，我昏倒了。但过了一会儿我的头脑不再发晕了，思想情绪大为转变，变得大胆得多，蔑视危险，决心挣脱义务的约束。我朝下一看，我的衣服空荡荡地挂在我萎缩的肢体上，搁在膝盖上的一只手毛茸茸的、青筋暴露。我又成了爱德华·海德了。片刻之前，我还稳稳地享受着荣华富贵、受到大家的尊敬与爱戴。我家的餐厅里为我做好开饭的一切准备。可现在，我却是人类共同的猎物，一个无家可归、众所周知的杀人犯，迟早得上绞刑架。

我的意志动摇了，但并没有完全丧失。我曾多次发现，我变成第二个自我时，能力出乎意料地得到了加强，我的情绪也更有弹性。因此，紧要关头，杰基尔也许会屈服，海德却能够应付自如。我的药放在密室的一个柜子里，我现在怎么把它弄过来呢？这是我双手紧按太阳穴必须自己解决的问题。实验室的门已经关闭。如果我试图进入屋内，我自己的仆人准会把我送上绞刑架。我看必须假手于人了，于是我想到了兰宁。不过他如何才能过来呢？我怎样说服他呢？就算我在街上逃过了追捕，我又怎么走到他跟前呢？况且我是一个跟他素未谋面、又令人不愉快的陌生人，我该如何诱使一位著名的医生去搜他的同行杰基尔博士的密室呢？就在这时，我突然想起原来自我的一个能力还没有改变，即字迹仍是原样。这个想法的火花刚刚在脑海里闪现，便将我要走的一条路从头到尾照亮了。

于是，我把衣服整理得像模像样的，然后乘坐一辆出租马车前往波兰特街的一家旅馆。马车夫一见到我的打扮忍不住笑了起来（说实话，样子是挺滑稽可笑的，尽管这身衣服遮盖着多么悲惨的厄运），想掩饰也掩饰不住。我不得不咬紧牙关来克制内心的怒火，好在他的嘲笑并未维持多久，这对我们双方来讲都是运气吧，否则，他再笑一会儿，肯定会被我从车上扔下去的。到了旅馆后，我走进去，脸色阴森恐怖，吓得侍者们直哆嗦，他们甚至不敢拿正眼瞧我一下，全都毕恭毕敬地听从我的吩咐。他们为我安排了一个单间，并送来了纸和笔。正在冒险的海德对我而言是一个陌生的人物：他因为愤怒到了极点震颤着，疯狂到随时要杀人，千方百计地给别人制造痛苦。可是这个混蛋却很狡猾，拼命地抑制着心头的怒火，写了两封重要的信：一封给兰宁、一封给普尔。为了获取凭证，他吩咐必须寄挂号信。

然后，他整个白天都待在单间里烤火、咬指甲。他独自心怀鬼胎地在房里吃了晚饭，侍者怕他怕得要命。等到天色一黑，他就搭乘一辆封闭的出租马车离开旅馆、四处去兜风。我总是说"他"，不承认那是"我"。那个地狱的产儿残酷无情，他的身上除了害怕与仇恨什么都没有。后来，他担心马车夫也起疑心，便下车冒险步行，但混在夜行的人群中间，他那不合身的衣服注定引人注目，那种卑劣的感情则一直在他胸中不停地翻滚。他在恐惧感的驱使下走得很快，悄悄地自言自语着，鬼鬼祟祟地穿过一些行人较少的街道，估算着到午夜十二点还剩多少时间。有一回，一个妇人同他搭话，大概是想向他兜售一盒火柴。他却打了她一耳光，吓得她撒腿就跑。

当我在兰宁家恢复原形的时候，我的老友那副魂飞魄散的模样真让我有点惴惴不安，反正我也说不上是怎么回事，但至少又在我回顾那一段经历时所感到的无限憎恶中添了一滴。我的心情又起了变化，我并不怕什么断头台，我只是怕再次变成海德。我做梦般地听完了兰宁的责备，恍恍惚惚地回到家里上床睡觉。经过一天的折腾，虽然我仍紧张害怕，可也算睡得酣畅，即使是噩梦也未能把我惊醒。第二天一早醒来，我感觉好像被用力地抖过一番，疲软不堪，但精力是恢复了。我还在害怕心中的那个怪物，也不敢想象那阴森恐怖的未来，可是我总算回到了自己家里，药剂就在手边。经历了这么一番折磨，我的心中涌起了无限的感激之情，我隐隐约约感觉到了未来的希望。

早饭过后，我不疾不徐地穿过院子，正欢快地呼吸着清冷的空气，突然我又被那种难以名状的感觉捆绑住，它预示着我即将起变化。在海德的欲念再次使我愤怒和冰冻之前，我只剩下一点时间回到办公室。这次我服用了加倍的剂量才使自己恢复到原来的样子。不幸的是，六个小时之后，当我悲伤地坐着凝视炉火时，疼痛再来袭来，我又得服药了。总之，从那天起，好像只有使出做体操那样的力量，只有在药物的立即刺激下，我才能保持杰基尔的外貌。在白天黑夜的任何时间，我都可能遭受预兆性的震颤的袭击。尤其是，如果我睡着了，或者即使在椅子上打个盹，醒来时都是海德。处于这种时时刻刻即将降临的厄运的压力下，加上我不允许自己入睡超过常人所能承受的限度，于是我自己变成了一个被狂热耗得精疲力竭的人，身体上、精神上都虚弱不堪，唯一占据我脑海里的只有一种想法：对另一个自己的恐惧。但是每当我睡着，或者药性逐渐消失的时候，我几乎没有任何过渡（因为变形的痛苦日益不明显），立即变成一个充斥着恐怖形象的幻想的躯壳，一个沸腾着无名仇恨的灵魂，一个瘦弱得似乎装不下愤怒的生命力量的身体。海德的力量似乎随着杰基尔病况的严重而加强。现在他们对彼此仇恨的程度都是相当的。从杰基尔这一方来说，仇恨是一种求生的本能。他现在已看清了这个家伙的全部面目，这个家伙与他共有某些知觉，与他一起走向死亡；除去这些组成他悲痛中最辛酸的部分的共同联系之外，他心目中的海德虽然有旺盛的生命力，但不过是模样丑陋，而且无生机可言的东西。这坑洼里的烂泥仿佛能发出吼叫和人声，这无定形的尘土会做姿势和犯罪，这无生命的东西侵占了他的生命的地盘，多么让人震惊的事。还有，这如潮水般汹涌而来的恐怖和他居然结下了比夫妻还亲密，比眼睛对自己还密切的关系。他听到它在他身体里说着话，他感觉得到它挣扎着要出来。在每次他虚弱的时候，在每次睡眠的疏忽中，这恐怖就能压倒他，夺走他的生命。但是海德对杰基尔的仇恨却是另外一种。他对绞刑架的恐惧迫使他不断进行暂时性的自杀，回到他作为人的一部分的从属地位，而不再是整个人。但是他厌恶这种必要性，他厌恶杰基尔现在陷入的泄气状态，并且他厌恶杰基尔对待他的那种冷淡的态度。于是他用猿猴的花招耍我，摹仿我的笔迹在书页上写上亵渎神灵的语句，烧了我的信件，毁坏了我父亲的肖像。如果不是他自己怕死，他早就毁灭他自己从而让我也同归于尽。但是他对生命的爱是强烈的，更有甚者，我一想起他就恶心、发抖，当我回想起他是那样卑怯、那样强烈地贪生怕死的时候，当我知道他如何害怕我会用自杀来摆脱他的时候，我心里却对他怀着怜悯。

再延长这段描述也无益，并且时间也不允许我这么做。从来没有人遭受过如此酷刑，那就让它到此为止吧。但即使这样，熬惯了也会——不，不是减轻痛苦——使灵魂麻木不仁、个体深陷无尽的绝望。我的惩罚本来或许会持续数年，但最后的灾难已经降临，它终令我与自己的脸孔及本性来了个彻底了断。我配药用的盐类，自从第一次做试验起一直未加补充，存货已渐渐告罄。我派人又供了一批新货，还有一些混合药剂；沸腾后，颜色只发生了一次变化，没有再变第二次。我喝下它，结果不起作用。你可以从普尔那里了解，我命他把伦敦城全跑遍了，还是寻觅不到那批货。我现在确信，我用的第一批货成分不纯，而恰恰是那些未知的杂质才使药剂有此功效。

将近一个星期过去了，此刻我正在利用最后一点老药粉的效力结束我的交代。（这，这也是最后一次，亨利·杰基尔还能主导自己的思想或者从玻璃杯上看见自己的面孔。）我也不能耽搁太久，免得交代来不及写完，因为到目前为止，我的叙述之所以能免于被毁，那是高度的谨慎和伟大的好运所致。如果变形的阵痛正好在我写作的时候发作，海德准将它撕成碎片；但是如果我能早一点把这份东西放好，那么他“值得称道”的自私和短视也许能使我的交代再次逃脱被胡乱涂鸦的厄运。的确，正在向我们两个人步步逼近的厄运已经使他变样和压垮了他。半小时后，当我再次、也是永远地变成我所深恶痛绝的那个人时，我知道我将坐在椅子上战栗着、哭泣着，或者就继续在房间里踱来踱去，聆听着每一声的威胁，提心吊胆、失魂落魄。海德会死在断头台上吗？还是他在最后一刻勇敢地自我解脱？只有上帝知道，我可管不了。现在是我真正的死亡时间，此后的事情将和我无关了。好了，我就此停笔，封存我的忏悔，以此结束那个不幸的亨利·杰基尔的一生。

三个正直的制梳匠

[瑞士]高特费里特·凯勒　著
李俊丽　译

塞尔德维拉市民们证实了，假如整个城市里都是一些不正直的或者轻薄的人，尽管在时代与商业变迁的紧要关口，这个城市仍能继续残存下来；三个制梳匠则证明了，三个正直的人如果住在同一屋檐下，不出多久就会打起来。不过我们这里所说的正直，并不是天道公平的正直或者人类良心生来就有的正义感，而是一种畸形的正直，这种正直删减了“主祷文”里的“免我们的债，如同我们免去他人的债”[①]这个请求。因为这种正直人既不借债，也不欠债。他们不得罪人，却也不招人喜欢。很明显，他们愿意劳动挣钱，却不舍得花费分文；只发现勤奋工作的好处，却发现不了其中的乐趣。这种类型的正直人既不扔石头砸灯笼，也不点亮灯笼，从他们身上看不到任何光明。他们愿意尝试各种不同的行业，只要没有危险性，任何行业对他们来说都是一样的。他们倾向于定居在有很多他们认为不正直的人的地方，因为如果只有他们这类正直的人在一起，而没有不正直的人围绕，他们很快就会互相争斗，直到两败俱伤，就像两块磨石中间没有谷粒一样。一旦不幸落到他们头上，他们将会感到很震惊，就像被矛击中似的放声大哭，因为他们感到自己没有伤害任何人，偏偏为什么就这么倒霉。他们把世界看成一个组织庞大、秩序井然的警察机构，一个人只要各扫自家的门口，把自家窗前的花盆摆仔细，不从窗子里向外泼水，就不用害怕因触犯法律而被惩罚。

在塞尔德维拉有一个制造梳子的商店，店主总是每隔五六年就要换一次，尽管如果经营得好的话它会是一个赚钱的生意，因为到塞尔德维拉附近赶集的商贩总是习惯于在这里进货。这个商店除了制造粗糙的角质梳之外，还为乡下的美人和使女们制造装饰

---

① 见《新约·马太福音》第六章。

精美的梳子。这种梳子用透明的牛角制成，那些暂留在这个店里的能手们（因为老板从不工作），每个人根据自己的想象，在牛角上雕饰出赤褐色龟壳云形状图案。把这种梳子对着光一照，好像看到了日出日落时的瑰丽，红霞满天，乌云朵朵以及其他光怪陆离的自然景象。夏天伙计们喜欢流动，这时老板招人很难，留下来的于是就受到优待，可获得丰厚的薪酬和不错的伙食；但一到冬天，大家都要找一席安身之地，老板可雇佣的人很多，他们就不得不屈就了，拼命工作却只能赚取微薄的工资。老板娘每天在饭桌上摆上一盘泡菜说："这是鱼！"如果有一个伙计斗胆地喊道："对不起，这是泡菜！"他立刻就会被解雇，在严寒中流浪于街头。但是一旦大地回春，道路可以通行的时候，伙计们就会说："噢，不错，这就是泡菜。"说完就开始收拾他们的行装。即便这时老板娘立即扔一大块火腿在泡菜上，老板说："噢，我说错了，我刚才还认为它是鱼呢！但现在看来确实是一片火腿！"他们仍然渴望离开这里，因为在这里一张双人床上不得不挤上三个人，在整个冬天，他们的肋骨互相碰撞戳痛，身体两侧挨冻受冷，使他们早已互相厌倦了彼此。

然而，有一天，一个做事有板有眼，彬彬有礼的伙计从萨克森的某个地方来到这里。他对每件事都逆来顺受，工作起来就像个牲口似的，即使想赶都赶不走，如他所愿终于成为这个商店的固定摆设，亲眼目睹了老板的几次更迭，那几年事情比平常更加多变。尤波斯特躺在床上时尽量把身子挺得像木板一样直，无论冬夏他都占据靠墙那一边；他愿意承认泡菜就是鱼，在春天的时候，怀着一点点感激之情，品尝着一小片火腿。无论是冬天赚的微薄的薪水还是夏天稍微丰厚的酬劳他都收起来；他不乱花一分钱，攒下了所有的酬劳。他从不像其他伙计那样生活，他从来不喝一滴酒，一概不交际往来，无论是他的同乡还是其他年轻的伙计；只是在晚上，没有多余的活可供加班挣额外的工资时，他才会站在门口与老太婆们开开玩笑，心情特别好时，还会帮她们把水桶搁在头顶上，聊一会天之后他很早就会去睡觉。星期天，即使天气非常好，他也会工作到下午；但是，不要认为他真的像快乐的制皂匠约翰[1]那样，兴高采烈、满心愿意地干活；恰恰相反，当他自愿地从事这项额外工作时，情绪非常沮丧，不断地抱怨自己艰难的命运。

每逢星期天下午，他就会穿着他肮脏的工作服，拖着一双拖鞋，啪嗒啪嗒地穿过街道，到洗衣妇那里去取洗好的衬衫，熨好的衬衫前胸、浆好的高硬领，或者好一点的手帕，他平托着这些贵重的东西，迈着优雅的伙计的步伐，走回家去。有些伙计穿着他们的工作围裙和拖鞋走路时，总是迈着一种自己想象中的特殊步伐，像是在高空翱翔似的，尤其是有点文化的图书装订工，快活的制鞋匠和卓然不群的制梳匠。在房间里，尤波斯特仔细考虑起他是否真的应该穿上新洗的衬衫和前胸，或者他是否应该呆在家里不出去再干点活，这样他就可以把身上衣服多穿一个星期——因为他尽管是一个性情温和正直的人，但到底还是一个肮脏鬼。稍后，他就会又坐下来嗟叹一番世事艰难，重新干起活来，他愠怒地（赌气地）用牙齿咬着梳子，或者把牛角制成龟壳云形状，然而，在做这项工作的时候，他非常审慎又缺乏想象力，他总是千篇一律地在牛角上涂三个一模一样的丑陋的斑点；因为如果没有明确要求，他在工作时是不会付出即使是最轻微的努力的。

但是当他决定去散步的时候，他会先花上一两个小时精心打扮一番，然后拿着他的手杖，装模作样地迈着僵硬的步伐在城门前

---

① 德国诗人弗利德里希·封·哈格多恩（1708—1754）的一首同名诗里所描写的人物。

走来走去，站在这里，怀着谦逊和无聊的心情，和那些同他一样没有更好去处的人闲聊几句沉闷乏味的话题，这些人大部分都是年老而又贫穷、无力支付酒钱的塞尔德维拉人。他愿意和他们站在一幢正在修建的房屋前，或者是一块未成熟的庄稼地前，或者一棵受到风雨蹂躏的苹果树前，或者新建的一家纺纱厂前，没完没了地详细谈论这些东西的收益、费用项目、一年的前景、农作物的状况，其实他对这一切都一窍不通，但那并不重要，通过这种方式他可以以他认为的最便宜、最有趣的方式消磨时间。那些老年人总是称他为有礼貌、有见解的萨克森人，因为他们同样什么都不懂。当塞尔德维拉人决定去成立一个大的酿酒股份公司，他们指望从这项事业中获取厚利；庞大的房基已经拔地而起，好几个星期天的晚上尤波斯特都拿着他的手杖在那里东戳戳西戳戳，好像是在以博学之士的眼光以极大的兴趣来考察这幢建筑的进展，仿佛他是一个建筑专家，同时又是一个极其能喝啤酒的人似的。“别告诉我！”他一次又一次的惊呼，“那是为你而建的工程！它将会成为很好的企业！不过会很费钱，唉，钱哪！可惜得很，这道拱顶应该再加深一些，那墙得再厚一点！”当他在说这些话的时候，脑袋里没想别的，一心只想着在天黑以前要回家吃晚饭，不像其他伙计经常干的那样，他从不耽误自己的晚饭，因此老板娘不得不为他一个人而留在家里，甚至得为他的其他方面做出一些安排，这是他唯一令老板娘埋怨的地方。当他吃完他的一小块烤肉或香肠后，会在房间里踱来踱去、胡思乱想一阵，然后心满意足地上床睡觉。这就是他认为的快乐的星期天。

尽管他性情温和、正直，做事谦虚谨慎，内心却也不乏一丝嘲讽的冲动，他常常暗地里嘲笑世人的轻浮与虚荣，似乎对事物的伟大与重要性嗤之以鼻，好像意识到自己有更深刻的思想似的。事实上，他有时也摆出一副聪明的样子，尤其是当他在星期天以专家自居进行那些谈话时，人们可以很容易地看出，实际上他胸怀大志，与他的抱负比起来，别人所创办、从事和经营的一切，都只不过是一些不值一提的小儿科。自从他来到塞尔德维拉当伙计后，他无时无刻不珍视，并且几年来一直作为自己指路明灯的伟大计划就是：把工资攒起来，直到某一天这家商店再次易主，而他的钱也已足够买下它时，他就会把它盘过来，自己做这里的老板。这是他一切行为和努力的动力，他早已明白：一个人勤奋而又节俭，就一定会从这两种美德上获得好处；一个人如果有自己的行为准则，他就会足够聪明地从别人的粗心大意中获得教训而不会受到损失。但是，只有当上老板，他才可能赚取足够多的钱，成为一名瑞士公民，然后他才能过塞尔德维拉人以前从没尝试的那种优雅得体的生活。对凡是不能增加他财富的事情他一概不去关心，也不想花费一分钱，倒想在这个小镇轻浮的漩涡中尽可能多地捞一把。这计划简单、正确，又可以理解，尤其是他已经开始坚定不移地贯彻实施，而且已经攒下一笔相当可观的钱，这笔钱他小心翼翼地保管在一个隐蔽的地方，根据可靠估计，到时足够使他达到目的。

但是，这个隐秘平和的计划唯一不近人情的地方就是：尤波斯特竟然构想出这样一个计划；因为他心中没有任何东西迫使他正好选中塞尔德维拉留下来——他既不爱这个地方，也不爱这里的人，既不爱这里的政治制度，也不爱这里的风俗习惯。他对于这一切就像对自己的家乡一样，都是漠不关心的；而且他也完全不怀念自己的家乡。凭着自己的勤劳和正直，像在这里一样，他可以在世界上任何地方安身立业，但是他并没有自由选择，而是稀里糊涂地抓住了偶尔出现在他面前的最初的一线希望，就把自己依附于这个希望之上，像水蛭似的从中吸取营养以支撑自己。有句俗话说，

“什么地方我能够享福，什么地方就是我亲爱的祖国！”对那些自己决定离开家乡，以充沛的精力去外面闯荡并取得一定的成就，然后衣锦还乡的人；或那些为了逃避家乡某种无法忍受的状况而遵循时代潮流成群结队地加入新的民族大迁徙而漂洋过海的人；同样对于那些在某个地方找到了比家乡老朋友更亲密的至交，或者找到了比起自己家乡来更喜欢在那里生活的地方，或有更幸福的人情纽带把他和这个地方紧紧联系在一起。这些人也的确可以提供出更好和较必须的理由来说明他们在新的国家过得更好，对于这些人我们是不会反驳他们的正确性的。但是无论他们在哪里，他们肯定会在那里生活做人，无论如何他们也得喜欢他们所幸福生活的地方。但尤波斯特却一点也不了解自己生活的国家；瑞士的生活和习俗在他看来是不可理解的；他只是常常说：“噢，是的，瑞士人是关心政治的！我确信如果一个人喜欢政治，那么政治就是一件好事。可是对我来说，我不懂政治也无法做出判断，因为我的家乡并没有谈政治的风气。”塞尔德维拉人的生活方式引起了他的恐惧和不安，当发生示威游行时，他心惊胆战地躲在作坊后面的角落里，唯恐自己的生命受到威胁。尽管如此他仅有的思想和最不可告人的秘密就是要待在这里直到老死。这样正直的人在世界上任何地方都能找到。他们之所以定居在一个地方，并没有别的原因，不过是因为碰巧找到了一个好饭碗，便安安静静地抱着这个饭碗混饭吃，他们既不思乡，也不爱自己的居住地，既不怀念过去，也不遥想未来。因此，比起拥有自由意志的人类来，他们更像是那些低级的有机体，奇特的动物和植物，偶然被空气和水带到某地，就在那里繁殖起来。

尤波斯特在塞尔德维拉就这样自我满足地过了一年又一年，他秘密攒下的钱渐渐增多，他把这些钱藏在自己房间的一块地板下面。没有一个裁缝能吹嘘说他曾挣过他一文钱，因为来这里时所穿的星期天外出穿的上衣依然完好无损。也没有一个鞋匠赚过他一分钱，他刚来时用来装饰行囊外部的那双靴子到现在鞋底还没有一个洞；一年只有五十二个星期天，而他只把其中的一半用于短途散步。没有一个人敢夸口他曾看见尤波斯特手上有一块或大或小的钱币；因为工资一到手，尤波斯特就立即神不知鬼不觉地溜走了，甚至即使他到城门前散步，兜里也从不装一分钱，所以让他花钱买任何东西都是不可能的。当妇女们到作坊来卖樱桃、李子或梨时，其他伙计都会买些来满足自己的口腹之欲，他也馋得直流口水，但他仍然能通过把注意力集中在讨价还价上和轻轻地抚摸把弄这些诱人多汁的樱桃和李子来解馋，最终，卖水果的妇女们把他当做最热切的主顾，鼓动他买时，他却不肯花一个子，并为自己的节俭而喜悦，令这些妇女们不知所措地离开这里。而他则带着极大的满足感看着其他伙计吃，还向他们提供详细的建议，如他们买来的苹果应该如何烘烤或削皮。正如人们从未瞥见过他所拥有的一分钱一样，也从没有人听他说过一句刺耳的话，提出一个不合理的要求，或者显出一丝不赞成的表情。他极力避免任何争端，也从不把别人开他的玩笑当回事。当别的伙计浪费他们的金钱买醉时，他却急切地想听到各种流言飞语，观察并评判一个争端，因为这些事情为他提供了一种免费的消遣娱乐方式；尽管如此，他却处处小心，从不干涉别人的事，以免使自己陷入一种轻率的行为中。简而言之，他是由真正的英雄的智慧、耐力和谦和，以及卑鄙小人的无情所结合而成的最不同寻常的混合体。

有一段时间他是店里唯一的一个伙计，在这不受打扰的一段时间里，他感觉自己就像在水中畅游的鱼儿一样自由快乐。在晚上，他尤其享受宽阔的床板，他充分利用这段美好的时光来补偿以往与来日的缺憾。他不断改变睡的地方，如同有三个身体似的，并且想象床上正躺着三个人，其中两个人请第三个人睡觉时随便些，不要感到拘束，要尽量使自己睡得舒服些。用脚趾头想想也能猜到这设想的第三个人就是他自己，根据这种想法，他会舒服地把自己用整条毯子裹起来，或把两腿极力叉开，或斜躺在床上，或天真的兴致上来就在床上翻个筋斗。可是有一天黄昏的时候，尤波斯特已经躺在了床上，不想又来了一个找工作的伙计，并被老板娘安排到这个卧室来睡。尤波斯特正舒服地把脚放在枕头上，头朝着床尾躺在床上悠然自得地享受时，那个陌生的伙计走了进来，放下沉重的包袱，立即开始脱衣睡觉，因为他已经很累了。尤波斯特像闪电一样的转过身来，直挺挺地躺在他靠墙的老位置上，心里嘀咕道："他不久就会离开的，现在是夏天，在明丽的天气中在外面漫游是一件很享受的事情！"怀着这样的希望，他暗自叹了口气，只好委曲求全；料想以往的因肋骨相互碰撞而引起的争吵又将会上演。但是这个新来的伙计，尽管是个巴伐利亚人，躺在床上时却礼貌地向他打了一个招呼，然后和他一样无声无息、斯斯文文地躺在床的另一头，一晚上都没有打搅过他，这使他惊讶极了！这件闻所未闻的事情搅扰了他的安宁，眼巴巴地看着那个巴伐利亚人睡得那么香，他却整夜都没睡着。第二天早上，他以好奇的眼光仔细地观察和自己睡在一起的奇怪的伙伴，他发现这位伙伴和自己一样都不再年轻；这个人向他礼貌地打听起塞尔德维拉的环境和生活情况，简直就和尤波斯特在同样的情况下讲的话一模一样。他一注意到这一点，就采取了缄默保留的态度，即使最简单的事情都不讲，就像这是天大的秘密一般；反过来，他却试图努力揣摩这个巴伐利亚人的秘密，因为从老远也能很明显地看出这个人是有秘密的；不然，是什么原因使他成为这样一个通情达理、温和谦顺、精明练达的人呢？如果他没有什么秘密，不打算去获得任何利益，他又何必如此呢？现在这一对伙计就小心谨慎，一团和气地想从一些暗示和迹象中套出彼此的秘密。两人中没有一个会给对方明确的、合理的答复，但是几个小时后，两人彼此都知道对方和自己就像是从一个模子里刻出来的人，对方即是自己完美的化身。在这一天接下来的时候，傅里多林，那个巴伐利亚人，跑到房中好几次，并且在那里忙活着；尤波斯特利用傅里多林在作坊里做活的间隙，偷偷溜到房间里，匆忙地翻看了傅里多林的财产，发现他所有的东西差不多都和自己一样，只有放针线的木匣子上图案不一样，傅里多林的是一条鱼，而尤波斯特的木匣上却开玩笑地画着一个有趣的婴儿；尤波斯特有时翻翻的一本破书是《法语语法启蒙》，巴伐利亚人却拥有一本装订精美的小书——《冷热染缸：蓝色染匠必读手册》，在书的扉页写着：这是我借给那个拿骚人的三个克莱采[①]的抵押品。通过这一点，他可以推断出那个巴伐利亚人从不乱花钱，是个能攒钱的主，因而不由地开始搜寻起地板来，很快就发现有一块石板像是新揭开过的。当然了，在这块石板底下他发现了用绳子系住的旧手帕包起来的一件宝贝，几乎和尤波斯特自己的一样重，不同的只是他的是藏在一只旧的袜子里捆好的。尤波斯特哆哆嗦嗦地将石板盖好，他之所以哆哆嗦嗦，是因为他心情激动，是因为他对这位陌生的伟大人物感到敬佩，对他的秘密深为担忧。盖好以后，他径直跑到楼下去，跑进作坊里，拼命干起活来，好像全世界需要的梳子都得由他制造出来似的。那个巴伐利亚人也拼命干活，就像除了人间天堂也需要梳子似的。

接下来的一个星期完全证明了他们彼此的第一印象是正确

① 旧的小钱币，合 1/60 古顿。

的，因为如果尤波斯特是勤奋谦恭，那么傅里多林就是积极节俭，两人都对这种美德的艰巨发出同样沉重的叹息；如果说尤波斯特平和智慧，傅里多林就是诙谐聪明；如果说前者虚怀若谷，后者则是谦逊和气；如果说前者狡猾而又热爱讽刺，后者则是奸诈而又善于挖苦；面对困境，尤波斯特做出一副逆来顺受而又愚笨的样子，而傅里多林则装得像头十足的蠢驴。他们之所以这样，与其说是受了一种竞争心的驱使，不如说是由于练习自觉的技巧所致，在练习时两个人都不屑于以对方为典范，不齿于模仿构成对方完美品行的一些细节性的优点来弥补自己的不足。他们俩看起来就像是齐心协力为共同的事业而努力奋斗，因而就像两个勇敢的英雄，在开始决斗之前，展现出自己的骑士风度，互相激励对方坚强起来。可是不到一个星期，又来了一个叫迪特里希的斯瓦比亚人。他俩暗中感到欢喜，好像现在获得了一个快乐的准绳，可以用来衡量他们平和的伟大；他们认为这个可怜的斯瓦比亚人一定是一个常见的一无是处的人，计划把这个人放在他们的美德中间来玩弄，就像一只猴子位于两只顽皮的狮子中间一样。

但是当他们看到那个斯瓦比亚人的行为完全和自己一样时，谁又能描绘出他们的惊讶程度！发生在他们两人之间的彼此认识的过程现在又在他们三人中重复一遍，这样一来，使得他们不仅在对待第三者的问题上处于一种意想不到的地位，而且他们相互间的局势也完全改变了。

他们刚为斯瓦比亚人在两人之间空出一个位置让他躺在床上，这个斯瓦比亚人就证明了自己和他们一样势均力敌：他像一根火柴一样僵硬安静地躺着，所以他们三人之间始终还有一点地方空着，那条盖在他们身上的被单就像盖在三条鲱鱼身上的一张纸。现在局势更加严重了，因为三者鼎足对立，就像等边三角形的三个角一样，任何两人之间都不可能再有亲密的关系了，不再有什么协定，也不再有友好的竞争，他们三人就卖力干起活来，决定用这种方法来把其他两人排挤出去，好让自己独自留在这里工作，独占这张床。老板看到这三个奇怪的人仅仅为了能留在店里不走就什么事都能忍受，就克扣他们的工资，减少他们的饭食；可他们却干得更卖力了，促使他能向市场抛出大批廉价商品，并且能接更大的订单。他通过这三个恭顺的伙计赚了一大笔钱，真正地在他们身上发现了金矿。他身体发福了，腰带向外松了几个孔，在这个小镇上占据了重要的地位，同时他的愚蠢的伙计却没日没夜地在黑暗的作坊里干活，都想通过努力工作把别人排挤出去。

迪特里希，那个斯瓦比亚人，年纪最轻，却和另外两个是同样的料，但因为在路上漫游还没多长时间，还没什么积蓄。对他来说这就成为他最严重的缺陷，看到尤波斯特和傅里多林比他大大抢先了一步，只能通过作为一个足智多谋的斯瓦比亚人制造出一种魔力来使彼此处于相同的起点。他天生没有任何激情，就像他的两个伙伴一样，只想在这里，不想在其他别的地方定居，那么他就利用现在所处的局势，想出了一个计划：那就是他要和一个拥有与萨克森人和巴伐利亚人藏在石板下的差不多财产的女人谈恋爱，向她求婚。塞尔德维拉人不会因为财富而和一个他们不喜欢或丑陋的女性结婚，这是他们较讨人喜欢的一个特性。当然这个诱惑无论怎样都不会很大的，因为这个城市的女人无论漂亮还是丑陋，都不是巨额遗产的继承人。但他们至少有骨气蔑视即使少量的遗产，而喜欢选择一个快乐漂亮的女士结婚，在众人面前炫耀得意几年。所以这位寻觅的斯瓦比亚人不难找到这样一位贤惠的女士。这个少女和他住在同一条街上，并且有一张七百古顿的证券（这是他通过跟老太婆们精明的谈话发现的）。这位女士就是二十八岁的徐丝·宾茨林，与她的洗衣妇母亲生活在一起，但却是她父亲财产的唯一支配者。她把这张证券放在一个小漆匣子里，里面还放着证券的利息，她的洗礼券，行坚信礼的证书，一颗彩画镀金的复活节蛋；此外还有半打银茶匙，一张在一种红色半透明的、她称之为“人皮”的薄玻璃片上用金字印着“我们在天上的父”的祈祷文，一颗刻着耶稣受难像的樱桃核，一个镂花雕刻的底部铺着红色塔夫绸的象牙盒子，里面放着一面小镜子和一个银顶针；还有一个樱桃核，里面有一套极小的九柱戏滚球在格格作响；一个胡桃，里面是用玻璃罩罩着的小圣母像，打开玻璃，看到圣母手上有一颗银质的心，里面塞着一个海绵制的小香袋；一个用柠檬壳制成的糖果盒，盖子上画着一颗草莓，盒子里棉花垫上放着一个勿忘我草型的金别针和一个奖章，上面附着一束作为纪念的头发；另外还有一捆藏着秘密的已发黄的旧纸，一瓶在晕厥时闻的霍夫曼式滴药，一瓶科隆香水，一盒麝香；另一个盒子里面放着一点甘草，一个用香草编制的小篮子，还有一个是用玻璃珠和丁香编成的小篮子；最后，还有一本用天蓝色罗纹纸装订有银边的小书，书名是《准备做新娘及贤妻良母的少女生活准则指南》，一小本圆梦奇书，一本写信指南，五六份情书和一个放血针。原来，她曾经和一个理发匠的学徒或者是一个外科医生的助手建立过某种关系，并且想和他结婚。因为她是一个心灵手巧的人，她从她的求婚者那里学到了如何放血，使用水蛭和放血皿等诸如此类的东西，甚至学会了给他刮脸。但是，他的行为却证明他不值得，跟他在一起很可能会拿她一生的幸福来冒险，所以她忍痛做出了一个明智的决定：要终止两人的关系。双方把互赠的礼物都一概归还了，除了这只放血针；她留下这只放血针作为她当初借给他一个古顿四十八个克莱采现金的抵押品；但那个不成器的家伙却坚持说他不欠她任何东西，因为她是在一次跳舞时把钱交到他手里来作为应付开支用的，并且她所花费的是他的两倍。于是男的就不归还那一个古顿四十八个克莱采，女的也不归还这个放血针。她私下里用这个放血针给所有她熟悉的妇女放血，挣了一笔不小的钱。但每次她使用这个工具的时候，就痛苦地想起那个曾经和她那样亲密甚至几乎成为她丈夫的卑鄙男人。

所有这些东西都装在那个漆匣里，锁得好好的，漆匣又被锁在一个旧的胡桃木橱柜里，柜子钥匙宾茨林总随身携带。她有一头稀疏的微红色头发，海蓝色的眼睛不乏迷人之处，有时会闪现出温柔智慧的光芒。她有许多衣服，但只穿很少的几件，并且总是最旧的；不过她的衣服却总是穿得干净利落，她的房间也收拾得窗明几净，井井有条。她非常勤奋，在洗衣房里帮助母亲，熨烫比较好的衣服，洗塞尔德维拉妇女们的帽子和袖口，从中也赚了数目可观的钱。也许是因为她每星期在洗衣服的日子里总是保持着妇女们洗衣服时庄严稳重的心情，长期处在这种氛围中使得这种心情也在她心中永久地固定了下来。只有在开始熨衣服的时候，她才真正变得快乐起来，这种快乐，就徐丝而言，总是充满了智慧。房间里的主要装饰特征也表明了这种稳重的精神：几块测量精确、大小相同的肥皂一块一块地在松木壁板檐上摆成了漂亮的花冠型，以便更干硬耐用。这些肥皂条每次都是徐丝自己量好，从一块柔软的新肥皂上用黄铜丝切下来的。黄铜丝的两端各有一个木把手以便于抓住切割肥皂。她还有一个美丽的圆规，用来量肥皂，把肥皂分为若干等分，这是当初一个实际上与她订了婚的制工具的伙计制作出来并送给她的礼物。从他那里还得到了一个闪闪发光的捣香料的小药臼，被她放在木柜顶端的蓝色茶壶和绘彩画的花瓶中间作摆设。她早就渴望有这样一个精致的小药臼了，所以那个细心的工具制造匠在她命名日那天拿着这件东西到来时受到了极大的欢迎。他还带了一些要捣的材料：满满的一匣子肉桂、糖块、丁香和胡椒。在他进来之前，在门口还把小臼的柄挂在小手指头上，用臼杵敲出一阵像铃声似的悦耳的响声。这是一个多么美妙的早晨。但是不久之后，这个诡诈的家伙便从这个地方消失掉了，以后再也没有音信。店主声称小药臼是那个逃跑的人没有付钱从他店里拿走的，厚着脸皮要求归还这个药臼。但是徐丝·宾茨林不肯放弃这个珍贵的纪念品，还为它进行了一次勇敢激烈的诉讼，她以给逃跑者洗衬衫的账单为根据，亲自在法庭上为自己辩护。她不得不为了这个小药臼而辩护是她一生中意义最重大也最痛苦的日子，因为作为一个深明事理的人，特别是为了这样微妙的事情出现在法庭上，她的体悟和感觉比其他较轻浮的人要更加深刻，但她终究胜诉了，并保留下了那个小药臼。

如果那套装饰性的肥皂展品展示出她勤劳严谨的性格，那么那一堆整齐地摆在窗前并且在星期天勤奋翻阅的书更能表现她的虔诚与教养。她仍然保存着许多年前在学校用过的所有的课本，一本也没有丢掉。她学来的那一小套学问还可以倒背如流，她还能背诵教义问答手册，文法课本，算术课本、地理课本，圣经历史以及非宗教读本；她还有几本克里斯多夫·施密特[1]的小说和末尾附有措辞巧妙的格言诗的短篇故事。至少有半打种类繁多的具有《小宝库》、《玫瑰园》这类名称的书籍以备参考。还收藏着写满了各种已经证明有效的智慧和经验的日历，一些奇异的预言，一本打牌算卦指南，一本有思想的少女每日必读的劝教书，和一本旧版的席勒的《强盗》，这本书她自己觉得忘得差不多了就再读一遍，每读

① 写青年读物的德国作家(1768—1854)。

一次都受到感动，但同时也对此书发出很有见解的批判性的评论。她不仅记得书中的所有内容，而且能做出极好的阐述，除此以外她还能以最优雅的方式谈论许多其他的事物。当她心情好又不很忙的时候，便滔滔不绝地讲个不停，她对于一切事物都能够追本溯源，并且作出合理的评价；无论是耄耋之年的老人还是咿呀学语的小孩，高尚的还是低劣的，学富五车还是目不识丁，当看到她微笑着或沉思一会儿然后再作出评论时，都得服从她的意见。有时候她夸夸其谈，大放厥词，就像一个有学问的女盲人，看不到世界上的任何东西，唯一的快乐就是听自己讲话。她把在学校时和上坚信礼准备课时写作文的技巧，宗教备忘录和各种格言式的提纲这一类东西仍然保存着，有时在一个安静的礼拜天围绕着某个她曾听到或读到的好题目，把从她那奇特的脑瓜里冒出来的那些稀奇古怪、荒谬绝伦的句子整张整张地排列起来，凑成一篇篇古怪的文章，如论疾病的好处，论死亡，论自制有益于健康，论有形世界的巨大与无形世界的神秘，论乡村的生活及其乐趣，论自然，论梦想，论爱情，论基督的救世，关于自命正直的三点意见，对不朽的见解。她会把些文章读给她的朋友和崇拜者，如果她喜欢谁就会送给谁一两篇这样的文章，如果受赠者有《圣经》，就得把它夹在里面。

她精神方面的这一特性曾引起了一个年轻的书籍装订工深刻真挚的感情。这个伙计把自己装订的书籍都读了一遍，是个有雄心壮志，感情丰富但却没什么经验的年轻人。他每次把一包衣服送到徐丝的母亲那去洗时，觉得自己就像是在天堂里。他是如此地喜欢听到洗衣妇女儿那完美的高谈阔论，这些议论他只是经常自己想一想，但却从来不敢公开谈论。他畏畏缩缩而又恭恭敬敬地去接近这个时而严厉时而善于辞令的少女，她承认他是她的同伴，把他吸引在她自己身边达一年之久，但却完完全全地把他限制在用她无情的手划出的那个毫无希望的范围之内。他小她九岁，并且赤贫如洗，不善于赚钱；装订书的伙计在塞尔德维拉是无论如何没有前途可言的，因为这里的人不读书，更少把书送去装订。她没有片刻隐瞒过他们结合的不可能，只是设法根据自己高度的节制能力来培养他的节制精神，使他陷入一片五花八门的空话云雾中。

他会怀着虔诚的心情听她讲话，有时也敢于说一句巧妙地话，然而，几乎还没等他的话出口，徐丝就会用一句更巧妙的话顶回去。这是她有生以来最具有智慧和最高尚的一年，没有任何粗鄙气息使这一年暗淡无光。那一年，这个年轻人为她把所有的书籍都重新装订了，此外还利用许多夜晚和节假日为她制作了一个精巧珍贵的纪念品以示崇敬之情。这是一个用厚纸板做成的雄伟的中国式庙宇，其中有不计其数的贮藏所和秘密房间，又可把它们一块一块拆卸下来。这座庙宇是用精美的有色纸裱糊的，所有边缘都用金纸花边装饰着。镶着镜子的墙壁和柱子彼此交替，如果抬高一部分或打开一个房间，就会看见一些其他的镜子和隐藏的小画，花束和情侣；房顶的飞檐上的各个角上都挂着小铃铛。柱子上挂着一个女表的表盒，廊柱上还有美丽的小钩，用来挂金表链，并使它环绕在这个建筑物周围。但是至今还没有一个钟表匠出现把表放在这个圣坛上，也没有一个银匠在上面挂一个表链。无数的耐心和技巧花费在这个庙宇上，几何学设计所费的功夫也不下于这精心的制作本身。这个为了纪念这美好的一年而制造的纪念品刚一完成，徐丝·宾茨林便抑制自己的感情，鼓励这个善良的装书匠离去，去奔他的前程。她说世界就在他的前方，既然他已和她交往并受到她的教育和影响成为高尚的人，那么前方必然会有美好的命运向他微笑，同时她也愿意永远记住他，而甘愿终生寂寞。当他勉强离开这个小城的时候，真是痛不欲生。而自从他离开后他的作品就被徐丝放在她的衣橱里，蒙着一层海绿色的薄纱，以免灰尘落在上面，并防止被不配观看的人瞥见。她把这件东西看得十分神圣，从没用过，也不放任何东西在无数的贮藏所里，把它保藏得像新的一样。此外，她把制作这件纪念品的人的名字记成是伊曼纽尔，然而他的名字实际上却叫法伊特，而且她告诉所有人只有伊曼纽尔理解她，了解她的本性。然而，她却令人厌恶地严格约束着他，并且为了鼓励他追求更高的事物，常常向他指出，他以为自己最了解她，事实上却最不了解。作为回报，他对她也开了一个玩笑，在这个庙宇里面的夹层地板中间放了一份被泪水浸透的美得令人陶醉的信，信里表达出他难以言表的悲伤、爱慕、虔诚与忠贞，只有陷入迷宫找不到出路的真实感情才能找到这样恳切动人、天真纯洁的语言。他从来没有说出过这样一往情深的话，因为徐丝从来都不准他说出一点稍露爱意的话。她丝毫不知道里面藏着这样一件珍贵的东西。这一情况证明，命运是公道的，一个虚伪的美人是不会看到她不配看到的东西的。这也象征着正是徐丝自己最不了解这位痴情而又热情真挚的年轻装订匠的本性。

她很久以来就赞美这三个制梳匠的生活，称他们三个是正直而且明智的人，因为她已经仔细地观察过他们了。所以当斯瓦比亚人迪特里希趁送衬衫或取衬衫时在这里徘徊着追求她时，她就亲切地对待他，使他每次都逗留一个钟头。迪特里希则用他可能想到的最美的措辞奉承她，而徐丝是一个很能经得起吹捧的人。事实上，捧得越是厉害，她越是喜欢。每当人们赞美她的智慧时，她先会一直保持沉默，直到赞美者把心里的话都说出来，她就会继续把别人描述她的话锦上添花地加以补充。迪特里希和徐丝交往没有多久，她就向他展示她那张财产证券了。现在他已经充满了希望，对同伴们保持行动神秘，就好像一个人发明了永久运行的机器似的。但是，尤波斯特和傅里多林很快就识破了他的秘密，对他的深谋远虑和手段高明惊讶不已。尤波斯特更是气得直捶脑袋，因为这几年他也是频繁地出入这间屋子，除了取自己的衣服外，在他的脑海中还从没有出现过要在这里寻求其他的东西。事实上，他几乎有点恨这个洗衣妇和她的女儿，因为只有她们可以每星期从他手里抠出一点钱。他一向没有想到结婚，因为他认为妻子只是一个想从他那里获得一些东西的人，而他并不欠她。但却从没想过要从女人那里获取利益，因为他只相信自己，他浅薄的思想越不出他设定的那个秘密计划最切身、最严格的范围。但现在有个紧迫的问题就是打败斯瓦比亚人，因为他一旦得到徐丝姑娘那七百古顿，就能够兴风作浪。这七百古顿在萨克森和巴伐利亚人眼中立马显现出神圣的光辉。这样一来，富有独创精神的迪特里希发现的新大陆，很快就变成了公共产业，他自己也遭遇到了所有发现者都要遭受的辛酸命运，因为另外两个人立刻尾随他来到徐丝·宾茨林身边，于是她发现自己被这三个明智的可敬的制梳匠包围了起来。这使她很高兴：她从没一次拥有过超过一个以上的爱慕者，因此对她来说，新的智力锻炼就是：审慎地、公平地对待他们三个人，约束着他们，用她非凡的演讲才能培养他们节制无私的精神，直到天意对这不可避免的情况作出决定。因为每个人都秘密地向她吐露了自己的计划，她立刻决定谁第一个达到自己的目标，成为制梳店的主人，就让谁享受跟她结婚的艳福。那个斯瓦比亚人只有通过她才能达到自己的目的，她就淘汰掉他，决定不管怎样都不会嫁给他。但因为在这三个人中他是最年轻，最有智慧，最可爱的一个人，因此她还是给了他一点暗示让他怀有希望，她似乎看起来是在关心地照顾和引导他，通过这种手段刺激另外两个人对她更加热情，于是这位发现漂亮的新大陆的可怜的哥伦布，在这场游戏中就被选作供人玩乐的丑角。他们三个人互相比赛，看谁最忠实、最谦逊、最深谋远虑、最善于表现自己愿意受这位严格的情人的控制，并无私地对她表示赞赏。所以当这四个人在一起的时候，像是一个奇怪的祈祷会，在会上人们传播着古怪的言论。尽管这三人都虔诚谦卑，却也经常有这样那样的情形出现：当某个人在赞扬他们相同的女主人时，忽然转向试图自吹自擂以显示自己，他一定立即就受到徐丝温和地训斥，或被迫地听她将另外两个人的美德拿来同他对比，因此他只得赶快承认和证实她说得对。

对于这三个可怜的制梳匠来说这是一种艰难的生活。他们虽然天性无情，但自从有个女性纠缠在里面，他们就感到了妒忌、忧虑、恐惧、希望这些异乎寻常的令人激动的情感。他们拼命工作，拼命俭省，明显地变瘦了，把自己折磨得疲惫不堪。他们现在变得忧愁沉重了。有别人在场时，尤其是有徐丝在场时，他们就急切地表现自己的口才，努力表现自己最易与人相处，但当他们一起工作或共同在寝室休息时，彼此却都不说一句话，躺在那张他们共同使用的床铺上唉声叹气，但依然同平常一样纹丝不动互不侵犯，就像三支铅笔一样。每天晚上同样的噩梦都会浮现在他们三人的脑海里，直到后来有天晚上梦里的情形太逼真了，使得靠墙而睡的尤波斯特忽然翻转身来，撞到了迪特里希，迪特里希向后一缩，又撞到了傅里多林，所以这三个睡意正浓的伙计就一通愤恨地胡乱发作，在床上发生了极恐怖的战争，他们彼此用脚乱踢一番，大打出手，在三分钟内六条腿彼此缠绕在一起，乱作一团的三个人在可怖的叫喊声中从床上一起滚了下来。这时他们完全清醒了，都以为是魔鬼要来抓他们，或强盗闯进房间里来了。他们尖叫着一跃而起，尤波斯特站在盖着他财宝的石板上，傅里多林赶忙站在他那块石板上，迪特里希也站在藏着他自己那可怜的积蓄的石板上面。他们一边站成了个三角形，全身战栗，向空中乱舞着胳膊，一边大喊：杀人了！快滚，快滚！直到老板被喊声惊醒，冲进了他们的房间，才使这三个发狂的伙计的情绪镇定下来。他们又恐惧，又愤怒，又不好意思，这种种情绪使他们激动得浑身瑟瑟发抖，三个人终于同时爬上床去，闷不做声地并排躺到天明，但这次夜里的闹鬼还仅仅只是拉开了即将来临的更大恐怖的帷幕。吃早饭时，老板向他们宣布，他没法再用三个工人了，他们三人当中必须要有两个离开。原来他们工作得太卖命了，生产的商品过多，一部分卖不出去导致了积压，而老板把增加的利润都用在了加大生产方面，致使这家正处于生意最兴旺时期的商店盈利迅速减少，再加上老板又过着挥霍无度的生活，导致他所欠的外债两倍于他的收入。因此，这三个伙计虽十分勤勉踏实，却突然间成为了他的包袱。他宽慰他们说，他认为他们三个都同样值得人尊敬，所以让他们自行决定谁去谁留。然而他们并没有做出任何决定，只是僵硬地站在那里，面色苍白，彼此相对着傻笑。接着他们的情绪就进入一种吓人的激昂亢奋之中，因为最关键的时刻已经降临：店主对他们的通告确凿无误地表明，他的生意做不久了，最终得将作坊卖出去。因此他们三个奋力争取的目标已近在咫尺了，它光彩四射，就像天上的耶路撒冷一样诱人，其中有两个得在天上的耶路撒冷大门面前打道回府，走不进光荣的圣地。他们每个人都脱口而出说愿意留在这里，即使白做工没有酬劳也无怨无悔。但是店主连这样白用的工人都不需要，他明白无误地告诉他们，他们三人中不管怎样也要有两个离开。他们跪在他面前，用劲扭自己的手，向他百般恳求，每个人都特别为自己求情，只求让自己在这儿再做上两个月，不行的话一个月也可以。店主知道他们在心里打的什么如意算盘，很是生气，就想捉弄一下他们寻寻开心，出乎意料地像他们提出了一个荒诞搞笑的方法，来决定他们的去留问题。“如果你们对谁要离开这里这个问题不能取得一致意见，我就给你们指出解决这件事的一个办法，我说出来之后，你们就要按照我的方法做。明天是星期天，我给你们把工资结了。你们捆起行李，拿上手杖，三个人融融洽洽地一起走出城门去，要走上半个小时的路程，至于往哪个方向走由你们决定。然后休息一会儿，若是想要喝酒，也可以喝上一杯，然后再返回城里来。谁先回到店里，向我重新要求工作，我就留下谁。另外两个人就要离开这里，想去哪就去哪，随你们的便！”他们听了这一番话，又在他面前重新跪倒在地，求他收回这个残酷的决定，但是没有用；他一意孤行，不留情面。那个斯瓦比亚人突然跳了起来，像着了魔似的冲出了店门，跑向徐丝・宾茨林家去了。尤波斯特和那个巴伐利亚人一看见他走了，也就马上停止乞求，奋起直追，于是这个绝望的场景就立即转移到那个手足无措的少女家了。

徐丝碰到这一出人意料的事件，心里很是慌张激动。但是她首先镇定下来，把这件事情的整个形势斟酌了一番，然后决定将自己的命运与店主这个荒谬的决议联系在一起，认为这个主意是上天的启示。她感动地拿出一本《小宝库》之类的书籍，用针在书上一扎，扎中的那个格言讲的是坚持不懈地追求一个美好的目标。于是她让那三个情绪激动的伙计也来扎，他们扎中的格言都是些狭路相逢勇者胜，勇往直前，前途无量之类的话，总之讲的全都是各种各样的奔跑前行，好像明天的赛跑是冥冥中由上天注定的。因为她担心迪特里希作为三个里面最年轻的，会跑得最快，很容易就会赢得奖赏，就决定亲自跟这三个追求者一起出发，看看怎样做对她有利。因为她希望那两个较年老的伙计中的一个成为获胜者，究竟是哪一个获胜，对她来说都没有什么区别。于是她就命令这三个悲伤的、争论不休的伙计安静下来，让他们听天由命，说道，“我的朋友们，你们要知道每件事情的发生都是有意义的，你们老板的提议虽然很荒唐，但我们也要把它当做是天意的表现，以这个轻浮的人所想不到的更高的智慧去服从这个突然的决定。我们这种和平理性的共同生活真是太美好了，以至于这种有益的方式不可能持续太久，因为，唉！一切美好有用的事物都是暂时的，容易消逝的；只有邪恶、顽固和内心的孤独是永久的，到时就只能以我们的虔诚和理智来观察这些了。因此，最好在还没有什么恶魔来到我们之间前，就让我们自愿地彼此分开吧，就像轻柔的春风在天空快速吹过一样，还是先各奔前程吧！不要等到有一天我们非得像秋天的狂风一样彼此分离不可。我将会陪伴你们共走这段艰难的道路，在你们开始接受竞走这一考验时我会在现场，为你们鼓气，让你们感到背后有一股美丽的动力在支持你们，前方又有胜利作为报酬在召唤你们。但胜利者不可因成功而狂喜，失败者也不应因失败而感到绝望，不要怀着悲伤或愤怒离开，而应该确实记住我们美好的回忆，就像一个快活的伙计一样走向广阔的世界。因为人类已经建造了很多和塞尔德维拉一样美丽甚至更美丽的城市：罗马是一个伟大的、引人注目的城市，教皇就居住在那里；巴黎是一个巨大的城市，有很多居民和辉煌的宫殿；君士坦丁堡有信仰土耳其宗教的苏丹在那里实行君主统治；里斯本曾因地震而毁灭，重建以后变得更加美丽了；维也纳是奥地利的首都，也被叫做帝都；伦敦是世界上最富有的城市，位于英国，坐落于泰晤士河畔，两百万人住在那里；彼得堡是俄国的首都和沙皇的居住地；那不勒斯是与它同名的那不勒斯王国的首都，有座维苏威火山，我曾读过一部奇异的游记，讲到在这里曾有一个鬼魂出现在一个英国船长的面前，这是一个一百五十年前不信上帝的约翰·斯密斯的魂灵，他出来委托船长给他英国的后代捎个口信，超度他的灵魂，以使他获得解救。原来整个维苏威火山是堕入地狱的鬼魂逗留的地方，我们也可以在博学多才的彼得·哈斯勒的论文《地狱位置臆测》中看到。除此之外还有很多的城市，其中我只提一下米兰、威尼斯，它们全部建在水中，还有里昂、马赛、斯特拉斯堡、科伦和阿姆斯特丹。巴黎我已经提过了，但还没有说到纽伦堡、奥格斯堡、法兰克福、巴塞尔、伯尔尼和日内瓦，都是些美丽的城市，当然还有苏黎世。此外还有更多的城市，我在这里无法一一列举。任何事物都有它的局限，只有人类的发明创造才能是无限的；他们到处扩展，他们会从事任何只要看起来对他们有利的事业。如果他们正直，他们就会获得成功；而不正直的人就会像地上的草一样枯萎，像烟一样被驱散。选上的人很多，但真正被称作正直的人很少。由于以上种种原因，再加上我们纯洁的良心所具有的责任感和美德迫使我们考虑到其他的关系，我们愿意服从命运的安排。所以，你们就去准备你们的旅程吧！但是你们要作为温和正直的人去漫游，无论走到哪里都要有自己的价值，无论在哪里都能让自己的手杖扎根，无论从事什么职业，都可以说：'我选择了较好的一条道路！'"

但这三个制梳匠并不想听她的这一番议论：只是硬缠着他们精明的女主人，让她从他们三人中选出一个，指定他留下来和她在一起，而每个人的意思都是他自己。但徐丝却拒绝作出这样的选择，她以严肃的命令式的口气宣布，他们必须听她的话，否则她就会同他们永远绝交。一听到这话，尤波斯特，那个最年长者就再一次从徐丝家跑出去穿过街道回到老板家去了，另外两个也尾随他闪电式的跑回去了，唯恐他将会做什么对他们不利的事。于是这一整天他们就像流星似的疾驰，像在一个蜘蛛网里的三个蜘蛛一样彼此都恨透了对方。半个城镇的人都看到了这三个迄今为止都平和冷静的制梳匠发狂似的壮观场面，老年人变得忧虑起来，视这种现象为即将来临的灾难的神秘征兆。到了晚上，他们已经变得精疲力尽，但还没有想出什么更好的办法或作出任何决定。他们咬牙切齿地躺到了他们那张破旧的床上，一个接一个地爬进了被窝，直挺挺的像死人挺尸似的躺在床上，胡思乱想，直到仁慈的睡眠征服了他们。尤波斯特第一个醒来，醒得很早，看到清晨的一束明媚的春光射进了他已经住了六年的房间。这间房子看起来虽然很简陋，但在他看来却像是个天堂，现在他却必须离开这里——而且是如此不公道的离开！他一遍一遍地扫视着墙壁，注意到墙上那被曾在这里居住过或长或短时间的许多伙计留下来的所有痕迹：这儿过去某人常常在此蹭脑袋，留下了一块黑斑；那儿另一个人钉了个钉子来挂他的烟斗，那条红绳还仍然垂在那里。他们都安安静静的离开了这里，他们是多好的人啊！而睡在自己身边的这两个人却不愿挪动一点点。接着他又凝视他的脸附近的地方，观察那里较小的东西，那是他在早上或者在晚上仍然有光的时候躺在床上享受他不花钱的幸福生活时，早已经看了千百次了：墙上的灰泥损坏了一小块，看起来像一个有城市和湖泊的国家，一些沙子代表着快乐的群岛；稍远一点延伸着一根长长的猪鬃，它是从刷墙的刷子上掉下来粘在蓝色的涂料上的；因为尤波斯特去年秋天的时候得到了半罐这种蓝色的涂料，不愿意被浪费掉，所以他就只刷了一面墙壁的四分之一，当然刷的是紧挨他睡觉处的一块地方。那根猪鬃旁边的灰泥有点凸起，就像一座小小的青山，这座青山隔着猪鬃向那快乐的群岛投下了淡淡的阴影。他一整个冬天都在考虑这座山是怎么来的，因为他记得以前似乎是没有这个东西。现在当他用忧伤困倦的双眼来搜寻这座小山时，忽然找不到它了，他简直不敢相信自己的感觉了，他发现原来小山在的地方现在已是光秃秃的一小片了，而距此不远处那个小山似乎在移动。尤波斯特大吃一惊，突然坐起来，好像他看到了一个奇迹，定睛一看，才发现是个小虫，去年秋天他刷墙时这只虫子已被冻麻木了，而他也不经意地把它刷上了颜色。但现在春暖花开，它也苏醒了，又开始出发了，此刻正蠕动着蓝色的背壳不屈不挠地沿着墙壁向上爬。他目送着那个虫子，又是感动又是敬佩；只要它呆在蓝色的墙上，人们简直没法把它和墙壁区分开来；但是当它离开刷蓝的部分之后，并且把最后的被刷墙时零星溅上的一些蓝色的斑点也走过之后，就可以明显地看见这个勇敢的天蓝色的小动物是在继续走过那较黑暗的地域。尤波斯特难过地将头埋在枕头里，尽管他平常是很少关心这类事情的，这只小虫子的出现此刻却引起了他的一种感触，他觉得自己最终也必须再一次出发。他认为这是一个好的迹象，让他顺从命运的必然，至少是心甘情愿的离开。这种冷静的想法让他恢复了天生的谨慎和智慧；他又仔细地考虑了一下这件事，觉得假使自己采取一种顺从谦卑的态度来接受这项艰巨的任务，与此同时振作起来，沉着应对，他终究还是有很好的机会战胜他那两个竞争者，取得最终胜利的。

他轻轻地下了床，开始整理他的东西，首先是取出他的宝盒，放在他旧行囊的最底层。听到他收拾东西的动静，他的两个伙伴立即都醒了。看到他这样平心静气地捆扎行李，他们很是吃惊；当尤波斯特以和解的语气向他们打招呼，并祝他们早上好时，他们就更加惊讶了。尤波斯特却没再说什么，而是继续心平气和地干自己的事。他们虽然不知道他做出了什么样的决定，却立即推测出他的举动中含有一种巧妙地策略，就立刻效仿他，开始仔细地观察他下一步做什么。奇怪的是这三人竟公开地将自己的财宝从所藏的石板下面拿出来，数也不数便把它们装进行囊了。因为他们早已知道各自的秘密，但保持着旧有的正直的可贵作风，还不至于怀疑别人会侵犯自己的私人财产；每个人都知道别人是不会从他那里偷东西的，正如据说手工业伙计、士兵以及诸如此类的人的住处都不上锁，也不会有不信任一样。

现在出人意外地他们三个人已经准备好出发了。老板支付了他们工资，还给了他们证书，证书上面有城市当局和老板提供的最好的证明，证书上写着他们行为端正，技艺精湛。现在他们怀着悲伤的心情，排成一排站在徐丝·宾茨林家的门前，穿着棕色的长上衣，上面披着一件洗旧的工作服以防止灰尘落在上衣上，头上戴着虽已是很旧且因刷的次数太多而磨损了的，但仍仔仔细细地用油布包好加以保护的帽子。他们把因路长而用来拖行李的小车系在了他们的背包上，高高地背在背上，因为他们并不计划用它。尤波斯特拄着一根坚固的竹手杖，傅里多林拄着一根绘着红黑相间的火焰型图案的白蜡木手杖，迪特里希则拄着一根奇异的巨型手杖，上面缠绕着一丛未切掉的树枝。迪特里希为他这个浮夸的装备而几乎有些难为情了，这还是他漫游时代初期的遗物，那时他还并没有现在的稳重和理智。许多邻居和邻居家的孩子站在这三个起得最早的人的周围，祝他们一路平安。接着徐丝出现在了门口，神色严肃，走在前面带领着这三个伙计果断坚决地走出了城门。为了表示对他们的尊重，她盛装打扮起来，穿上了平时都舍不得穿的衣服，戴着一顶有黄色宽缎带的大帽子，穿着一件玫瑰红色的有过时的荷边装饰和俗丽装饰的擦光印花布衣服，系着一条有黄铜扣子的黑天鹅绒宽腰带，一双红色的有流苏的摩洛哥皮质的鞋子。她手里还拿着一个绿色丝绸的大女士手提包，里面装满了干梨和梅干，在她头上打着一把小阳伞，阳伞顶上有个大的用象牙雕的七弦琴。她的脖子上还戴上了缠有金黄头发的纪念物的奖章，胸前别着勿忘我草型的金胸针，手上戴着一双白色的针织手套。所有这些装饰品使她看起来温柔而又迷人，她的脸微微泛出粉嫩的红色，胸部也看起来似乎比平常更为隆起，这三个即将出发的情敌都不知该如何抑制自己那悲伤忧愁的情绪；在这决定性的时刻，他们出发时又有明媚的春光照射着，再加上徐丝那漂亮的打扮，使他们紧张的心情中几乎掺杂着一些甚至可以称为爱情的东西。走到城门前，和蔼善良的少女就劝告她的三个求婚者，为了免去不必要的疲惫把背包放在小车上拖着走。他们听取了她的劝告，继续前行，出了这座小城走上山去时，看起来就像一小队炮兵拖着炮车上山去占领一个炮位似的。他们向前行进了半个小时后，便在一个可以欣赏到树林、湖泊和村落的有着开阔视野的地方停了下来，在一棵菩提树下坐成一个半圆形。徐丝打开她的包，分给每人一把干梨和梅干，给他们振作一下精神。他们严肃安静地坐了很长时间，只是在他们咀嚼这些甜果时发出轻柔的咂嘴声。

徐丝扔掉一个梅子核，在嫩草上擦着被梅子染上颜色的手指尖，开始说道："亲爱的朋友们！看这世界是多么的广阔美好，每个地方都充满了壮观的事物，遍布着人类的住所！但是我愿意打个赌，在这个庄严的时刻，在这广阔的世界上没有一个地方能找到像我们四个这样公正而又性情温和的人围坐在一起，像我们这样机灵谨慎，这样热衷于所有艰辛的锻炼和德行，爱好隐逸和俭省，爱好和平和热情的友谊。有多少花朵在我们周围开放着啊！各种各样的花都有，都是春天开放的，尤其是黄色的樱草花，它可以煮成促进食欲的健康的茶；但是，可以说这花是正直勤劳的吗？可以说它节俭、谨慎、具有明智而又有启发性的思维吗？不，它们都是些没有意识，被剥夺去灵性的东西；它们没有理性，仅仅是在浪费消磨时间。它们是很美丽，但它们的唯一结局只能成为枯草，然而我们就美德而论要比它们出众得多，就形态的优美而言也丝毫不逊色；因为上帝依照他自己的形象创造了我们，把他的气息吹到我们鼻孔里。噢！但愿我们能永远坐在这个天堂里，永久保持这种天真无罪的状态多好；的确，我的朋友们，对我来说，我们似乎都还处在天真无邪的状态中，也因无罪的知识而变得更加高贵了；感谢上帝，我们都学会了读书写字，都习得了一种手艺。我在许多方面都是多才多艺的，如果我想要超越我的阶级界限，我敢做最有修养的贵族妇女都不敢做的事，但谦卑是处于我这种情况下的正直女性最珍贵的美德，我的想法只要不被智力高深的人视作毫无价值，不被有识之士轻视，对我来说已经足够了。已经有很多人渴望和我结婚，但他们都不配跟我在一起。现在我忽然看到三个高贵的单身汉跟我在一起，他们每个人都配拥有我！你们判断一下，在完美人选异常充裕的情况下，我的心是应该怎样地备受煎熬啊！你们每个人都以我为例，想象一下你们每个人的身边都围绕着三个同样高尚的妙龄少女，想让你成为她的丈夫，而正因为这样，你就不能倾心于其中任何一个。你们好好地想象一下，你们每个人身边都有三个宾茨林姑娘向你们求婚，她们也像这样在这儿坐在你们周围，穿着相貌都和我一模一样，就像我变成九个人一样，从四面八方爱慕地凝视着你们！你们愿意如我所说的那样想象一下吗？”

听到这样的话，他们非常惊讶，这三个勇敢无畏的伙计停止了咀嚼，带着愚蠢的神情探寻应如何解决这个奇怪的问题。年轻的斯瓦比亚人首先想到了解决办法，面带贪婪的表情喊道：“是的，我最亲爱的徐丝姑娘！如果您能仁慈的允许我这样讲话，我就说，我看到不仅仅是三个而是一百个您在我周围盘旋，用令人心动的目光看着我，给了我千百个吻。”

“不是那样！”徐丝做了个愤愤不平的手势生气地斥责道，“不是以这种下流夸张的形式！你这个不知羞耻的人，你到底在想些什么？我不允许你想象我变成一百个我和你接什么甜蜜的吻；只许你们想象你们每个人身边只有三个我，而且举止端庄含蓄，使人不敢有什么亲密的举动！”

“是的，”尤波斯特终于大声地喊道，并用吃完梨子的梨柄向四周比画着，“我只看见三个美丽的宾茨林姑娘，仪态端庄可敬，在我周围漫步，把心捧在手上向我友好地望着。我很感谢，感谢，非常感谢！”他一边说着，一边向三个方向傻笑着鞠躬，就像他真的看见三个人一样。“就是这样的方式，”徐丝微笑着说，“如果你们三人之间存在什么差异的话，那么你，我亲爱的尤波斯特，你是其中最有才能的，至少是最明智的！”

傅里多林，那个巴伐利亚人，仍然没有完成他的想象任务，但一听到尤波斯特受到称赞，他变得焦急起来，不经思考地匆忙大喊道，“我也看到我们亲爱的三个宾茨林姑娘在我周围极其安静端庄地散步，风骚地向我示意，一面将手——”

“不害羞！巴伐利亚人！”徐丝尖叫道，害羞地把脸转了过去，“一个字都别再说了！你从哪来的勇气敢用这样放荡不羁的话来谈论我？你怎敢设想出如此猥亵不堪的情形呢？可耻！可耻！”可怜的巴伐利亚人吓坏了，变得满脸通红，却不知道为什么会这样；原来他一点都没想象出什么来，只是听到尤波斯特的话受到了赞美，就根据他听到的尤波斯特说的话复述了一遍而已。徐丝又转过身来对迪特里希说，“好了，我亲爱的迪特里希，你还没有用某种稍微有分寸的方式完成您的设想任务吗？”“完成了，如果您同意的话，”他回答道，很高兴徐丝姑娘又和他说话，“现在我只看见三个你在我周围盘旋，含蓄地看着我，向我伸出三只白嫩的手让我亲吻！”

“很好”，徐丝说，“傅里多林，你呢？还没有从你的偏差中转出来吗？你沸腾的热血还没有冷却下来以足够使脑海中显现出较体面的假想吗？”“请原谅我！”傅里多林低三下四地说，“我现在觉得我看到了三个少女拿干梨给我吃，她们看起来似乎都不讨厌我。她们三个都很漂亮，不相上下，要从她们三人中选出一个对我来说很痛苦。”

“好啦”，徐丝说，“既然在你们的想象中你们三个人被九个有同样价值的少女所环绕，有如此多完美迷人的对象你们的心仍不满足，你们就根据这点来断定我的处境吧！正如你们所见的，我因聪明谨慎而能控制我自己的感情，让我的长处作为你们的榜样，向我承诺，并向彼此承诺，继续友好相处，宽容彼此，正如我热情地跟你们分开，你们也要彼此热情地分离，无论那将降临于你们身上的命运作出什么样的决定！把你们的手放在我手中，一起宣誓吧！”

“好，确实是！”尤波斯特喊道，“至少我会这样做的，我绝不会食言！”另外两个人也立即插话表示赞成，“我也不会！我也不会！”他们都把手放在一起，但每个人都在心里决定，不管怎样也要尽可能地跑快。“我一定不会食言的！”尤波斯特又重复道，“因为从小我就天性宽厚仁慈，心境平和。我从未和人争吵过，也不忍看到任何动物遭受痛苦。凡是我在过的地方，我都举止端庄、行为正当，也因我的品行平和安静，受到人们一致的赞美。尽管我对很多事情都稍微懂一些，是一个博学多才的年轻人，你也从来没见我干涉过任何与我无关的事情，而对于我自己的责任却以极其慎重的态度对待。我工作想要多努力我就可以多努力，这对我毫无伤害，因为我年轻健康，正处于我生命最旺盛的时期！所有的老板娘都说我是一个难逢的好伙计，是一个真正的模范，和我相处很容易。是的，我亲爱的徐丝姑娘，我确实相信，我跟您生活在一起，会像在天堂一样幸福！”

“噢！”巴伐利亚人大喊道，“我也这样认为，和这位姑娘在一起会幸福得像在天堂里一样，这也不是什么技巧！我相信我也能做到，因为我也不是什么白痴。我手艺精湛，我能一句废话都不讲就把事情安排得井井有条。我虽然去很多大城市做过工，但不管在哪里都不会和别人发生争执，我从未打过一只小猫，也未杀死过一只蜘蛛。我饮食节制，无论饭菜怎样，我都满意不会横加挑剔；我能对最卑微的生活感觉快乐，并感到很知足。我又年富力强，能够勤勤恳恳；问心无愧就是最好的长生不老之药；所有动物都喜欢我，跟在我后面跑，因为他们嗅出我是个仰不愧天、俯不愧地的人；他们是不愿意和不正直的人为伍的。有一次我离开乌姆尔城区游历，一条狮子狗跟在我后面跑了三天，我最后只好把他托付给一个农民照顾，因为像我这样一个卑微的手工业工匠是无法养活这种动物的。我路过波西米亚森林时，大鹿和小鹿在距我二十步的地方还站在原地，它们都不畏惧我。真奇怪，连野兽都能认清人，知道谁是好人！”

“对呀，这肯定是真的！”斯瓦比亚人喊道，“你们没看见这只鸟在我身边飞来飞去，想靠近我吗？那只在枞树上的松鼠总是在回过头来望着我，我腿上总有只小甲虫在爬，赶都赶不走。这只乖巧友善的小动物肯定在我这里呆的很舒服！”

此时徐丝却妒忌起来，用有些激烈的语气说：“一切动物都喜爱和我呆在一起！我有一只鸟，养了八年，它临死时很舍不得我。不管我走到哪里，站到哪里，我家的猫总是跟着我。我在窗前给邻居家的鸽子撒面包屑，它们就会挤在我窗前争食。动物因种类不同而有各自的特点！狮子喜欢追随国王和英雄，像陪伴的臣子和勇士；骆驼驮着商人过沙漠，肚子里还为他们储蓄着清水；狗会守卫着它的主人，历尽千难万险，为了救他，甚至还会跳入海中！海豚喜爱音乐，常尾随在船后面，鹰则跟着军队飞行。猴子是一种像人的动物，见人做什么，它就跟着做什么；鹦鹉能听懂我们人类的语言，它就像老年人一样会和我们喋喋不休！甚至连蛇都可以被驯化，让它用尾巴尖来跳舞；鳄鱼哭泣的时候和人一样会流眼泪，因而受到当地居民的尊重，不伤害它；鸵鸟让人给备上鞍，如同骑骏马一样骑着它；野水牛为人拉车，有角的驯鹿给人拉雪橇。雪白的象牙由独角兽供给，透明的骨头则由乌龟供给——”

“请您准许我发表点意见，”三个制梳匠不约而同地说道，“这一点您的确搞错了，象牙取自象的牙齿，龟壳梳子不是由龟骨做的，而是由龟壳制成的！”

徐丝窘得面红耳赤，说道：“这还有待于考证，因为你们只不过是拿龟壳片加工制造而已，肯定没见过这东西是从哪儿来的。我向来很少会犯错，这事对也好错也好，还是让我把话说完吧！不仅仅是动物具有上帝赐予它们的明显的特征，就连从山上挖掘的死石头也是如此。水晶和玻璃同样的透明；大理石则坚硬而有纹理，有的是白色，有的是黑色；琥珀具有电气的特质，可以吸引电光，不过一旦这样它就会燃烧起来，散发着香味。磁石吸铁，石板上可以写字，但金刚石上却不可以写字，因为它像钢一样的坚硬；因为它又小又尖，所以装玻璃的人用它来划玻璃。亲爱的朋友们，你们看，我也能大概谈谈动物呢！至于我跟它们的关系，则有以下几点可谈：猫是聪颖机敏的动物，所以它只追随聪颖机敏的人；鸽子则是纯洁质朴的象征，所以只有纯洁质朴的灵魂对它才有吸引力。既然猫和鸽子都追随我，因此可以获得结论：我是又聪慧又纯洁，又机敏又质朴的；正如人们常说的：你要灵敏像蛇，温顺像鸽子①！我们确实可以用这种方法来评价各类动物和它们与我们之间的关

① 见《新约·马太福音》第十章。

系，假使我们善于进行正确的观察，我们是可以从中学到很多东西的。”

可怜的伙计们不敢再往下说一句话；徐丝超过他们太多了，她还颠三倒四地讲了很多自命不凡的话，这使他们讶异到了熟视无睹、置若罔闻的地步。他们都很仰慕徐丝的冰雪聪明和能言善辩，但每个人都觉得以自己的才华能配上这个宝贝，尤其是因为这件家庭装饰品是这样的廉价，只不过是会唇尖舌利地唠唠叨叨而已。而至于他们自己是否能配得上这个被他们捧得很高的珍宝，是否有对付她的办法，这些蠢材只有到最后才会问自己这个问题，抑或甚至根本问都不问，而只像孩子似的看见艳丽夺目的东西就想伸手去抓，据为己有，看见五颜六色的东西就去舔上面的颜色，见了小铃铛玩具，就不只是放在耳边听，还要把它全部塞到嘴里去。于是他们想把这个出众的少女争取到手的欲望和梦想就越来越强烈了。徐丝那乏味的连篇空话越是无耻、冷酷、空洞，三个制梳匠就越对她动心，也就越发显得卑躬屈膝。同时，他们因为刚才吃了干果而觉得很渴；尤波斯特和巴伐利亚人忙到树林里去找水，发现了一个泉眼，就喝了一肚子冷水。斯瓦比亚人却很是机灵，他随身带了个小瓶子，里面装满了樱桃白兰地，掺了些水和糖，他要在赛跑时用这种爽口的饮料提神来帮助他取胜；因为他知道，另外两个伙计非常节俭，不会带什么东西，也不会到饭馆里喝一口。趁他们去喝水的时候，他赶紧掏出小瓶子递给徐丝；她喝掉了一半，觉得很是美味，精神也为之一爽；她斜对着迪特里希，很是亲昵地看着他把剩下的一半喝完，他觉得这酒的味道真像塞浦路斯岛上的美酒一样甜美，使他精神振奋。他不由自主地抓住了徐丝的手，温柔地吻了吻她的手指头。徐丝用食指尖轻轻地点了一下他的嘴唇，他就假装做出要去咬她手指头的样子，嘴巴噘得像张大嘴的鲤鱼似的。徐丝脸上做出虚假温和的笑容，迪特里希脸上装出机敏幸福的微笑。他俩面对面坐在地上，有时互相蹭鞋底，仿佛是要用脚的接触来代替握手一样。徐丝的身子稍微向前弯曲，把手放在迪特里希的肩膀上，迪特里希正要回应这一美妙的伎俩并继续把它演下去，碰巧萨克森人和巴伐利亚人回来了，他们在一旁看到这种情形，顿时面如死灰，痛苦呻吟；因为他们吃了干梨又灌了一肚子凉水，肚子忽然难受起来，再加上看到这一对在打情骂俏，心里很不是滋味，内心的痛楚和肚子的难受加在一起，弄得他们脑门上直冒冷汗。徐丝看到这种情状，仍然镇定自若，她以极其亲切的态度向他们示意，喊道："亲爱的朋友们，你们过来，也在我身边坐坐，我们再享受一会我们的融洽和友情，这是最后一次了！"尤波斯特和傅里多林赶忙走过来坐下，把腿伸直；徐丝一只手拉着斯瓦比亚人，另一只手拉着尤波斯特，用两只脚蹬着傅里多林的靴底，同时轮流对他们露出甜蜜的微笑。我们知道，这正如世上的音乐能手一样，能同时演奏许多种乐器：头摇钟琴，口吹口琴，手弹吉他，膝击铜钹，脚奏三角铃，两只胳膊肘打背上悬挂的鼓。

然后徐丝从地上站了起来，小心地把裙子提起抚平了上面的褶皱，说道，"现在是时候了，我亲爱的朋友们，我们该出发了，你们该准备参加那重大的比赛了，这是你们那个愚蠢的老板强加给你们的，但我们要把它看成更高的命运的安排！满怀着美好的热情投身这场比赛吧，但是不要相互憎恨和嫉妒，心甘情愿地臣服于胜利者的王冠吧！"

三个伙计像被胡蜂蜇了似的一跃而起。他们用两条腿直挺挺地站立着，而这两条至今为止只是迈着小心翼翼的、有风度的步子走路的腿现在却被期望用来跑过他人。没有一个人能回想起他们曾跑过，更不必说参加赛跑了。斯瓦比亚人似乎是最有信心的，甚至还用脚轻轻擦地，急躁地抬起脚来，好像跃跃欲试。他们带着奇怪和猜疑的神色彼此注视着，脸色苍白，浑身冒汗，就好像已经参加了激烈的赛跑似的。

徐丝说："你们彼此再握一次手吧！"他们这样做了，但是动作缓慢，优柔寡断，他们的手碰了一下就冷淡地滑脱了，像铅手似的垂了下去。"我们真的要做这件蠢事吗？"尤波斯特说着，用手去擦了一下眼睛，已经开始流泪了。"是的，"巴伐利亚人说，"我们真的要赛跑吗？"他也开始哭泣了。"您，宾茨林姑娘，"尤波斯特痛苦地问道，"您准备做些什么呢？""我应当，"她用手帕遮着眼睛，回答道，"我应当沉默，忍受，观望。""那么以后呢，徐丝姑娘？"斯瓦比亚人友善而又狡猾地问道。"啊！迪特里希！"她温柔地回答道，"你不知道俗话说'命运之声即心之声'[①]吗？"她用意味深长的眼神看着他，使得他又抬起腿来，希望立刻就加入这场赛事。当他的另外两个对手在整理背包上的小车，迪特里希也追随着那两个情敌在整理时，徐丝三番五次地用劲捏他的胳膊肘，或者踩他的脚；又帮他掸去帽子上的灰尘，但同时却对着另外两个微笑，好像是在戏弄斯瓦比亚人似的，但却做得很高明，使他看不见。三个人这时都用力鼓起腮帮，向空中长出口气。他们左顾右盼地张望了一下，然后摘下帽子来，擦掉脑门上的汗珠，理了理紧紧贴在一起的头发，然后又重新戴上了帽子。他们又像四周望了望，喘了口气。徐丝怜悯他们，深为感动，自己都哭了。"这儿还有几颗梅干，"她说，"你们每人拿一颗放在嘴里含着，会让你们精神爽快！现在就动身吧！把坏人的愚笨化为正直人的智慧吧！坏人整蛊想出来的伎俩，你

---

① 这句话出自席勒的《华伦斯坦》三部曲的第二部——《皮柯勒父子》第三幕第八场，但原话是"心之声即命运之声"，徐丝·宾茨林把它弄颠倒了。

们就把它化成磨练自己和锻炼自制力的方式吧！把它看做终年品行端正，在美德方面较量的一种意味深长的终结吧！”她在每个人的嘴里都放了一枚梅子，他们就开始吮吸了。尤波斯特把手按在肚子上，喊道：“如果必须得这样做，那就算是天意如此了！”说完就举起手杖，拉着他那放着背包的小车，突然大步向前地走了。傅里多林一看到他走了，立即就快步跟上去，他们不再东张西望，而是急匆匆地走下山坡去了。最后一个出发的是斯瓦比亚人，他脸上浮现着机智自得的神情，和徐丝并肩走着，心态看起来很是怡然自得，好像对这件事情很有把握，乐意慷慨大方地让另外两个家伙占点便宜，先多走几步。徐丝赞美他这种友善的镇定态度，并把身子靠在他的胳膊上，显示出亲昵的样子。“唉，一生要有个依靠，”她叹了口气说，“那才好呢！即使一个人天生聪明机智，有见识，有道德，但是挽着志趣相投的朋友的胳膊走，毕竟比形单影只好多了！”“我的天，当然是了！我也有此想法！”迪特里希回答道，一面用胳膊使劲地碰了一下她的腰，一面勘查着他的两个对手，看他们是不是跑得太远了，“敬爱的姑娘！您看清楚了吧？您终于知道了吧？您看出了谁才是最有智慧的人了吧？”“啊，迪特里希，亲爱的迪特里希！”她更用力地叹了口气说道，“我常常感到很孤独寂寞！”“唉！那是很难避免的！”他喊道，此时他的心怦怦直跳，像小兔子在卷心菜里一样。“啊，迪特里希！”徐丝一面喊，一面把身体更紧地靠着他；这时他觉得浑身发热，他的心洋洋自得，简直高兴地要开缝了；但他同时发现，抢先一步的两个人已经转过一个弯，毫无影踪了。他想立刻挣脱徐丝的胳膊去追那两个人；但她紧紧拉住他，让他无法走开，又把身子贴在他身上，好像就要昏厥过去似的。“迪特里希，”她低声地说，一面又向他眉目传情，“您现在不要离开我，我信任您，您扶着我吧！”“真见鬼了！真见鬼了！姑娘，您快放我走吧!”他急不可耐地喊道,“不然,我就是最后一个到了!那样,我就全玩完了!”“不,不,您不要离我而去,我觉得恶心得想要吐!”她呜咽着说。“恶心也好,不恶心也好,随你的便,别烦了!”迪特里希大声喊道,说完这话,他就挣脱了她;他跳到一个地势较高的地方,向四周环顾,看见那两个赛跑的人已全力以赴地跑下山,已经跑得很远了。现在他也准备快速前行,但就在这刹那间,他又回转头去瞅了瞅徐丝。只见她坐在一条狭窄的、枝繁叶茂的林间小路的入口处,妖娆妩媚地向他招手示意。这种情景使他无法抗拒,他不往山下跑了,却回过头来向她急匆匆地走去。徐丝一见他走来,就站起来,向树林深处走去了,一边走,一边回过头来望望他;因为她想使尽全身解数来阻挠他赛跑,哄他多耽误一会儿,使他到的最晚,赛跑失败,无法继续留在塞尔德维拉。

但是富有独创才能的斯瓦比亚人这时却改变了策略,决计在这个山坡上争取自己的幸福,如此一来,事情发展的结局就和诡计多端的少女所期望的全然不同。和她单独来到一个僻静的地方之后,他一走到她跟前,就跪在了她的面前,用制梳匠所能做出的最强烈的爱情拼命向她进攻。刚开始她还想方设法命令他安静,同时拿出她所有的智慧和典雅来,以便用最斯文的方式把他留那儿,而不把他吓走。迪特里希的激动亢奋的进取精神使他想出了高明的有魔力的语言来,向她信誓旦旦地表达自己的忠贞,他用各式各样的充满温柔爱意的方式向她冲击,时而捧住她的双手,时而握住她的两脚,同时还对她的身体,她的精神,她的一切都大加称赞,说得天花乱坠,此时的天气和树林又那样可爱迷人,所有这一切,使得徐丝失去了自控能力,因为像她这样的人,无论是精神还是见识,终究都是目光短浅的。她的心像仰天躺着的甲虫似的在那挣扎,惊慌焦躁,完全失去了自卫的能力,迪特里希把她完全征服了。

徐丝把他引诱到这个树林里来，本来是想要陷他于失败的地步，谁知转眼间就反而被这个小斯瓦比亚人制服了。之所以会发生这种状况，并不是因为她是一个多么多情的人，而是因为她天生就鼠目寸光，虽然自命不凡，实际上却是目光如豆的。他俩在这种心旷神怡的幽静的情境中待了有一个钟头左右，一再地相互拥抱，接了千百次的吻。他们真心实意地相互承诺，要永远忠诚不变，并且一致表示，无论如何，两个人一定要结婚。

同时，关于三个伙计的趣事的消息已然传遍了全城，原来是店老板为了找乐子，亲自把这件事说出去的。所以塞尔德维拉的人都在兴致勃勃地等待着欣赏这一场始料不及的闹剧，迫不及待地想看到这三个正直可敬的制梳匠奔跑的场景，借此高兴一下。他们摩肩接踵地走出城门，在大路两边列队站着，仿佛在等待着看真正的赛跑健将的到来一样。小孩们爬到树上去看，年老者和退休的人坐在草地上吸着烟斗，有这样分文不花的娱乐供他们解闷，他们感到心满意足。连首脑人物都出来凑热闹，跟大家一同观看这场好戏，他们谈笑自若地坐在饭店里的圆亭内，准备就此赌一场。在赛跑的人必经的街道上，家家户户的窗子都开着，妇女们在客厅里摆上红的白的靠垫，用来垫胳膊，她们款待大量来访的太太小姐们，临时举行了快乐的咖啡茶话会，婢女们忙着买点心和烤面包，跑来跑去的，可累坏了她们。这时候城门外那些在最高的树上爬着的儿童突然看见一小团尘土渐渐移近，就开始大喊："他们来啦！他们来啦！"不久之后，傅里多林和尤波斯特果然像一阵旋风似的跑过来了，在大路中间扬起一团厚厚的尘土。他们一只手拉着放着背包的小车，车子像疯了似的在铺着石子的路上飞奔，另一只手按着滑到脖子上的帽子，长大的上衣争前恐后地随风飘扬。两个人跑得大汗淋漓，满身都是灰尘，张着嘴大口大口地喘气，周围的状况，他们一点也没看见，也一点都没听见，巨大的泪珠从这两个可怜人的眼中流了出来，他们也没时间去擦。他们紧紧相随，巴伐利亚人略微领先几步。这时响起了一阵骇人的叫喊声和哄笑声，轰轰隆隆，震耳欲聋。大家立刻跳了起来，一窝蜂似的挤到路旁，四面八方的人一齐喊道："加油！加油！萨克森老乡，加油！跑呀，巴伐利亚老乡，不要灰心呀！有一个人已经掉队了，只剩下两个人啦！"坐在亭园里的头面人物们，都不顾体面地站在桌子上观看了，把肚皮都要笑破了。他们坚定的笑声像雷鸣似的压倒了站在街道两旁人群的此起彼伏的喊叫声，发出了一个空前绝后的欢乐的节日信号。孩子们和地痞流氓们像潮水似的涌到两个可怜的伙计背后，这一群狂热的人和他俩一起向着城门蜂拥而来，弄得满街尘土飞扬。甚至有些妇女和流浪街头的少女也跟着跑，她们悦耳尖利的嗓音和小伙子们的喊声混杂在一起。他们这一行人已经距离城门很近了，站在城门楼上看热闹的人向他们挥舞着帽子。两个赛跑的人像两匹受惊的马似的飞奔着，内心充满了痛楚和恐惧。一个街头小混混像个妖魔似的跪在尤波斯特拉着的运载背包的小车上，在众人的欢呼雀跃声中让车子带着他一起走。尤波斯特转过头来乞求他下去，又拿手杖打他；但那个小家伙把身子往下一弯躲过了他的手杖，还向他龇牙咧嘴地诡笑。傅里多林借机更加抢先了一步，尤波斯特一领会到这种情形，就将手杖扔到傅里多林两脚中间，把他绊倒在地。尤波斯特正要从他身上跨过，巴伐利亚人却抓住了尤波斯特的衣服，两个人就彼此牢牢地抓着不放，缓慢地走进城来，只是有时想方设法向前一跳，企图挣脱对方。他们像小孩子似的哭着，一会儿低声抽泣，一会儿嚎啕大哭，由于无以伦比的内心悲痛而不停地喊着："啊！上帝呀！松手吧！亲爱的救世主呀！松手吧！尤波斯特！松手吧！傅里多林！松手吧！松手吧！

你这魔鬼！”同时还不住地朝对方身上乱打，但是仅仅向前走了没几步，他们的帽子和手杖就都丢了，捡到这两件东西的那两个孩子，就把帽子顶在手杖上，举着前进，后面一大群嚎叫的人跟着蜂拥而来。所有的窗户前都被太太小姐们挤满了，她们一阵阵银铃般的笑声消失在了下面人海的喧哗当中，如此快乐的心情是这个小镇的居民许久以来从未有过的。这种充满喧闹的乐事非常适合居民们的胃口，以至于大家把什么都忘记了，没有一个人想起向那两个赛跑的人指出：他们终于已经到达了赛跑的终点——老板的门前了。他们两个也没有看见赛跑的终点，其实他们根本什么都看不见了，于是这个狂热的队伍就穿过全城，又从另一个城门出去了。老板一直在窗口笑眯眯地躺着，他又等了一个钟头还不见最终胜利者到来，正想要走出去去欣赏这个玩笑的果实时，迪特里希和徐丝出乎意料地悄悄地走进他家来了。

原来他俩经过商量后，达成了一致意见，认为老板既然已无力继续维持多久了，肯定愿意把作坊顶出去，以换来一笔现款。徐丝愿意拿出她七百古顿的财产证券来，斯瓦比亚人也愿意拿出自己攒的那一点点钱，凑在一起，这样他们就能稳操胜券，嘲讽另外两个伙计了。他们把自己的协议当面告诉了老板，他不禁惊诧万分。但他又转念一想，得在作坊倒闭之前，隐瞒着债主，赶快谈判成交，把作坊顶出去，获得这笔意外的现款。很快就商量好了所有条件，在太阳还没落山的时候，徐丝姑娘就成了制梳店的老板，她的未婚夫就成了制梳店所占房屋的承租人。于是徐丝到底还是被这个手段高明的斯瓦比亚人征服了，而且也被他拉拢住了，这是她在那天早晨想都不会想的事情。

尤波斯特和傅里多林跑到城外之后，终于倒在地上，彼此纠缠着不放，人们把他俩送到客栈躺下，他们又羞愧又疲倦，又气愤，显示出萎靡不振的样子。既然已全城轰动起来，便越发不可收，大家已经忘掉了搞得全城沸沸扬扬的原因，而是又去继续庆贺这个欢乐的夜晚。很多人家都举行了舞会，大家在酒店里举杯豪饮，纵情歌舞，就像是在过塞尔德维拉最盛大的节日一样，因为塞尔德维拉人用不着花费多少工夫就能巧妙地营造出一种欢乐来。这两个可怜虫原本是想借助自己的勇气来利用世人的愚蠢，现在却看到自己的勇敢帮助世人的愚蠢取得了胜利，而他们自己却变成了大家的笑料，他们的心真的悲伤得快要碎了，因为他们不仅使他们多年的计划失败并整个的毁灭，而且还丧失了他们稳重平和、遵纪守法的好名声。

尤波斯特，这三者中年龄最大的，在这里已经呆了七年，现在完全处于困惑状态，再找不到他的方向了。因被悲伤所压倒，黎明前他就离开了小城，在他们昨天坐过的地方的一棵树上上吊自杀了。

一个钟头以后，巴伐利亚人从这棵树旁边走过看到了他的这种惨景，吓得魂飞魄散，像着了魔似的逃走了。从此他的整个性格都改变了，据人们后来说，他变成了一个放荡的人，从未进入老板的行列，成为了一个没有任何朋友的老伙计。

只有斯瓦比亚人迪特里希依然是个正直的人，在塞尔德维拉地位很高；但他也没从中得到多少快乐，因为徐丝不许他享受任何荣誉；徐丝当家做主，让他处于她严格的控制之下，认为她自己是这一切好处的唯一源泉。

败坏了哈德莱堡的人

[美]马克·吐温　著
田志云　译

二

那已经是很多年前的事情了。当时，哈德莱堡是相邻一带最为诚实和正直的一个城镇。它保持这一声誉未受玷污达三代之久，将其视为自己所拥有的一切中最值得骄傲的部分。它是如此的洁身自好，一心想保持这一声誉能够流芳百世、永存不朽。于是，它把诚实为人的思想教给尚在摇篮里的婴儿，把类似的教诲看作为人处世的基本内容，用于这些婴儿此后的全部教育之中。此外，在青年人成长的过程中，外界的各种诱惑全被拒之门外。这样，他们诚实敦厚的品德便能得到充分地巩固和加强，进而成为他们身心的一部分。附近相邻的其他城镇无不对哈德莱堡所拥有的这一崇高地位(至高无上的尊贵荣誉)感到羡慕，甚至嫉妒，于是开始嘲笑哈德莱堡居民在这方面的自豪感，称之为虚荣和自负的表现。然而，尽管如此，他们又不得不承认，哈德莱堡这个清白纯洁的地方，是不会被腐蚀和败坏的；如果您再追问下去的话，他们就不得不承认这样一个事实：哈德莱堡镇的年轻人，如果想离开家乡，外出寻找一份可靠的工作，他唯一需要的推荐信就是报出自己家乡的名字。

但是，随着时光的流逝，哈德莱堡终于不幸地冒犯了一个过路的陌生人——这可能是出于无意，但肯定是未曾在意，因为哈德莱堡是自给自足的，一点儿也不会对什么陌生人或者他们的意见产生兴趣。然而，如果当初对这个陌生人刮目相看，那就好了，因为这是一个心狠手辣、有仇必报的人。于是，在他接下来整整一年的流浪漂泊中，始终对这一冒犯耿耿于怀，一闲下来就处心积虑地谋划着报仇雪恨的计划。他想出了很多的办法，而且这些办法都很不错，但没有一个足够完美、足够令他满意，虽然它们中最差劲儿的一个都足以伤害到哈德莱堡镇的大多数人。但他想要实行的是这样一个计划——它要能够摧毁整个哈德莱堡镇，将全镇的人一网打尽、一个不落。他终于想出了一个绝妙的主意，这个主意在他脑海中显现时，他感到豁然开朗，以至于在脸上露出一丝邪恶的微笑。他立即开始付诸行动，心想：这才是我要做的——我要败坏整个哈德莱堡镇。

六个月后，他来到哈德莱堡，乘着一辆小马车，大约在晚上十点钟，停在一个银行老出纳员的家门口。他从车上取下一麻袋东西，扛在肩上，跌跌撞撞地走过院子，敲响了房门。只听见里面传出一个女人的声音："请进。"于是他走了进去，把那一麻袋东西放在客厅的火炉后面，看见一个老妇人正就着灯光读着《福音导报》。于是，他彬彬有礼地说道："坐着别动，夫人，我不多打搅您。好啦——这下可把它藏好啦，没有人会知道它在那儿的。我能拜见一下您先生吗，夫人？"

"不行，他到布里克斯顿去了，大概明天早上才能回来。"

"也好，夫人，没有关系。我只想把那袋东西留在这儿，托他照管一下，等找到合法的所有人，就把它交付给他。我是一个外国人，我跟那人并不相识。今晚我只是路过小镇，来了却一桩夙愿。现在既然心愿达成，我就要离开了，心里很高兴还相当满意，以后您也不会再见到我了。那个麻袋上附带了一张字条，它会说明一切的。再见啦，夫人。"

老妇人害怕这个神秘的大个子外国人，很高兴看着他离开。但是这事儿引起了她的好奇，于是她径自走向那个麻袋，拿起那张字条。只见上面这样写道：

公开招领;或私下查询,找到他本人——两者皆可。麻袋里装有重一百六十磅零四盎司的金币——

“哎呀!我的天哪!门还没关!”

理查兹夫人战战兢兢地跑到门口,把门关上,拉下遮帘,就那样呆站在那里,心里又是害怕,又是着急,想着还应该做点什么好让自己和那些钱更安全一些。她侧耳听了一会儿,担心有贼。接着,她又禁不住好奇,回到灯前,读完了那张字条:

我是一个外国人,马上就要回本国去了,而且以后就永远住在那里了。我要感谢美国,在我长期侨居这里时,承蒙贵国多方照顾;同时,尤其要感谢贵国的一位公民——一位来自哈德莱堡镇的居民——感谢他一两年前施予我的热心资助。实际上那是双重莫大的恩惠。现在我要解释一下。我是一个赌徒,我是说,我曾经是一个赌得倾家荡产的赌徒。一天夜里,我来到哈德莱堡镇,饥饿难耐,身无分文,只好四处乞讨——在黑暗中。我不好意思在光天化日之下乞讨。不过那次我找对了人!那人给了我二十美元——那意味着,他使我获得了重生,我是那样认为的。他同时也给了我财富,因为我用他的二十美元在赌桌上大赚了一笔。当时他对我讲的那句话,我至今仍牢记在心。他的话不仅最终拯救了我,同时还唤起了我心中残留的道德感;从那以后,我再未出入过赌场。现在我仍不知道那个人是谁,但是我要找到他,并要他拿到这笔钱。对于这笔钱,不管是捐赠、扔掉或者自己收下,一切都悉他尊便。我只是要表达自己对他的感激之情。要是我能留在这里,我原可以亲自去找到他的,但是没有关系,他会被找出来的。哈德莱堡是一个诚实的城镇，是不会被败坏的。我知道我尽可以毫无顾虑地信任它，放心地把这些钱交给它的居民。那个人可以根据当时他对我说的那句话加以确认；我相信他会记得那句话的。

我的计划是这样：如果您认为私下进行查询较为妥当，那么就那样办吧。请把这封信的内容告诉任何一个可能是我所找的那个人。如果他回答说："我就是那个人；当时我所讲的那句话是如此这样。"那么您就可以进行一次检验——那就是：打开那麻袋，您会找到一个密封的信封，它里面附有那句话。如果那句话与认领者所说的相符，就将那笔钱交付给他，再无需向他提出更多的问题，因为那肯定就是他本人。

但如果您认为最好是进行一次公开招领，那么就请将手头这封信的内容刊登在本地的报纸上——并附上有关认领程序的说明，即：在本文公布后的三十天内，请认领者在晚上八点钟（星期五）到市政大厅，将他所说的那句话写在一个密封的信封里，交给伯吉斯牧师（如果他愿意代劳）；然后由伯吉斯先生当众拆去信铅，打开信封，看那句话是否与密封的相符；如果相符，就把那笔钱交付给他，同时代我向那位被认出的恩人致以衷心的感谢。

理查兹夫人坐了下来，激动得微微发颤，不久便陷入沉思——她这样想着："多么奇怪的一件事！……那位随意施舍一下的人，又是多么幸运，能够得到这样大的一笔财富！……要是当初那件事是我丈夫做的，那该有多好！——瞧我俩是这样穷，真是又老又穷呀！……"接着，她叹了一口气——"可惜那不是我的爱德华做的；当初不是他给了那外国人二十美元的。真是可惜，现在我才明白……”接着理查兹夫人打了一个冷颤——“那可是一个赌徒的钱呀！那是有了它就不得好报的钱呀：我们可不能拿它；连碰也不能碰它。我不能靠近它，那么肮脏。”她坐到另外一张较远一点儿的椅子上……“真希望爱德华快点回来，好把它交给银行；盗贼随时都有可能来，独自和这些钱待在一起真是一件可怕的事情。”

十一点钟，理查兹先生一回来，他的妻子就对他说：“我真高兴你这会儿就回来了！”他却接着说：“可把我累坏了，都快散架了。人穷真是糟糕，到了我这把年纪，还得干这种倒霉的苦差事。总是熬啊，熬啊，只不过是为了那点儿薪水，而人家却可以穿着拖鞋，过那种富裕舒适的生活。”

“我真替你难受，爱德华，你知道。可是，还是看开点儿吧：咱们总算能够维持生活，而且有着很好的名声——”

“是呀，玛丽，这比什么都重要。别介意我刚才说的那些话——那只是一时的气话，算不得什么。亲我一下——这儿，好啦，现在一切都好了。我再也不会抱怨了。你在做什么？那个麻袋里装的是什么？”

于是他妻子把这个不寻常的秘密告诉了他，有一会儿工夫，他直发愣；然后他说：

“重一百六十磅？哎呀，玛丽，那可值四万美元呢——简直不能想象，那可是一大笔财富啊！在这个镇上有这么多钱的人总共不超过十个。把那封信给我看看。”

他草草地看了一遍，说道：

“这可真是一次奇遇啊！哎呀，简直就像一部传奇小说；我们只能从书本上看到这种不可能发生的事情，在现实生活中是看不到的。”这时他大为激动，显得欢欣愉悦，甚至有点儿喜出望外。他用手指点了点妻子的脸颊，开玩笑地说："哈哈，这一来咱们可发财了，玛丽，发财了；现在咱们要做的就是把那笔钱埋起来，然后把这字条烧掉。以后如果那赌徒来追查的话，咱们只需不动声色地看他一眼，说：'你在胡说什么？我们从来没有听说过你这个人和你的那袋什么金币。'这样一来可就把他说傻眼了，然后……"

"可是现在，就在你开玩笑的时候，那笔钱却仍旧在那里，而且很快就到窃贼活动的时候了。"

"是的，那咱们可怎么办呢？私下里去查询那个人吗？不，那样做不妥，那样就会破坏那种浪漫色彩。还是公开招领的办法比较好。它会把这件事情闹得沸沸扬扬！它会让其他城镇上的居民听了眼红的。因为没有人会相信这种事情，除非它发生在哈德莱堡镇居民的身上。这一点他们都清楚。这是在为咱们大做宣传广告啊。我现在就去把它送到报刊印刷所去，否则就太晚了。"

"可是，你别走啊——别走啊——可别把我一个人和这些钱留在这儿，爱德华。"

但是他已经走了。幸而不一会儿，他就在离家不远的地方遇见了报社的老板兼主编，于是就把那封信交给了他，说："这儿有一份好材料给你，考克斯——拿去发表吧。"

"也许现在太晚了，理查兹先生，不过我会看着办的。"

回到家里，他和妻子一同坐下来，谈论起这件有趣的神秘事件。这一来他们就睡意全无。要谈的第一个问题是：那个给了这个外国人二十美元的究竟是谁呢？看来这是一个简单的问题；两口子不约而同地说道：

"那是巴克利·固德逊。"

"对，"爱德华说，"这件事是他做的，是会像他这种人所做的，此外镇上再没有第二个人会这样做了。”

“在这一点上，每个人都会承认，爱德华——至少在私下里承认。再说，这六个月以来，镇里人又原形毕露了——对人老老实实，遇事斤斤计较！自以为是，爱钱如命。”

“他向来就是这样批评他们的，直到他死为止——而且还是毫无顾忌地公开批评。”

“可不是，因此他就被人怀恨在心了。”

“哦，那还用说；可是他对此并不在意。照我看来，在我们当中，除了伯吉斯牧师之外，就数他最遭人仇恨了。”

“可不是，伯吉斯被人仇恨，那是活该——他在本地，再不会有其他教友去听他布道了。镇上的人尽管没有眼光，但是知道该怎么评价他。爱德华，那个外国人指定伯吉斯来转交这笔钱，这看来是不是有点儿古怪呢？”

“嗯，这个吗——是的，的确。那就是说——那就是说——”

“你哪来那么多的‘那——就是——说’啊？你会选中他吗？”

“玛丽，或许那个外国人比镇上的人更了解他。”

“尽说这种话，难道对伯吉斯有什么好处！”

丈夫一时语塞，不知如何作答，但是妻子还是目不转睛地看着他，等着他的回答。最后，理查兹犹豫不决，就像一个人要讲什么话，但又知道那话讲出来听的人可能不会相信，于是他说：

“玛丽，伯吉斯并不是一个坏人。”

他的妻子大吃一惊。

“瞎说！”她大声叫道。

“他并不是个坏人，这我知道。他之所以不受人们欢迎，完全是因为那一件事——那一件轰动全镇的事。”

“那‘一件’事，真有你的！好像单有那一件事还不够似的。”

“足够了。足够了。但是那件事可不能怪罪他呀。”

“你居然说出这种话来！不能怪罪他！所有人都知道，就是应该怪罪他。”

“玛丽，我敢向你保证——那次他是清白的。”

“我没法相信这话。我不相信，你又是怎么知道的？”

“我得坦白，虽说我感到羞耻，但我仍然要坦白。当时只有我一个人知道他是清白的。我原本是可以救他的，可是——可是——唉，你知道，当时全镇的人都那样激动——我可没那胆量去救他。那会让全镇的人对我群起而攻之的。我觉得自己很卑鄙，非常卑鄙；可是我不敢；面对那种形势，我没有勇气那样做。”

玛丽显得心事重重，有一会儿工夫一言不发。后来她才结结巴巴地说：

“我——我也认为你那样做是合适的，如果你去——你去——咱们绝不可以——呃——大家的意见——咱们必须十分谨慎——十分——”说话像是在走一条险路，她陷入泥沼了；可是，过了一会儿，她又接下去说，“真是遗憾呀，可是——唉，咱们可承担不起呀。哦，当时我是无论如何也不会让你那样做的！”

“那样做咱们就会伤了大家的感情，玛丽；那样一来——那样一来——”

“这会儿我担心的是：他对咱们有什么看法，爱德华？”

“他嘛，他大概没有想到我原来可以救他。”

“哦，”他妻子松了口气，激动地说，“这就好！只要他不知道你当时可以救他，那么他——那么他——嗯，那样的话就好多了。咳，我早就该猜出他是不知道的。因为，尽管咱们对他冷淡，他却一直对咱们友好。有些人还一再拿这事儿挖苦我。比如威尔逊夫妇俩，维尔科克斯夫妇俩，哈克尼斯夫妇俩，他们都不怀好意地开我的玩笑，说什么‘你们的好友伯吉斯’，因为他们知道这会使我感到难堪。我倒希望他别那样一味地对咱们表示好感了；我也猜不出他为什么要那样做。”

“这情况我倒能解释，可我又得坦白。那件事完全出人意料，当它闹得热火朝天的时候，镇上的人打算把他抬到木杆上，我于心不忍，实在按捺不住，便悄悄地向他通风报信，他就逃出镇去，住在外地，直到事态平息之后才回来。”

“爱德华！当时要是镇上的人发现了这件事——”

“你就别再去提它啦！每次一想到这事儿，我就感到心惊胆战。当时，我做了之后就懊悔；我甚至不敢告诉你，唯恐你的神色会让人家觉察出来。那天晚上，我一直在担心，整夜没合眼。可是，过了一段日子，我看到没有人会怀疑到我了，之后我就觉得，幸亏我当时那样做了。我心里至今仍感到欣慰。玛丽——我心里感到非常欣慰。”

“我也是，可不，那样羞辱他太可怕了。真的，我也感到欣慰；因为你实在应该那么做才对得起他。可是，爱德华，万一有一天那件事真相大白了怎么办？”

“不会的。”

“为什么？”

“因为大家都认为那是固德逊干的。”

“他们当然会这么想。”

“这是毫无疑问的。再说他本人也不把这事儿放在心上。一些人怂恿那倒霉的老索尔兹伯里去找他，要把那罪名强加给他，于是老头儿就气汹汹地赶到那里，照人家嘱咐的说了。固德逊上下打量了他一阵，好像要在他身上找出一处他最该鄙视的地方，然后，他说：‘那么，你是调查委员会的，是吗？’索尔兹伯里回答说，他差不多算是。‘哼。他们是想知道这件事的详情呢，还是，照你看来，得到一个一般的答复也行呢？’‘如果他们想知道详情，我会再来一趟的，固德逊先生；我要先把一般的答复带回去。’‘那么好，你就叫他们都见鬼去吧——我认为这也够得上是一般的答复了。我还要给你一些忠告，索尔兹伯里；你要再来打听那详情的话，就请你顺便带一个筐子来，好把你那几根老骨头装回去。’”

“这正像固德逊的口吻；这也十足地显出了他的本色；他仅仅在这一点上自命不凡：他总认为他提出的忠告比其他任何人的都要高明。”

“上帝保佑，我不怀疑这个。”

“那件事就此结束，咱们也得以幸免，玛丽。那件事也就不再被人提起了。”

“上帝保佑，我想这一点是毫无疑问的。”

然后，他们怀着极大的兴趣，开始讨论那一袋金币的奥秘。不久，他们的谈话不时被中断——那是因为只顾专心思考而中断的。继而中断的时间越来越多。最后理查兹完全陷入沉思。他好半天坐在那里，两眼茫然地盯着地板。他不时地用一些神经紧张的手势，配合着他的心理活动，显出烦恼的心情。同时，他的妻子也陷入沉思，默不作声，她的动作开始显得烦躁不安。终于，理查兹站起身来，漫无目的地在房间里来回踱步，双手挠头，那举动很像是一个梦游者在做噩梦一般。后来，他好像打定了什么主意；于是，他一言不发，戴上帽子，快步走出了屋子。他妻子仍旧坐在那里沉思，神情紧张，似乎没有意识到房间里只剩她一个人了。她不时地咕哝道：“不叫我们遇见试……可是——可是——我们太穷了，太穷了啊！……不叫我们遇见……啊，如果这样做，谁又会受到损害呢？——再说，又有谁会知道呢……不叫我们……”语声在喃喃自语中渐渐消失。又过了一会儿，她抬起头来环顾了一下四周，半带恐惧，半带喜悦的咕哝道：

“他已经去了！可是，哎呀，也许已经太迟了——太迟了……也许还不太迟——也许还来得及。”她立起身，站在那里思索着，双手紧张地时而攥紧时而松开。一丝轻微的战栗传遍她全身，她沙哑着嗓子说：“上帝宽恕我吧——居然会有这种念头，太可怕了——但是……天哪，造物弄人，造物弄人哪！”

她把灯光调暗了一些，悄悄地走到麻袋旁，跪了下来，用双手碰了碰它那鼓鼓的外部，爱怜地抚摸了一阵；这时，她那双可怜的老花眼里露出心满意足的神色。她时而显得心不在焉，时而又一下子清醒过来，口中咕哝道：“要是我们能稍微等一等就好了！——噢，要是我们能稍微等一会儿，不那样匆忙就好了！”

与此同时，考克斯已经从他的办公室里回到了家中，将所发生的这件怪事儿全部告诉了他的妻子。他们更为关切地谈论起这件事，猜测全镇上只有那已故的固德逊才会拿出二十美元这样一笔巨款，去资助一个落难的外国人。后来，谈话陷入沉默，两人都显得思虑重重，默不作声。又过了一会儿，他们都感到不安和烦躁起来。最后，妻子好像自言自语道：

“没人知道这个秘密，除了理查兹两口子……还有咱们……此外，再没人知道了。”

丈夫微微惊跳了一下，从沉思中清醒过来，急切地注视着妻子那张已经变得十分苍白的脸。然后，他犹豫着站起身来，先是偷偷望了望自己的帽子，接着看了看他的妻子——面带可以意会的询问的表情。考克斯太太用手抚摸着喉咙，干咽了一两次，然后什么话也没说，只朝丈夫点了点头。不一会儿，房间里就只剩下她一个人在喃喃自语了。

再说，这会儿理查兹和考克斯正从相反的两个方向急匆匆地穿过一条空寂无人的街道。当他们在印刷所的台阶前碰面的时候，都气喘吁吁。借着夜晚的灯光，他们窥察着彼此的神色。考克斯压低了嗓音说：

“除了咱们俩，没人知道这件事吧？”

对方悄声回答：

“没人知道——我敢保证，没一个人知道！”

“如果这会儿还来得及去……”

他们正往楼上走去；可就在这时，一个男孩跑了过来，考克斯问道：

“是你吗，乔尼？”

“是我，先生。”

“你不用去发那些早班邮件了，什么邮件都不用发了；等我的吩咐即可。”

“已经发出去了，先生。”

“发出去了？”语声中带着一种不可名状的懊丧之情。

“是的，先生。从今天起，去布里克斯顿和其他更远的城镇的行车时刻表做出更改了，先生——比之前的时间提前了二十分钟，我不得不赶着去投递报纸。要是我迟到两分钟的话……”

两人没等听完下面的话，就转过身去，慢腾腾地离开了。十分钟内，谁也没有说话。再然后，考克斯说道——话中带着怨气：

“我真弄不明白，是谁叫你鬼迷心窍似的那么着急的？”

对方尽量压低嗓音咕哝道：

“这会儿我明白了，可是，你瞧，当时我不知怎的竟然没想到，后来已经太迟了。但是，下一次……”

“下一次，见鬼去吧！再过一千年也不会有下一次了。”

后来，两个朋友分手时，连一句晚安也没说，就迈着苦恼得要命的人的脚步，拖着疲惫的身子回到了家中。一进家门，他们的妻子就迎了上来，急巴巴地问“怎么样了？”——接着，用眼睛看出答案，不等对方答话，就懊丧地坐下了。随后，两家都发生了相当激烈的争吵——这可是一件不寻常的新现象；以前也曾有过争吵，但没有这样激烈，这样粗暴。在这天晚上的争吵中，两家人就像是在彼此模仿。理查兹太太说：

“要是你再等一等，那该有多好！爱德华——要是你肯停下来再想一想，那该有多好；可是，你不，你偏要心急火燎地跑去印刷所，要把这个消息让全世界人都知道。”

“信上明明说，可公开招领。”

“那无所谓。信上还说，如果你愿意的话，也可以私下查询。你说，你说——是不是这样说的？”

“是的——是的，是这样说的。可是当时我想，那样会引起一场轰动，再说，那样对哈德莱堡镇来讲是多么大的荣耀啊，说什么，一个外国人如此信任它的居民，托付给他们那么多……”

“哦，是的，这我完全明白。可是，如果当时你肯停下来想一想，你就会想到，你是没法找到那本人的，因为他已经不在人世了，又没留下子女或亲属；要是这些钱落在一个迫切需要钱的人手中，是不会使任何人受损害的。再说，再说……”

她不禁放声痛哭。她丈夫想说一些安慰她的话，却这样说道：

“可是，无论如何，玛丽，咱们应该往好的方面想——必须如此；这一点，咱们都明白。再说，咱们必须记住，或许天意如此——”

“天意如此！噢，一个人做了蠢事，总要找一些话为自己开脱，就会把任何事都说成是天意如此。同样也可以这样说：那笔钱以这样特殊的方式落到咱们手上，也是天意如此；可你偏要自作聪明，去阻挠上天的旨意——请问是谁授予你这样的权力的？这样做是罪恶的，实际上就是那么一回事儿——你这是在亵渎天意，肆意妄为，这可是和一个外表恭顺、信仰虔诚的人的身份所不相称的……”

“可是，玛丽，你知道，有生以来，我们一直在受这样的教育，和全镇人一样，直到它完全变成咱们的天性，那就是，一遇到诚实的事，咱们就会毫不犹豫地去做的……”

“噢，这我知道，这我知道——诚实教育持续不断，教育，教育，再教育——教那种徒有虚名的诚实，从一出娘胎就教起，要抵制所有的诱惑；这只是虚伪的诚实。当诱惑来临的时候，它就像水一样脆弱，就像咱们今天晚上所看到的。天知道，以前我从来不曾丝毫怀疑过我那坚贞不渝、永不变质的诚实品德，直到现在——直到现在，第一次——如此强烈的、真正的诱惑到来之时，我就——爱德华，我现在相信，这个镇的诚实，已经跟你我的诚实一样腐化了。这是一个吝啬的、冷漠的城镇，根本就是一无是处，除了这自鸣得意、沽名钓誉的诚实；上天作证，我完全相信，有朝一日，它的那种诚实品德会经受不住强大的诱惑，它的赫赫声名就会像空中楼阁一样消逝。好啦，现在，我已经把心里的话都说了出来，也觉得舒服了些；我是一个骗子，我一直都是一个骗子，可之前未曾意识到。别再说我诚实了，我也承受不起。”

“我——这个，玛丽，我也有同样的感觉，确实如此。真是奇怪，太奇怪了，以前我从来不会相信自己会是这样——绝对不会。”

接着就是长时间的沉默；两人都陷入深思。终于，妻子抬起头来，说：

“爱德华，我知道你在想什么。”

理查兹露出一副心思被看穿的人才有的那种尴尬的表情。

“玛丽，我羞于承认，可是——”

“没有关系，爱德华，我自己也在思考着同样的问题。”

“但愿如此，那么你就说出来吧。”

“刚才你是在想，要是有人能够猜出固德逊对那外国人所说的那句话是什么，那该有多好。”

“一点儿没错，我感觉自己有罪，而且很可耻。你觉得呢？”

“我这种感觉已经过去了。让咱们在这儿搭个铺吧；咱们必须看好它，等到明天早上银行开了门，就把这袋东西送过去……哎呀，亲爱的——要是当时咱们没有走错那一步，该有多好呀！”

铺搭好了，玛丽说：

“那句开门咒——它究竟是一句什么话？我真想知道，那句话究竟是怎么说的？算啦，这会儿咱们该上床了。”

“上床睡觉？”

“不，上床思考。”

“对，上床思考。”

这会儿，考克斯两口子也吵完了嘴、言归于好了，现在正准备上床——去思考，思考，以致他们心烦意乱，焦躁不安，翻来覆去不能入睡，怎么也猜不出固德逊赠送给那个身处困境、无家可归的人的可能是一句什么话；一句金玉良言；一句价值四万美元现金的忠告。

镇电报局那天晚上之所以关门比平时稍晚，原因是这样的：原来考克斯那家报社的领班是美联社的地方通讯员，也可以说是一位名义通讯员，因为他所提供的信息，一年中难得有四次在报上发表超过三十个字。但是，这次情况可不同了。他将采访到的新闻用电报发了出去，立即收到回电：

电告一切——全部细节——一千二百字

这可是一次实属罕见的通知！于是这个领班很认真地完成了这项任务；这样一来他就成为全州最得意的人物。第二天早餐时候，“不受诱惑的哈德莱堡”这一称号就已经挂在了每一个美国人的嘴边，从蒙特利尔到墨西哥湾，从阿拉斯加的冰川到佛罗里达的柑橘园；千百万人都在谈论着那个外国人和他的那袋金币，都想知道能否找到那位物主，同时也希望能够获悉更多相关的报道——立即获悉。

二

哈德莱堡镇的居民一觉醒来已经闻名全世了，都感到惊讶——幸福——得意，得意到无法想象的程度。镇上的十九位主要人物，和他们的妻子，四处走动，手挽着手，眉开眼笑，容光焕发，互相祝贺，说这件事给词典增加了一个新的名词——“哈德莱堡”，成为“不受诱惑”的同义词，注定将永久收录在所有的词典里。那些次要的、不重要的人物，同他们的妻子，也以同样的方式到处走动，相互庆贺。大伙儿都跑到银行去看那袋金币；没到中午，从布里克斯顿和其他所有相邻城镇的人，都带着伤心又嫉妒的心情蜂拥而来。当天下午到第二天，记者们也开始从四面八方赶来，核实那袋金币的来历，并且重新报道这一事件的整个过程，同时以率性而豪放的笔调描绘了那个钱袋、理查兹的住宅、那家银行、长老会教堂、还有街心广场，以及以后将在那里进行检验和交付那笔钱的市政大厅；此外，他们还描摹了几张并不高明的人物肖像，其中有理查兹夫妇、银行经理平克顿、报社老板考克斯、报社领班、伯尔基牧师，还有邮政局长——甚至还有杰克·哈利戴。他是一个平日里游手好闲却天性善良，不受重视却放荡无礼的家伙，他又会打鱼、又会狩猎，是孩子们的伙伴，也是走失了的狗的朋友，是一位典型的“萨姆·劳森”。那个土里土气、满脸赔笑向人们讨好的小个子平克顿，领着来访者去参观那个钱袋，一面兴致勃勃地搓着他那双油亮亮的手掌，一面不厌其烦地向人们讲述镇上的居民是如何凭借诚实而久负盛名，这一切又如何通过这一惊人事件进一步得到证实。他希望并且深信：这一范式将从此传遍全美洲，并且在道德复兴方面开创一个新的纪元。还有如此这般，诸如此类的一些话。

一周过后，一切又安静如常；人们已从那如痴如醉的狂傲和欢欣中清醒过来，变为一种柔和、甜美、娴静的愉快之情——一种深切的、无可名状的怡然自得之情。所有人的脸上都显出一种纯洁而安宁的幸福感。

接着，变化出现了。那是一种逐步发生的变化：变化得如此缓慢，以致人们不曾察觉那是从什么时候开始的；也许根本就不曾察觉，除了杰克·哈利戴。他总是注意观察每一件事；而且总是拿这种事开玩笑，不管事情本身属于哪一类。他先是取笑那些看上去没有前两天那么高兴的人；接着他声称，这一新的现象正在加剧，人们已经完全显出一副伤心的样子；然后，它正逐渐形成一种病态；最后他说，所有人都变得闷闷不乐，郁郁寡欢，心事重重，他尽可以从镇上最吝啬的人的裤袋里偷走一文钱，也不会把他从幻想中惊醒。

这一时期，也可以说是，大约在这一时期，那十九位作为家长的主要人物，在临睡前，都会叹息着发出这样一声疑问："唉，固德逊究竟说的是一句什么话啊？"

接着，他的妻子马上会这样回答——同时会打一个冷颤：

"哎呀，就别去想这个啦！你怎么老是动那可怕的念头？看在上帝的份上，还是死了那份心吧。"

但是，到了第二天晚上，那些男人还是会发出同样的疑问——同样地又一次被妻子驳回，但这一次妻子的口气会弱一些。

到了第三天晚上，那些男人还是会再一次发问——显得神情恍惚，满腹愁绪。这一次，以及下一天的晚上，做妻子的也有些坐立不安了，嘴上想说些什么，但终究没有说出来。

再后一天晚上，她们的嘴变得灵活了，开始答话了——而且口气热切。

“哎呀，但愿咱们能猜出来该多好！”

哈利戴的闲话也开始变得花样百出、咄咄逼人，听来令人难堪。他不怕麻烦，四处走动，嘲笑镇上的那些人——有时针对个别人，有时针对所有的人。可在镇上只能听到他一个人的笑声：那笑声最后消失在一片愁闷的空虚之中。除他之外，你再也听不到其他谁的笑声了。哈利戴把一个雪茄烟盒子装在一个三脚架上，拿着它到处跑，假装它是个照相机，拦住过往的行人，对准他们，说：“预备好！来，笑一笑。”但即便是这样的玩笑也不能让那一张张愁苦阴郁的面容显得轻松一些。

三个星期过去了——只剩下一周的时间了。这是在星期六的晚上——刚吃过晚饭，街道上不再像往常那样人来人往，有买东西的，有嬉戏打闹的；转而变得一片空旷，静寂无人。理查兹和他的老妻在他们的小客厅里分开来独自坐着——满腹愁绪，思虑重重。如今这已成为他们的晚间习惯了。之前多年来形成的那些习惯，如看书、织毛衣、惬意地闲谈、招呼来访的邻居或者去拜访他们，都已成为过去，被遗忘了，仿佛那是很久以前的事情了——两三个星期以前。现在他们不再看书，不再聊天，也不再互相串门儿了。镇上的人全都安静地坐在家里，唉声叹气，心事重重，一言不发。他们都一门心思在苦苦猜想着那句话。

邮递员送来了一封信。理查兹无精打采地看了看信封上写信人的姓名、地址和邮戳——全是陌生的——然后把它往桌子上一扔，接着开始思考那件令人失望、生厌、烦恼无比的事情——而这些本来是可以避免的。两三个钟头过后，他的妻子疲倦无力地站起身，不道一句晚安就准备去睡觉了——现在这已成为习惯——只是在离信封很近的地方停了停，漫不经心地望了它一眼，然后拆开信封，草草地看了一遍。此时坐在那里的理查兹，把椅背后倾斜靠着墙，下巴埋在两膝之间，忽然他听到有什么东西倒下了。原来那是他的妻子。他赶紧扑到她身边，可是她大声喊道：

“别管我，我太高兴啦。快去看那封信——那封信！”

他拿过那封信。他急切地读着信，大脑开始眩晕。那信是从很远的一个州寄来的。信上写的是：

> 我和您素不相识，但这没有关系：我有一件事要告诉你们，我刚从墨西哥回到家里，听说了有关你们镇那件事的传闻。你们当然不知道当初那句话是谁说的，但是我知道，世上也只有我一个人知道。那是固德逊。很多年前，我就认识他了。就在那天晚上，我路过你们镇，在固德逊家中做客，直到凌晨才坐火车离开。我偶然听见他在黑暗中对那个外国人说了那句话——是在黑尔巷里说的。后来他在和我一起往家走的时候，还一路谈论这件事情。到他家之后，还一起抽着烟谈论起这件事。谈话中他提到许多你们镇的人——很不客气地批评了其中的大多数人，只对少数两三个人说了赞美之词；这里面当然包括您。我说“赞美”——没有比这口气更重的了。我还记得他说，实际上他并不喜欢镇上的人——一个也不喜欢；可是对于您，我想他指的是您——几乎可以肯定是您——有一次帮了他一个大忙，可能你并不知道那对于他是多么重要；他说他希望能有一笔财产，在临死之际留赠给您，而把几句诅咒留赠给镇上的其他居民。那么，如果当初是您帮了他的忙，您就是他合法的继承人，有权得到那一袋金币。我知道

我完全可以相信您的正直和诚实，因为对于一个哈德莱堡的居民来说，这些美德是世代流传的。所以我准备告诉您他当初说的那句话，也深信如果您不是那个应领这笔钱的人，您一定会千方百计找到那个合法人，好让可怜的固德逊能够偿还他因受人恩惠而欠下的情义。他所说的那句话是：“你绝不是一个坏人，快去改过自新吧。”

霍华德·L.斯蒂芬森

“噢，爱德华，那些钱是咱们的啦，我真高兴啊，噢，太高兴了——吻我吧，亲爱的，咱们好久没接吻了——咱们需要它——需要那笔钱——而现在你终于摆脱了平克顿和他的银行了，再也不受任何人的束缚了；我简直高兴得要飞起来。”

两口子互相拥抱着，在沙发上度过了幸福的半小时；早年的幸福时光又回来了——那段时光，从他们恋爱开始，直到那个外国人送来那袋该死的钱，从未间断过。过了一阵儿，妻子说道：

“噢，爱德华，真幸运是你帮了他那个忙，可怜的固德逊！我以前根本就不喜欢他，可是现在我开始喜欢他了。那件事你干得真漂亮，真出色，可是你从来没有提起过，从来没有炫耀过。”接着，她带着一点儿责备的语气说，“可是，你早就应该告诉我的呀，爱德华，你知道，你早该告诉你妻子的。”

“嗯，我——呃——这个，玛丽，你瞧——”

“你就别嗯嗯呃呃了，爱德华，你就把那件事的经过全都告诉我把。我一直以来都是爱你的，现在我更为你感到骄傲。人人都知道，在这个镇上只有一个人是慷慨仗义的，现在发现，原来你也——爱德华，你为什么不告诉我呢？”

“这个——呃——呃——唉，玛丽，我不能说啊！”

“你不能说？为什么不能说呢？”

“你瞧，他——呃，他——他让我许诺不能说出去。”

妻子打量了他一阵，然后慢慢地说道：

“要——你——许诺不说出去？爱德华，可是你现在告诉我那事儿，又是为什么呢？”

“玛丽，难道你以为我在撒谎？”

有一阵子，她一言不发，显得很困惑，然后她把一只手放到他手里，说：

“不，不，咱们把话题扯远了，愿上帝宽恕咱们！你这辈子从来没有说过一句谎话。可是现在——现在咱们那信守道德准则的基础正在崩溃，咱们——咱们——”有一会儿，她哽咽着说不出话来，接着又结结巴巴地说道，“不要让咱们受到诱惑吧……我认为你的确做过承诺，爱德华。就这样吧，咱们不要再提这件事了。好啦——到此为止吧，让咱们重新鼓起精神来；别再去自寻烦恼了。”

爱德华想要听从她的意思，但是他仍然要想——努力要回想起自己当初到底帮了固德逊什么忙。

那天，两口子大半夜也没有睡着，玛丽是快活而念想不断，爱德华是念想不断，却并不快活。玛丽在盘算着她该如何使用那笔钱。爱德华在努力回想自己当初究竟帮了固德逊什么忙。一开始他感到内疚，因为他向玛丽撒了谎——如果那算是撒谎的话。后来他经过反复思考——假如那确实算是撒谎的话，又能怎么样呢？它有那么重要吗？人们平日里不都一直在做着骗人的事吗？那么，又为什么不能说骗人的话呢？看看玛丽——看看她自己做了些什么。当他自己正忙着去完成那件高尚的事情时，她在做些什么？她在悲叹，悲叹着没有毁了那封信，然后留下那笔钱！难道偷窃比撒谎更好一些不成？

于是,这个问题也就不那么使他难受了——说谎一旦不受人重视,被人抛在脑后,也就让人感到心安了。可下一个问题又出现在眼前:他究竟是否帮过那次忙呢?好吧,既然有斯蒂芬森信里所说的固德逊本人的证词,再没有什么证词比这更有说服力了——它甚至可以作为一项证据,证明他确实曾经帮过人家那次忙。这是不可否认的,所以,这一问题也就解决了……不,还没有彻底解决。他突然回想起来,这位素昧平生的斯蒂芬森先生语气稍微有点怀疑,好像不敢断定帮那次忙的究竟是理查兹还是别的什么人——哎呀,他还说什么相信理查兹会尊重自己的人格呢!他必须自己决定这笔钱的归属——而且,斯蒂芬森先生毫不怀疑:如果他不是应领那笔钱的人,一定会光明磊落地去找出那位应领这笔钱的人。噢,这话说得多么令人沮丧,以致把人置于这样的处境之中——噢,为何斯蒂芬森不能舍去那句模棱两可的话呢!他插入那句话的用意又是什么呢?

他又进一步思考。斯蒂芬森在说明应领这笔钱的人时,单单提到了理查兹这个名字,而不是其他什么人的名字,这又是为什么呢?看来这样很好。是的,这样非常好。实际上,他越是不断地往下想,就越是觉得这样很好——直到后来,它已成为确凿的证据了。于是,理查兹立即将这一问题抛在了脑后,因为他有一种直觉,认为证据一旦被确认,最好就别再去怀疑了。

这样一来他就感到相当地舒服和自在了,可是还有一个他不得不注意的细节:毫无疑问,是他曾经帮了那次忙——这毋庸置疑;可是,那究竟是帮的什么忙呢?他必须把它回想起来——只有把它想起来,他才能够去睡觉;也只有把它想起来,他心里才能感到完全平静。于是,他反复不停地思来想去。他想出了十多件事情——其中有的是可能做过的,有的甚至是很有可能做过的——

但是看来没有一件显得足够充分，没有一件足够重大，没有一件值得领受那笔钱——值得继承固德逊希望在他遗嘱中留赠的财产。再说，他根本就想不起来自己究竟做了什么事情。现在，那么——那么，现在——究竟是帮了一次什么样的忙，才会令一个人如此感激不尽呢？噢，有了——是因为曾经拯救了他的灵魂！肯定是因为这样。可不，此刻他回想起那件事啦。有一次，作为任务，他曾自告奋勇去劝说固德逊信仰宗教，曾经不厌其烦地劝说他，多达——他原本打算劝说三个月；可是，经过仔细考虑之后，决定缩短为一个月，又缩短为一星期，接着又缩短为一天，最后完全记不起是多长时间了。噢，是的，现在他回想起来了，那情景清晰得令人感到难堪。原来，当时固德逊叫他滚蛋，叫他别多管闲事——说他可不愿跟随哈德莱堡的人一起上天堂！

这样一来，这个解答也就难以为证了——他并不曾拯救过固德逊的灵魂。理查兹不免感到颇为失望。接着，过了一小会儿，他又转向另一念头：他是否曾经保全过固德逊的财产？不，没有，也是不可能的，因为固德逊当时根本就没有什么财产。那么，是否挽救过他的生命呢？一点儿没错！是的，肯定是因为这个缘故。哎，他早该想到这一点啦！这一次，他认为肯定走对了路。于是，一时间，他那想象的风车就大转特转起来了。

接下来，在精疲力竭的整整连续两个钟头里，他就在脑海中忙着挽救固德逊的生命。那是在种种艰难而危险的情况下挽救了他的。每次，他的救援工作都做到了令人满意的程度，就在他准备确信这事儿是真的时，一个令人扫兴的细节问题便会出现，使得之前的一切努力化为泡影。比如说，拯救那即将淹死的固德逊吧。他曾经一路游过去，把已经昏迷的固德逊拖上了岸，当时还有一大群人在观望和喝彩呢，但是，当他把所有的细节一一设想好，正要开始回忆那一切时，立刻出现了一大堆令这些设想不攻自破的问题：镇上的人们是不会不知道这件事的啊，玛丽是不会不知道这件事的啊，既然他本人对这件事记忆犹新，那么它就不可能是一件不引人注意的好事，不可能是一件他做了但“并未意识到其重要性”的好事。而且，想到这里，他想起来了——他自己根本就不会游泳。

哎呀——原来有一点，他从一开始就给忽略了：那肯定是他曾经做过的一件“可能他自己没有意识到其重要性的好事”。噢，是的，这样，那件事就很容易被想起来了——比起其他那些事要容易得多。的确是这样，不久他就想起来了。很多年前，固德逊差点儿跟一个美丽可爱，名叫南茜·休伊特的姑娘结婚，但是出于某种原因并未成亲；后来那个姑娘死了，而后固德逊就打了一辈子光棍，不久便成为一个性情古怪、嫉恨人类的家伙。那姑娘死后不久，人们就发现，或者自以为发现，她沾有一点儿黑人血统。理查兹费尽心机，把这件事的前后经过思考了很久，最后认为，他之所以记不起关于这件事的种种细节，一定是因为年代久远，自己未加注意而忘记了。他似乎模模糊糊地记得，当时正是他发现了她是混血儿；也是他告诉了镇上的人；镇上的人又告诉了固德逊他们是从哪里听到这一消息的；就这样，他挽救了固德逊，使他没有和那个血统不纯的女孩儿结婚。他曾为固德逊做了这样一件大好事，但却“并未意识到其重要性”，甚至并不知道自己当时是在做好事；然而，固德逊却记得这一切，可谓是老天有眼，于是他至死都要感谢他的恩人，希望留一笔财产给他。现在，这事儿总算是弄清楚了，他越去琢磨，这事儿就越显得清楚明白。最后，当他准备睡觉时，感到满意而快活，他终于想起了那件事的全部经过，就像是昨天刚刚发生过的一样。他甚至隐隐约约地记得，有一次固德逊曾向他表示过感谢。与此同时，玛丽已花了六千美元为自己买了一座新房子，同时，还为她的牧师买了一双拖鞋，接着心满意足地睡熟了。

同一天晚上，邮递员给镇上的其他主要人物每人都送去一封信——一共送了十九封。任何两只信封都不一样；每一封信的收信人姓名和地址都是用不同的笔迹写的。但是信里面的内容却是完全相同的，都和理查兹收到的那封一模一样——包括笔迹等等，全都一模一样。落款也都是以斯蒂芬森署名，只不过将理查兹的姓名换成了其他收信人的姓名。

那天晚上一整夜，这十八位主要人物也都做了和他们的伙伴理查兹所做的同样的事情——都竭尽全力试图回想起自己曾经无意中为巴克利·固德逊所做的那件不寻常的事情。无论如何做这项工作都谈不上轻松和愉快，然而他们都成功了。

当他们进行这项艰苦的工作的时候，他们的妻子却在从事着一项轻而易举的工作——她们把一整夜的时间都消磨在花钱方面。在那个夜晚，十九位妻子平均每人花掉那一袋四万美元金币中的七千美元——总共花了十三万三千美元。

第二天，有一件事让杰克·哈利戴大为吃惊。他注意到那十九位主要人物和他们的妻子脸上都带有一种平静而神圣的幸福感。他弄不清是怎么一回事，也想不出什么玩笑话，来扫一扫她们的兴致。这样一来，反倒是他自己显得对生活感到不满了。他私下里对他们感到如此幸福的原因做出种种的猜测，但经过调查，发现全猜错了。当他遇到威尔考克斯太太的时候，注意到她那心花怒放却又竭力保持平静的神情，便心想："是因为她家的猫要生小猫了"——于是就跑去厨娘那儿打听，结果发现并没那回事；甚至厨娘也发现了威尔考克斯太太的那份快乐，但也不知道是什么原因。哈利戴发现"瘪肚子"比尔森（镇上人给他起的绰号）也有一副同样的表情，于是就猜测那是因为他的邻居摔断了腿，但经过调查，发现也没这回事。格雷戈里耶茨脸上那副压抑着心中狂喜的表情，只能说明一个原因——那就是，他的丈母娘死了；但这又错了。“还有平克顿——平克顿——他是因为他讨回了原本以为要还账的一毛钱。”以及等等诸如此类的事情。在他所做的种种猜测中，有的尚待核实，有的则已经被证明是错误的。最后，哈利戴对自己说：“不管怎样，哈德莱堡镇有十九户家庭暂时进入天堂了；我弄不清是怎么一回事，我只知道上帝今天已经下班了。”

最近，邻州的一个建筑商不怕风险，来到哈德莱堡这个不太景气的镇上，开了一家营业所。他挂起招牌已经有一个礼拜了，可是没有一个顾客上门。他便有些灰心丧气，后悔自己不该来到此地。然而现在，他时来运转了。镇上主要人物的妻子们私下里都来对他说：

“下礼拜一，麻烦到我家里来——不过暂时先不要说出去，我们打算建造一座房子。”

那天白天，他收到了十一个人的邀请。到了晚上，他就给女儿写了一封信，同时撕掉了她和那个大学生的婚约，信中对她说：“你可以嫁一个比那学生地位更高的人”。

银行家平克顿和其他两三位阔佬打算建造庄园，但还在犹豫，在等待。这种人在事情尚未成熟之前，是不会寄望过高的。

威尔逊两口子在筹划一件全新的盛举——打算举办一场化装舞会。他们并未做出正式邀请，只是私下里对大家说，他们正在考虑这一事项，准备举办这样一场舞会——“如果我们举办的话，理所当然，大家都在邀请之列。”人们都感到很惊讶，开始纷纷议论：“怎么回事？他们一定是疯了，贫穷可怜的威尔逊两口子，是举办不起这样的舞会的呀。”十九位主妇当中，有几位则悄悄对丈夫说：“这倒是一个好主意：咱们暂且别声张，等他们的舞会结束，咱们再来它一场，也好丢丢他们的人。”

时间一天天过去。那些准备大肆挥霍的计划也越来越庞杂，越来越疯狂，也越来越愚蠢和荒唐。照这样看来，那十九家人好像不但要在领款日之前就把那四万美元花掉，而且实际上，到领款日那天，他们已经要负债了。有些头脑简单的人，不但在计划着花钱，而且当真已经开始花钱了——花借来的钱。他们购置土地、房产、股票、衣服、马匹等等各式各样的东西，先把利息付清，再承诺还清本钱——保证十天内还清。可是不久之后，他们就清醒过来了。这时，哈利戴就注意到许多人开始露出焦虑而可怕的神情。这一来，他又糊涂了，弄不清究竟是怎么一回事。“威尔考克斯家没有死小猫，因为根本就没生下什么小猫；没有人摔断了腿；也没有人死了丈母娘；什么事也没有发生——这可真是一件让人迷惑不解的怪事。”

还有一个人也被弄得糊里糊涂，那就是伯吉斯牧师。一连好几天，无论他走到哪里，好像总有人在跟踪他，或者说在密切地关注他；而且，只要他走到僻静之处，总有那十九家人中的一个出现，把一封信悄悄地塞到他手里，压低嗓音说：“礼拜五晚上在市政大厅拆开它。”接着就像一个罪犯一样逃跑了。他原来就猜想，可能会有一个人来认领那笔钱——但是不敢确信，因为固德逊已经去世了——但是他没有料到，会有这么多人来认领。最后，等到那个不寻常的星期五到来时，他发现总共收到了十九封信。

三

市政大厅从来没有被装饰得如此豪华过。大厅尽头的讲台后面悬挂着五彩缤纷的旗子；两边的墙壁上，也都悬挂着带有花彩的旗子；楼座前也都披上了旗子；大厅里的柱子上都裹上了旗子。所有这些都是为了要给那些外地人留下一个深刻的印象，因为从外地前来观看的宾客一定为数众多，而且大多数是和新闻界有关系的。大厅里座无虚席。四百一十二个固定座位已经坐满。新增加的六十八把椅子也都坐满了，密密层层地排列在大厅的过道里。讲台前的台阶上也都坐满了人。一些知名的外地来宾已在讲台上安排有座席。来自全国各地的特派记者们都坐在马蹄形的讲台前边和两侧。哈德莱堡镇以前从未见过穿着这样考究的一屋子人。其中有一些盛装是非常昂贵的。有几位这样打扮的女士，看上去似乎对自己的服装还不太习惯。至少镇上的人们是这样认为的，而他们之所以这样想，是因为他们心里清楚，这些女士以前从来没有穿过这样的衣服。

那袋金币被放置在讲台前面的一张小桌子上，全场人都能看得见它。厅里的大多数人都目不转睛地盯着它看，露出欲火中烧的兴趣、馋涎欲滴的神情、恋恋不舍的兴致和心动神摇的念头。十九对夫妇中的少数人凝视它时，都露出亲切、爱惜、“物已归我”的神情，其中一半的男士都在不停地默背着早已准备好的、激动人心的致辞，准备等一会儿起来发言，以答谢众人的祝贺及喝彩。这些人中，不时会有一位从他的背心口袋里掏出一张字条，偷偷地瞟上几眼，好把它记得更牢一些。

不用说，当时一定是人声鼎沸、嘈杂异常——一贯以来都是这样。可是当伯吉斯牧师站起来，把手放在那袋金币上时，他能够听得见自己身上细菌的吞噬声，周围一下子变得异常寂静。他讲述了那袋金币的离奇来历，接着热情洋溢地谈到哈德莱堡镇因诚实和纯洁而享有的那应得的古老声誉，理所当然，全镇的居民都应以此为荣。他说，这一声誉是一份无价之宝，上帝保佑，现在它的价值得到了不可估量的倍增，近来发生的这件事使得它的名声广为传扬，这样，哈德莱堡镇成为全国人民关注的焦点，而且他也相信，也正如他所愿，哈德莱堡这一名字将永远成为“不受腐蚀”的代名词。（掌声。）“那么，由谁来充当这一贵重宝藏的监护人呢？是由社会来监护它吗？不，责任应回归到个人，而不是社会。从今天开始，你们诸位个个都要承担起它的特别监护工作，所有的人都要负责不让它受到侵害。你们——是否你们每一个人——都愿意接受这一重任？（听众一阵喧哗表示同意。）那样就好。要把这一重任传给你们的子女，以及你们的子孙后代，今天诸位的纯洁品德已经完美无缺，无可挑剔——千万要注意把它永远保持住。今天，你们当中，没有一个人会受到诱惑，去碰一枚本不属于你们的钱币——务必要继续保持这一美德。（“我们保证会的！我们保证会的！”）此时此刻，我们不必拿咱们和其他地区的人们相比较——他们对咱们表示不满；他们有他们的作风，咱们有咱们的作风，但是让咱们坚持自我吧。（掌声。）我的话讲完了。朋友们，在我的手中，就有一份一个外国人对咱们品德的最有力的赞美。通过他，今后所有的人都会永远记住咱们是什么样的人。我们不知道他是谁，但是，我要代表诸位向他表示感谢，并请诸位大声支持我的意见。”

厅内的人全体起立，发出雷鸣般的声音以示感谢，经久不息，连墙壁都为之震动。然后大伙儿都坐了下来，伯吉斯先生从他的口袋里掏出一个信封。这时,全厅的人都屏住呼吸,盯着他拆开信封,从里面取出一张字条。他读了字条上的内容,声音缓慢而扣人心弦,听众们凝神倾听,如着迷一般,听着那张具有魔力的字条,仿佛上面的一个词就代表一金币。

我对那个落难的外国人说的是这样一句话:你绝对不是一个坏人;快去改过自新吧。

然后,他接着说道:

“我们马上就会知道这句话是否和袋子里所藏的那句相吻合;如果是的话——如果毫无疑问是的话——那这袋金币就属于本镇一位居民所有;从此,他将成为使我镇闻名全国的高尚美德的象征,出现在全国人民面前——比尔森先生!”

全厅的人照理本应报以暴风骤雨般的掌声,然而,他们并没有鼓掌,仿佛全都麻痹了一般。有那么一会儿工夫,大伙儿都哑然失声。接着就是一阵窃窃私语,像潮水一般漫过整个大厅。大意是:“比尔森,哈,算了吧,这太不可信了!拿二十元送给一个外国人——或者送给其他什么人,说是比尔森干的!鬼才会相信呢。”就在这时,厅内又出现了一件怪事,大伙儿都屏住了呼吸,因为大伙儿看到教堂执事比尔森在大厅的一边站着,赔着笑脸,弯下了腰,而在另一边,威尔逊律师也一模一样在赔着笑脸站着。一时间,大伙儿都感到奇怪,四周鸦雀无声。

所有的人都感到迷惑不解,那十九对夫妇更是又惊讶、又恼怒。比尔森和威尔逊转过身来,面对面瞪着对方。比尔森语带讥讽地问道:

“请问您为什么站起来,威尔逊先生?”

“因为我有权这样做,或许您倒应该向大家解释一下,您为什么站起来?”

“乐于从命，因为那张字条是我写的。”

“你简直是厚颜无耻地胡扯，那是我亲笔写的！”

这下可把伯吉斯僵住了，他茫然无助地站在那里，先看看这个，又看看那个，不知该怎么办。厅里所有的人都呆住了。这时威尔逊律师开口了，说道：

“我请求主席宣读一下那张字条上的署名。”

这才使主席清醒过来，他读出了那张字条上的署名：

“约翰——沃顿——比尔森”

“好啦！”比尔森大喊道，“现在你还有什么可解释的？你想在这儿耍花招，玩冒名顶替的把戏，你打算怎样向我和在场的大伙儿赔礼道歉？”

“没什么可道歉的，先生。而且，我要当众起诉你，指控你从伯吉斯先生那里偷走我的信，而且调换了一份由你署名的。不然，你不可能有其他方式得到那句对证词，因为世上只有我一个人知道那句话的秘密。”

如果情况继续这样发展下去，很有可能变为一桩丑闻。人们已经担忧地注意到，那些会速记的记者们正在发狂似地做着记录。许多人都在大喊：“主席！主席！安静！安静！”伯吉斯用力地敲着他的小槌，说：

“大家不要忘记应守的礼节。很明显这是因为在某一方面出了问题，但是仅此而已，相信一定能够解决。如果威尔逊先生也给过我一封信的话——可不是，我记起来了，他的确给过我一封信——它还在我手里。”

他从口袋里掏出那封信，拆开它，粗略地看了一遍，露出惊奇而忧虑的表情，静静地站在那里。然后他神情恍惚，机械地挥了挥手，几次试着想说点什么，可最终还是心灰意冷地放弃了。只听很多人在喊：

“读出来！读出来！信上写的是什么？”

于是他茫然无助地，像梦游一般读道：

这就是我对那个落难的外国人所说的话：“你不是一个坏人，（厅里的人都瞪着他，大为惊奇。）快去改过自新吧。”（周围一片窃窃私语：“真奇怪！这是怎么一回事儿？”）

“这封信上，”主席说，“署名是瑟洛·G. 威尔逊。”

“好啦！”威尔逊大喊道，“我认为这件事解决了！我就知道有人偷窃了我的信。”

“偷窃？”比尔森反驳道，“我要让你知道，无论是你，还是像你那种类型的任何人，胆敢——”

主席：“请安静，先生们，安静！坐下，请你们两位都坐下。”

两人坐了下来，一边摇着头，一边气愤地发着牢骚。大厅里的人全都被弄糊涂了，不知道该如何处理这一古怪离奇的局面；这时，汤姆森站了起来。汤姆森是一位帽商。他本来很想成为那十九家中的成员；但是未能如愿：他的帽子的存货量还不够多得足以让他在那十九家中占有一席之地。他说：

“主席先生，是否允许我提一点意见：这两位先生可能都是正确的吗？我倒要请教您，先生，难道两位先生都曾向那个外国人说过同样的话吗？在我看来……”

一位制革商站起来打断了他的话。制革商早就感到不满了；他自信可以跻身于那十九家大人物之列的，但是未能获得大家承认。这就使他在言谈举止方面显得有点儿不客气。他说道：

“呸，那不是重点！也不可能发生——一百年里也只会发生一两次——但是另外那桩事可绝不会。他们俩谁也不会给人家二十美元！”

（一阵掌声。）

比尔森：我给了！

威尔逊：我也给了！

接着他们俩互相指控对方偷窃。

主席：“安静！请坐，如果你们愿意的话——请你们两位坐下。这两张字条，从未离开过我的口袋。”

一个声音道：“好啦——这样那问题解决了！”

制革商：“主席先生，有一件事现在清楚了：他们俩其中一个曾经在另一个家中的床下偷听，偷听到了这一秘密。如果可以的话，我要提醒大家一句：这两个人的本领可是不分高下啊。（主席：安静！安静！）现在我收回这句话，先生。我只要提一个建议，如果说是其中一个偷听了另一个的那句对证词的话，咱们现在就可以把他揪出来。”

一个声音：“怎么揪出来？”

制革商：“这很容易嘛。他们两个人所引用的话并非完全一致。如果刚才两次宣读之间，没有隔开那么长时间，也没有插入一场激烈的争论的话，大家就会注意到其中的不同。”

一个声音：“你倒是说出其中的不同来啊。”

制革商：“比尔森的字条上有‘绝对’两个字，另一张上没有。”

许多人的声音：“确实如此——他说的对！”

制革商：“既然如此，只要主席检查一下袋子里的那句对证词，我们就会知道这两个骗子当中——（主席：“安静！”）——这两名冒险家当中——（主席：“安静！安静！”）——这两位绅士当中——（一阵笑声和掌声。）——谁有资格作为本镇破天荒第一个吹牛大王而系上荣誉绶带——他毁坏了本镇的清誉，如果今后他再留下来，这地方会叫他坐立不安的！”（一阵热烈的掌声。）

许多人的声音："打开它！——打开那袋子！"

伯吉斯先生划开麻袋，伸手进去取出一个信封。信封里有两张折叠的纸条。他说：

"一张上面写着：'必须等投给主席的信件——如果有的话——全部读完后，方可进行核对。'另一张上写着：'对证词'。现在就让我宣读吧。它上面写着：

我并不要求把我恩人对我说的那句话的前半部分一字不落地说出来，因为它听起来并不突出，也可能已经忘了；但是结尾的那十四个字却十分醒目，我认为它们很容易被记住；除非将这些字准确无误地复述出来，否则那个认领者即可被看作是一个骗子。刚开始我的恩人说他很少向人提忠告，但是，如果他向谁提忠告时，总会说起那几句极其宝贵的标志性话语。于是他就将它说了出来——它始终不曾从我的记忆中淡忘过：'你不是一个坏人——'"

五十个声音："这样问题就解决了——那钱应该属于威尔逊！威尔逊！威尔逊！你说话啊！你说话啊！"

大伙一下子跳了起来，一窝蜂围到威尔逊身边，紧紧地握住他的手，热情地向他表示祝贺——这时，主席一边不停地敲他那根木槌，一边大喊：

"安静！先生们！安静！安静！请让我把它读完。"当大伙安静下来，主席接着读道：

"快去改过自新吧——否则，记住我这句话——总有一天，由于你的罪恶，你会死去，然后，或是入地狱，或是去哈德莱堡镇——希望你努力争取，还是入地狱为妙。"

随后就是一阵死一般的静寂。起初，一片愤怒的阴影开始阴沉沉地弥漫在居民们的脸上，稍停，那阴影开始收敛，一种聊以解嘲的欢快表情试图取而代之；由于这一表情竭力要显露出来，全场人用尽力气才勉强抑制住它。记者们，布里克斯顿的居民们，以及其他的一些外地人，都低着头，用手捂着脸，出于不寻常的礼貌，竭尽全力克制着自己。就在这极为尴尬的一刻，静寂中突然爆发出一个人孤零零的喊声——那时杰克·哈利戴在吼叫：

“这才是一句金玉良言哪！”

这一来，全场人才彻底放松地纵声大笑，那些外地人和其余所有的人都笑了起来，甚至连伯吉斯先生都无法保持他的严肃。接着听众们觉得已经解除了一切约束，于是都尽情地享受着他们的权利。那是一阵长时间的欢笑，一阵暴风骤雨般恣情任性的欢笑，可是它终于还是停了下来——停了一长段时间，长得足以让伯吉斯先生得以勉强继续说下去，也足以让大伙儿得以稍稍擦拭一下眼泪；接着笑声又一次爆发；稍停，再一次爆发；最后，伯吉斯先生终于可以完成以下这篇严肃的发言：

“如果想要掩盖这一事实，是徒劳的——现在我们注意到自己正面临着一个重大的问题。它关乎咱们全镇的声誉，它毁坏了全镇的好名声。威尔逊和比尔森两位先生所提供的对证词之间存有一字之差，这本身就是一件严重的事情，因为它表明两位先生当中的一位犯了偷窃罪……”

两个人本来坐在那里，有气无力，精神麻木，全都垮了；但听到这两句话，都像触电一般开始动弹了，都试图站起来——

“坐下！”主席厉声说道，他俩都顺从地坐了下来。“这件事，如我所说，是一件严重的事情。但刚才说它严重——还只是牵涉到他们当中的一位。但是现在问题变得更为严重了；因为现在两人的名誉都处于极为可怕的危险之中。我是否可以进一步说，是处于无法摆脱的危险之中？因为两人都漏掉了那极为关键的十四个字。”他稍停了一会儿，在这几分钟里，那正在蔓延着的静寂又逐渐加剧，加深了它的动人效果。然后他接着说："看来，这件事情的发生，只有一种可能。我要询问两位先生——这是串通一气的？——还是彼此勾结的？"

低沉的窃窃私语声传遍了整个大厅。那些话的意思是："这一来，他把两个人都揪出来了。"

比尔森不善应付这一仓猝的局面；他茫然失措地瘫在那里。但威尔逊是一位律师，只见他吃力地站了起来，脸色苍白，心神不安地说道：

"诸位请耐心听我讲，让我来解释一下这件十分令人痛心的事情的经过。我感到很抱歉，不得不说明这一切，因为这样肯定会给比尔森先生造成无法弥补的伤害，而我向来是十分尊重他的——正像诸位一样——深信他绝对不会受到诱惑。但是为了保全我本人的名誉，我必须说，而且要毫无隐讳地说出来。这样坦白地直说，真叫人感到抱歉——我恳求大家的宽恕和谅解——我曾经向那个落难的外国人说过那全部的对证词，包括那污蔑性的十四个字。（全场轰动。）最近当报纸上登出那则启事的时候，我就回想起了那句话，于是我决定去认领那袋金币，因为我完全有权利去认领。现在我想请大家考虑一下这点，认真考虑一下：那天晚上，那个外国人已经向我表达了无尽的感激之情；他亲口对我说，任何语言都无法足以表达他的满腔热忱，还说如果可以的话，他会千倍百倍地报答我。那么，现在，我想请问大家：难道我会想到——难道我会相信——甚至难道我会有丝毫的猜到——他当时怀着那样的感激之情，竟会做出这样无情无义的事情：在他的对证词后面加上那根本就不需要的十四个字吗？——给我设一个圈套吗？——在大庭广众之下，当着本镇自家人的面，被看作是一个污蔑本镇名誉的混蛋吗？这是十分荒谬的，也是不可能的。他的对证词只能是我所说的开头那几句言辞恳切的话。对于这一点我是深信不疑的。大家应该和我有同样的想法。大家不能想象，一个和你十分友好的人，一个你从来不曾得罪过的人，会这样恶意地陷害你。因此，我满怀信心，深信不疑，就在一张纸条上写下了开头的那几句话——结尾写道：'快去改过自新吧'——然后就签了名。正当我准备把它往信封里装的时候，有人叫我回办公室里间去一趟，我未假思索就把那张字条放在了我的办公桌上。"说到这儿，他打住了，把头慢慢转向比尔森，停了一会儿，他接着说道："我请大家注意，当我很快回来的时候，比尔森先生刚巧从我办公室门前走过去。"（全场哗然。）

比尔森立即站了起来，大声嚷道：

"这是谎话！厚颜无耻的谎话！"

主席："请坐下，先生！威尔逊先生在发言。"

比尔森的几个朋友把他拉回到座位上，劝他安静。于是威尔逊接着说：

"这是明摆着的事情。我的那张字条不在它原来的地方了。我发现了这一点，但是并未在意，以为是被风吹的。不可能想到比尔森先生竟然会偷看别人的私人信件；他曾经是一个受人尊敬的人，是不会干这种事情的。如果大家允许我做出猜测的话，他的对证词里面的'绝对'二字就证明了一切——那是他记错了的缘故；我是世上唯一一个准确无误地提供出那句对证词的人——而且是通过光明正大的途径。我的话完了。"

世上没有任何事情像一篇娓娓动人的演讲那样具有煽动力，使那些不熟悉演说技巧和花招的听众们受到影响：冲昏他们的头脑，动摇他们的信念，腐化他们的情操。威尔逊洋洋得意地坐下了。全场人表示赞赏的掌声如潮水一般将他淹没；朋友们拥到他身边，和他握手，以示祝贺。而比尔森则被人喝住了，不许他再说一句话。主席一再敲着他的小木槌，不停地说道：

“但是，让我们继续吧，先生们，让我们继续开会。”

最后总算是安静了下来，于是那制帽商说：

“还有什么可谈的，先生，直接交付那笔钱吧。”

许多人的声音：“有道理！说的对！上前去啊，威尔逊！”

制帽商：“我提议为威尔逊先生欢呼三声，他象征那美好的品德，它——”

还没等他说完，欢呼声就随之爆发，在这片欢呼声中——同时在那小木槌的不断敲打声中，一些热心人将威尔逊托到一个身高马大的朋友肩上，准备把他送上讲台，庆祝胜利。这时，主席的声音压倒了大家的喧哗声——

“安静！回到你们的座位上去！你们忘了，还有一份文件没有宣读。”等厅内安静下来，主席才拿起那份文件，正准备读的时候，却又把它放下了，说：“我忘了；要把我收到的所有信件全部读完了，才可以宣读它。”他从口袋里掏出一个信封，取出里面的信，朝它瞥了一眼——好像吃了一惊——把它伸远了一点儿，盯着它看——瞪着它看。

二三十个人大喊：

“上面写的什么？读出来！读出来！”

于是他读了——慢慢地、迷惑不解地读着：

“我对那个外国人所说的话——（许多人的声音道：“嘿，是怎样说的？”）——是这样的：‘你绝对不是一个坏人。’（许多人惊呼道：“我的天哪！”）‘快去改过自新吧。’（许多声音道：“啊，真叫人莫名其妙！”）”

后面署名的是银行经理平克顿先生。

狂欢中的人们大吵大闹，无拘无束地说个不停。此情此景足以使一般明智的人们都为之落泪。而那些没有被中伤的人们更是笑得涕泪纵横。报社的记者们，也在剧烈的笑声中，停下了他们潦草的记录，上面的字叫人根本无法辨认；一条正在睡觉的狗也一下子跳了起来，吓得不知所措，对着骚乱的人群狂吠。喧嚣中可以听到人们各种各样的叫喊："这下咱们可要富有了，有两位不受诱惑的代表人物了！——还没有算上比尔森！""有三位——把瘪肚子也算在内——多多益善嘛！""好哇——把比尔森也算在内！""哎呀，可怜的威尔逊——被两个贼害苦了！"

一个强有力的声音："安静！看主席又从口袋里掏出什么来了？"

许多声音："好哇，又是新的吗？把它读出来！读出来！"

主席（宣读）："'我所说的那句话是'以及等等：'你绝不是一个坏人。快去'以及等等。署名是'格雷戈里·耶茨'。"

旋风般的声音："有四位代表了！""耶茨万岁！""接着再掏啊！"

大厅里的人们哄堂大笑，都想趁此机会获得极大的乐趣。那十九位头面人物中的几位，面色苍白，神情沮丧，都站起身来，试图向走廊挤去，可是许多人喊道：

"那些门，那些门——关上那些门；不准让那些不受诱惑的人们离开这儿！坐下，所有人都坐下！"

那些人只好坐了下来。

"接着掏啊！接着读啊！读出来！"

主席又掏出了一封，又一次读出了那些大家已经耳熟能详的句子——"'你绝不是一个坏人。'"

"名字！名字！这是谁的名字？"

"'L.英戈尔兹比·萨金特。'"

“现在五个人榜上有名了！把这些人物往上加啊，接着读，再读！”

“‘你绝不是一个坏……’”

“名字！名字！”

“尼古拉斯·怀特沃思。”

“好哇！好哇！今天真是一个具有象征性的日子！”

有人带着哭腔，配着那支悦耳的“天皇颂”曲调的韵脚唱道（他省去了一个“有”字。）：“一个男人心里慌，看见一个好姑娘——”；众人也都高兴地跟着唱；接着，就在这时，有人编出另外一句：

“你们千万可别忘记——”

大厅里的人齐声唱出这一句。紧跟着就有人凑上了第三句：

“哈德莱堡真是不可败坏——”

全场人也齐声唱出了这一句。最后一个音符刚落，只听见杰克·哈利戴用高亢而嘹亮的声音，补足了最后一句：

“可是这里有他们的代表，我敢保证！”

于是大伙儿都满含热情、慷慨激昂地唱出了这最后一句。然后，大厅里欢欣鼓舞的人们开始从头到尾把这四句歌词唱了两遍，唱得音韵铿锵，派头十足，歌声像潮水般汹涌澎湃。最后为“不受诱惑的哈德莱堡居民和他们的所有代表，我们认为配受真正荣誉称号的人们连呼三声，并大吼一次。”

接着，整个大厅的人群又开始对着主席嚷嚷：

“继续！继续！再读！接着读！把你收到的所有的信都读出来！”

“说的对——接着读！我们要接受不朽的名声！”

这时有十几个人站了起来，表示抗议。他们说这出闹剧是一些不怀好意的恶人开的玩笑，是对全体居民的侮辱。毫无疑问这些签名都是伪造的……

“坐下！坐下！闭嘴！你们这是在不打自招！我们马上就会在那些信里找出你们的名字。”

“主席先生，你总共收到多少封这样的信？”

主席数了一下。

“把这些已经读过的都算上，总共是十九封。”

立即爆发出一阵暴风雨般嘲笑的掌声。

“也许它们里面都提到了那句秘密的对证词，我建议您把它们都打开，宣读一下所有这些信上面的签名——再把信上开头的那八个字也读出来。”

“我同意！”

建议被投票表决，获得通过——在一片喧闹声中。这时可怜的老理查兹站起身来，他的妻子也起身站在他旁边。她低垂着头，这样不致让人看出她在哭泣。她丈夫伸出一只胳膊，搀扶着她，颤颤巍巍地说：

“朋友们，你们一向了解我们俩——玛丽和我——了解我们的为人。我想，你们一向是喜欢并且尊重我们的……”

主席打断了他：

“请原谅。这话很对——您说的这话很对，理查兹先生：镇上的居民确实了解你们；他们确实喜欢你们；也确实尊重你们；更重要的是，他们钦佩你们，而且热爱你们——”

只听见哈利戴大喊道：

“这话说得完全正确！如果主席说得对，那么大家就公开发言吧。起立！现在，然后，欢呼！欢呼！欢呼！——大家一起来！”

大厅里的人都站了起来，热情地把脸转向这老两口子，把手绢挥舞得像暴风雪一般在空中飞舞，全都满腔热情地欢呼起来。

主席接着说：

“我要说的是：我们都理解您的好意，理查兹先生，但是现在不是对那些违法者表示宽容的时候。（一阵高呼：“说得对！说得对！”）我从您脸上看出，您以宽大为怀，但是我不能让你为这些人求情——”

“可我是要……”

“请坐下来，理查兹先生。我们必须检查一下那些剩下的信件——这样做是为了公平对待那些已经暴露了的人们。一做完这件事——我向您保证——一定会听从您的话。”

许多人的声音：“说得对！主席说得对！——这会儿谁都不许打岔！继续！宣读那些名字！那些名字！按照提议来做！”

老两口子不情愿地坐下了，丈夫对妻子悄声说道：“这样的等待真是叫人难受；等到他们发现咱们是要为自己求情，就更加令人难堪了。”

开始宣读名字时，大厅里的欢闹哄笑声又一发不可收拾了。

“‘你绝不是一个坏人——’署名，‘罗伯特·J.蒂特马希’。

“‘你绝不是一个坏人——’署名，‘伊利法莱特·威克斯’。

“‘你绝不是一个坏人——’署名，‘奥斯卡·B.怀尔德’。”

读到这里，听众们突然又想出了一个主意：由大家代主席读出那八个字。主席也乐意如此。于是他轮流拿起一封信，然后等待着。全场人用整齐的、和谐的、有节奏的、低沉的声音唱出那八个字（他们竭力在模仿教堂里吟诵的一首家喻户晓的圣歌。）——“‘你呀——绝——呃——不是一个——坏哎——哎——哎——人哪——哪。’”接着主席说：“署名是‘阿尔博尔德·威尔考克斯’，”这样一而再，再而三，一个名字接一个名字地宣读，厅里所有的人都越听越高兴，越听越来劲儿，除了那狼狈不堪的十九位主要人物。而一旦读到一个特别显赫的名字，人们就要求主席稍停一下，好让他们把那句可以作证的话从头到尾吟诵一遍："或是入地狱，或是去哈德莱堡镇——希望你努力争取，还是入——地——咦——咦——狱——为妙！"一到这种特殊情况时，他们还会在后面用语气庄严、感情沉痛、气势雄伟的声调加上一声"阿——阿——阿——门！"

剩下的人名在逐渐减少、减少、减少，可怜的老理查兹在不停地计数，每当一个和他相似的名字被读出来，他都惊慌失措，紧张不安。一旦那时刻到来，他就会蒙羞，那可够他们受的。他将和玛丽一同起立，说完他准备求情的那些话，他打算这样说："……因为，直到现在，我们从来没有做过什么坏事，未曾受到任何指责。我们又穷又老，没有儿女照顾；我们受到了极大的诱惑，于是就堕落了。刚才我站起来，就是要坦白交代，恳求大家不要在大庭广众之下宣读我的名字，因为我们觉得那样会使我们受不了的；但是我被阻止了。这是公平的；我们应当和其他人一样蒙受耻辱。这会很难堪，这是我们第一次听到人家宣读我们的——可耻的名字。发发善心吧——看在过去那些美好日子的情分上；发发慈悲吧，让我们尽可能少受一些耻辱吧。"就在他遐想之时，玛丽看出他神情恍惚，就用肘轻推了他一下。厅里的人正在唱："你绝——呃——呃不是……"

"准备好，"玛丽低声说，"就要读到你的名字了；他已经读了十八个名字了。"

吟诵结束。

"下一个！下一个！下一个！"厅里的人齐声喊道。

伯吉斯把手伸进了口袋里。老两口哆嗦着往起站。伯吉斯在口袋里乱摸了一阵，然后说，

“原来我已经读完了所有的信。”

老两口惊喜交集，差点昏过去，无力地坐倒在椅子上面，玛丽低声说：

“噢，上帝保佑，我们得救了！——他把我们的信弄丢了——现在就是有一百袋那样的金币我也不-,-这事了！”

大厅里的人在放声高歌他们模仿《天皇颂》改编的歌词，来回唱了三遍，越唱越来劲儿，唱到第三句的结尾时都站了起来——

可是这儿有他们的代表，我敢担保！

最后又为“哈德莱堡镇的清白和那十八位光荣的代表”欢呼三次，并大吼一声。

然后，马具商温盖特站起身，提议为“镇上最清白的、唯一值得尊重的、不曾试图窃取那笔钱的人——爱德华·理查兹”欢呼。

人们给予理查兹夫妇强烈而感人的欢呼声；紧接着有人提议：推选理查兹为如今神圣的哈德莱堡传统的象征者和捍卫者。他能够禁得住考验，不理会人们的讽刺。

提议在人们的欢呼声中通过了；于是人们又唱起那《天皇颂》的歌词来，结尾唱到：

“但是这里还留下了一位代表，我敢保证！”

安静了片刻，然后——

一个人的声音：“那么，现在由谁来领这袋金币呢？”

皮革商（带着讽刺的强调）：“这很容易嘛。那袋钱必须让那十八位不受诱惑的人平分。他们每人都给了那落难的外国人二十美元——并给了他一番忠告——每人轮流说了一遍——这样，他们挨次说完花了二十二分钟。他们是在利用那个外国人进行投机——一共施舍了三百六十美元。现在他们要收回这笔借款——包括利息——总共变成了四万美元。”

许多声音（语带嘲讽。）“好主意！那么就分摊吧！分摊！可怜可怜这些穷鬼吧——别叫他们老等着了！”

主席：“安静！现在我要宣读那外国人的最后一封信了。它是这样写的：‘如果没有人前来认领（一阵哼哼哈哈的笑声。）我希望您当着镇上主要人物的面打开这个麻袋，点清这些钱，让各位居民保管好它们（一阵嚎嘿！嚎嘿！嚎嘿！），并让他们商量决定如何使用这笔钱，以便保持和宣扬您镇居民在诚实和不受诱惑的品德方面所赢得的高贵名声（又是一阵喊声）——他们的名字和功劳又可以使这一声誉发扬光大，永葆长存’（爆发出一阵强烈的讥讽的掌声。）。好像就是这些了。不——还有一个补充说明：

“附言——致哈德莱堡镇的居民们　根本就没有什么可供检验的对证词——也根本没有人说过那句话。（全场震惊。）也没有什么落难的外国人，没有二十元，没有谢词和赞语——一切都是虚构的。（一阵又惊又喜的叽叽喳喳、哼哼哈哈的噪声。）请允许我说一下我的故事吧——三言两语便已足够。有一次，我路过你们镇，无缘无故便遭受了一顿极大的羞辱。如果换了其他什么人，只需要杀死你们中的一两人，便两无亏欠，完事大吉。然而，对我来说，那只能算是一种轻微的报复，是远远不够的；因为人一旦死去就不会感到痛苦了，再说，我也不能杀了你们所有人啊。——并且，即使我那样做了，也仍就不会感到满足。我要毁掉这里的每一个男人，连同每一个女人——不是毁坏他们的身体，他们的财产，而是败坏他们的虚荣心——那是愚蠢和软弱的人们最脆弱的地方。于是我乔装打扮，回到这里，来调查你们的情况。原来你们很容易对付。你们享有诚实这一悠久而崇高的声誉，自然对此倍感骄傲——这一观念成为你们的珍爱之物和无价之宝。当我发现你们是那样小心翼翼，时时警惕着不让你们自己和子女受到诱惑，我就知道该如何行事了。瞧，你们这些头脑简单的家伙，世界上最脆弱的东西就是那未经烈火考验的品德。我定了一个计划，列出了一些名字。我要做的就是要败坏这个不会败坏的哈德莱堡。我的主意是要让五十多个生平从未说过一句谎和偷过一文钱的人成为骗子和窃贼。我比较顾虑的是固德逊。他既不是在哈德莱堡出生的，也下是在哈德莱堡长大的。我担心，如果我开始按计行事，将我的信寄给你们，你们就会开始琢磨：'在我们这些人当中，只有固德逊会把二十元钱施舍给一个可怜的人。'——那么你们就不会上我的当。可是老天爷把固德逊接去了；我知道我就可以稳操胜券，于是我就设下圈套去勾引你们。也许我不能揪出你们所有的人，那些收到我寄去的那秘密的对证词的人，但是我总可以揪出你们中的大多数人，因为我了解哈德莱堡居民的本性。（一阵叫嚷声：是的——他揪出了他们中的所有人，一个不剩。）我相信，这些人连一笔用来作赌注的钱也想窃取，不肯错过，瞧这些可怜的、易被诱惑的、教育不良的人哪。我一直希望把你们那块虚荣招牌砸个粉碎，给哈德莱堡题一个新的名称——一个可以永久保有的——可以扬名立万的名称。如果我成功了，就请打开麻袋，召集成立一个维护和宣扬哈德莱堡声誉的委员会把。"

一阵旋风般的声音："打开它！打开它！十八个人到前面去！宣扬传统委员会成员到前面去！到前面去——这些不受诱惑的人！"

主席划开了麻袋，掏出了一把黄灿灿、亮晶晶的大块钱币，握在手里摇了摇，然后开始检验它们——

"朋友们，原来这只是一些镀金的圆铅板！"

一听这个消息，会场爆发出一阵打雷似的欢呼声；刚一平息，制革商就大声喊道：

“显然威尔逊先生在这方面是资历最高的，理所当然应该担任宣扬传统委员会的主席。我提议由他代表他的哥们儿，到前面去接受保管这笔钱的重任。”

百来个人的声音：“威尔逊！威尔逊！威尔逊！说话啊！说话啊！”

威尔逊（恼怒得声音直发颤）：“请大家允许我不客气地说一句，去他妈的这些钱！”

一个人的声音：“哎呀，亏他还是一个浸礼教徒呢！”

一个人的声音：“剩下十七位代表了！上台去吧，先生们！去承担你们的重任吧！”

稍停了一会儿——毫无反应。

马具商：“主席先生，在这些主要人物当中，我们至少还留有一位清白的人；他需要钱，而且也理应得到那笔钱。我提议让杰克·哈利戴上前去，拍卖掉那袋二十元一枚的镀金铅币，把所得的钱赠给那位应得之人——爱德华·理查兹。”

提议被大家非常热情地通过了。这时，那条狗也出来凑热闹了。马具商开价一元，布里克斯顿的人们和巴纳姆的代理人竞争激烈，每一次喊价都伴随着欢呼声，大伙的情绪随着喊价的不断抬升而高涨，喊价的人越来越来劲儿，越来越大胆，也越来越坚定，卖价从一元抬高到五元，接着是十元，然后是二十元，五十元，然后是一百元，然后是——

拍卖一开始，理查兹就悲痛起来，他悄悄对妻子说：“玛丽，咱们能让这状况持续下去吗？这——这——你看，这本是一件对诚实品质的赞美，是对纯洁人格的褒奖，那么——那么——咱们能让这一状况就这样持续下去吗？我是不是该站起来，并且——噢，玛丽，咱们该怎么办呢？——你认为咱们——（哈利戴的声音：“我开价十五元！——这一袋十五元！——二十元！——噢，谢谢！——三十元——再一次谢谢！三十元，三十元，三十元！——谁在喊四十元？——有人在喊四十元！继续加价啊，先生们，继续往上加价！——五十元！谢谢，高贵的天主教徒！现在到五十元了，五十元，五十元！——七十元！——九十元！——好极啦！——一百元！——再加啊！再往上加啊！——一百二十元！——一百四十元！——到关键时刻了！——一百五十元！——二百元！——太好啦！是不是有谁在喊二——，谢谢！二百五！——")"

"这又是一次诱惑啊，爱德华——我紧张极了——可是，哎，咱们已经逃过一次诱惑，应该引以为戒啊——("是谁出价六百元吗？——谢谢！六百五十，六百五——七百！")可是，爱德华，当你一想到，没人会……("八百元！好啊！——给凑成九百！——柏森斯先生，我是听您说的吗？——谢谢！——九百！这一袋贵重的纯铅，只需要九百就可以到手，包括镀金在内——喂！我听到谁——一千！太感谢您啦！——是不是有人在喊一千一？——这一袋东西将成为全国各地最热门的……")噢，爱德华(她开始抽泣)，咱们多么穷啊！可是——可是——那么你自己看着办吧——我说你自己看着办吧。"

爱德华屈服了——意思是说，他静静地呆坐在那里了；良心不安地坐在那里，他已被当时的情势所制服。

这时候有一个陌生人，看样子像是一个业余侦探，看打扮又像是一个让人半信半疑的英国伯爵，他一直在注视着那天晚上发生的一切经过，露出很感兴趣和非常满意的神情；同时他也在暗自捉摸着什么。此刻他在自言自语，仿佛在说："那十八个人当中，没有一个参加投标；可真叫人扫兴呐；我必须把这出戏改编一下——按照戏剧上的‘三一律’非得改编一下；他们必须买下那袋曾经试图窃取的钱币；而且必须花大价钱买下——他们有的是阔佬嘛。另外，我在评判哈德莱堡居民的性格时，犯了一个错误，那个使我出错的人理应得到一笔高额酬金，这笔钱必须有人为他出才行。这个可怜的穷老头理查兹使我在判断上出了错，丢了脸；他是一个老实人；——我不懂是怎么一回事儿，但是必须承认这一点。是的，他叫我摊出了‘两点’，他自己摊出的却是一副‘同花顺’，按照规矩这盘赌注该他赢。而且，如果有办法，还得赢上一大笔。他打乱了我的计划，但是别再去理会它了。”

他一直在注意着拍卖价格的变化。喊到一千元以后，行情开始暴跌，喊价的上涨速度也迟缓下来。他在等待——同时仍在观察。一个竞标者退出了；随后又一个退出了；接着又有一个退出了。这时，他参与了一两次竞价。当喊价降到十元时，他加了五元；又有人比他多加了三元；他等了一会儿，然后一下子多喊了五十元的标价，于是那袋钱币就归他所有了——标价是一千二百八十二美元。全场爆发出欢呼声——然后欢呼声渐渐平息；原来他站了起来，举起一只手。他要开始讲话了。

“我要讲几句话，请诸位认真听。我是一个从事古董倒卖的商人，我和全国各地喜爱收藏钱币的人们都有交情。我买下这些铅币，照这样原封不动，就能赚一大笔钱；但是，如果诸位同意，我就有办法，让这些面值二十元一枚的铅币变成同等面值的金币，也许还要更贵一些。如果诸位同意我的办法，我就把我赚的钱分一部分给你们的理查兹先生；他那始终不渝的诚实品德，今晚已被你们热情而公正地承认了；他理应得到一万美元，明天我就把这笔钱交给他。（厅里响起一阵热烈的掌声。只是“那始终不渝的诚实品德”这句话使得理查兹两口子脸上泛起可爱的红晕，幸好那表情被人们看作是他们的不好意思，没有引起什么不利影响。）如果你们中的大多数赞成并通过我的提议——我希望有三分之二的人赞成——那我就认为获得了镇上居民的同意，这就是我所要求的。稀有的物品，总是借助于能够挑起人们的好奇和引起他们注意的举动而获得增值。现在，诸位是不是同意，让我在每一枚所谓的金币上面印上那十八位先生的名字，他们——”

大厅里十分之九的听众都一下子站了起来——甚至包括那条狗——这一提议在一阵旋风般的表示赞成的掌声和笑声中通过了。

大家都坐下了；除克莱·哈克尼斯“博士”之外，其他的代表们都一同起立，强烈反对这个陌生人心存侮辱的提议，并威胁要——

“请你们不要威胁我，”陌生人不动声色地说，“我对自己享有的合法权利心里有数，一向不会被威胁所吓倒。”（掌声。）他坐下了。这时，哈克尼斯“博士”看到机会来了。他是当地最有钱的两位富豪之一，另一位则是平克顿。哈克尼斯生财有道，意思是说他是一种流行药的特许经销商。他正在参加州议会竞选，由某一党提名为候选人，而平克顿则是另一党的提名候选人。两人旗鼓相当，竞争十分激烈，而且一天比一天激烈。两人都财迷心窍；每人都别有用心地买下了一大片土地；原来当时正要修建一条新的铁路线，两人都希望进入议会，然后设法制定一条对自己有利的线路；一票之差便会见出高下，而且就会使胜出者获得两三笔横财。赌注是巨大的，而哈克尼斯是一个大胆的投机者。此时他正坐在陌生人身旁。当其他的代表们在向厅里的观众表示抗议和呼吁时，他斜靠向陌生人，悄声对他说：

“你给那袋东西开多少价？”

“四万。”

“我出两万。”

“不行。”

“两万五千。”

“不行。”

“那三万怎么样?”

“四万;少一分也不行。”

“好吧,成交。明天早上十点,我到旅馆来。不要让外人知道这事儿:我想私下来见您。”

“好吧。”然后,陌生人站起身来,对众人说:

“时候不早了。这几位先生的谈话并不是毫无深意的,并不是毫无趣味的,也并不是不得体的,但是请原谅,现在我要告辞了。承蒙诸位同意我的请求,真是帮了大忙,我向诸位道谢。我请求主席帮我把这袋东西保管到明天,并把这三张五百元的钞票转交给理查兹先生。”钞票被递交给主席。“明天早上九点我来取这袋东西。十一点,我会亲自到理查兹先生家,把剩余的一万元交给他本人。再见啦。”

然后他静静地离开了,而大厅里的人还在那里大嚷大叫,发出震耳的喧嚣,其中混杂着欢呼声,《天皇颂》,狗忿忿不平的吠声,还有那吟诵着的圣歌:“你绝——呃——呃——不是一个坏——唉——唉人——阿——阿——阿门!”

四

在家里，理查兹两口子不得不耐心地去接待客人们的祝贺和赞扬，一直忙到午夜时分。到家里只剩他们俩的时候，他们看起来有点儿烦闷，都静静地坐在那里想心事。后来，玛丽叹了一口气说：

“你认为这事儿应该怪咱们吗，爱德华——当真怪咱们吗？”说到这儿，她抬眼去看桌上那像是在指控他们罪行的三张大面额钞票，刚才那些来道贺的人还贪婪地看过它们，并且用手去摸过它们。爱德华没有马上回答；过后他先是叹了一口气，然后支支吾吾地说：

“咱们——咱们也是没有办法呀，玛丽。这件事——看来，也是命中注定了的。所有的事情都是命中注定了的。”

玛丽抬起头来，定定地瞅着他，可是他并不朝她看。接着她说：

“我以前总认为，祝贺和赞扬的话总是很中听的。可是——现在我觉得——你呢，爱德华？”

“这个吗？”

“你仍旧打算留在银行吗？”

“哦——不。”

“辞职吗？”

“明天早晨就辞职——写封信去。”

“那样做最好。”

理查兹用手捧住低垂着的头，含糊不清地说道：

“以前，别人的钱，无论多少叫我经手，我都不担心。可是……玛丽，我简直累坏了，累坏了——”

“咱们去睡吧。”

第二天早上九点，那个陌生人来取了那袋东西，雇了一辆马车把它带到旅馆里去了。十点钟，哈克尼斯来和他密谈了一会儿。陌生人向他索取了五张由一家大银行负责兑现的支票——抬头开的都是：付“持票人”——四张一千五百元的，一张三万四千元的。他把一张一千五百元的放在了自己的皮夹子里，把其余的、总额为三万八千五百元的支票，和一张字条，一起装进了一个信封里，那张字条是他在哈克尼斯走后写的。十一点钟时，他来到理查兹家门口，敲响了房门。理查兹夫人从百叶窗里望出去，然后出门去接过了那个信封，陌生人一言不发就离开了。理查兹夫人满脸通红地回到了屋里，腿都站不大稳，气喘吁吁地说：

“我确信我认出他了！昨天晚上我就觉得好像以前在什么地方见过他。”

“他就是上次来送那袋东西的那个人吗？”

“我几乎可以肯定就是他。”

“那么，他也就是那个冒充的史蒂芬森。他用那胡编乱造的一套秘密戏弄了本镇所有的主要人物。现在，如果他送来的不是现金，而是支票，那么，咱们也中计了，原来咱们还以为逃过一劫了呢。我昨天休息了一晚，刚开始感到舒服些了，可是一看到那信封，心里又烦恼起来。信封装得不够厚实，八千五百元，即便是六面额的支票，也会装得比那更满一些。”

“爱德华，你为什么不收支票呢？”

“收史蒂芬森的支票！如果这八千五百块送的是现金，我还可以勉强收下——因为，那好像是命中注定了的，玛丽——可是，我再也没有勇气，没有胆量，尝试拿着一张签了那惹祸的名字的支票去银行兑现，那准是一个圈套。那个人想叫我上当；咱们好歹总算逃过一劫；现在他又在耍新的花招。如果那是支票——”

“哦，爱德华，这太可怕了！”她抓起那些支票，哭了起来。

“把它们扔到火里去！快一点！咱们绝不能受诱惑。这是一个圈套，要让大伙儿都取笑咱们，同时也取笑其他人，然后——把它们给我，既然你下不了手！”他一把夺过支票，试图把它们握得更紧一些，直到他勉强能够走近火炉；然而，他毕竟是个人，是个出纳员，所以他停了一会儿，去认清那签名。结果他差点儿晕倒了。

“快扇扇我，玛丽，扇一扇我！它们等于是黄金啊！”

“噢，那可太好啦，爱德华！怎么一回事？”

“是哈克尼斯签的名字！这葫芦里到底卖的什么药啊，玛丽？”

“爱德华，难道你认为——”

“你瞧这儿——看看这些！——一千五百——一千五百——一千五百——三万四千。三万八千五百！玛丽，那一袋东西还不值十二元，可是哈克尼斯——显然是——按照金币面值付足了它全部的价钱。”

“那么，你认为，这些都归咱们吗——而不仅仅是那一万元？”

“是的，看来是这样。再说这些支票的抬头是：付‘持票人’。”

“这都出于好意吗，爱德华？这是为什么呢？”

“我觉得，这是在向咱们暗示，应当去一个远一点儿的银行兑现。也许，哈克尼斯，不想把这件事情传扬出去。那是什么——一张字条吗？”

“是的，是和几张支票在一起的。”

字条上，是“斯蒂芬森”的笔迹，但是没有署名，写的是：

我很失望。你那诚实的品德是不受诱惑的。对于这一点，我有过不同的看法，可是我确实冤枉您了，现在我真心请求您的宽恕。同时也真心地向您致敬。这个镇上的居民，连供您驱使都不配。亲爱的先生，我当初跟自己很公道地打了一个赌，认为你们镇伪善的居民中有十九位是会被诱惑所败坏的。但是我赌输了。现在请您把这全部的赌注都拿去吧，这是您应得的。

理查兹长叹一声，说道：

"这话像是用烈火写出来的——它字字烫人。玛丽，我又感到痛苦了。"

"我也一样。哦，亲爱的，我宁愿——"

"设想一下，玛丽——他竟然这么相信我。"

"哦，不，爱德华，别这样说——我受不了啦。"

"如果我配受这些好话的称赞，玛丽——天知道我从前确实有资格享受这样的称赞的——我想我宁愿拿这四万块钱去换取那些称赞。而且我还会保存这张字条，把它当作比黄金和珠宝更为宝贵的东西，永久地保存起来。可是如今——在它当面指责的阴影中，我再也受不了啦，玛丽。"

他把它扔进了火里。

这时，来了一个邮递员，送来一个信封。

理查兹从信封里取出一张字条，读了起来；这是伯吉斯送来的。

您曾经在一个危难的关头挽救了我。而昨晚我挽救了您。为这事儿我不惜撒了谎，但是我是心甘情愿的，而且还是满怀感激的。在这个镇上，没有一个人像我这样清楚地了解您的为人，深知您是多么勇敢、多么善良、多么高尚。否则，您不可能明明知道我受人指控的那件事儿，还那样发自心底地敬重我，而大家为这事儿都异口同声地定了我的罪；但是我请求您无论如何都要相信，我是一个知恩必报的人；这样可以帮助我忍受精神上的苦难。

伯吉斯（签名）

"又一次得救了。而且是以这样的方式！"他把字条也丢进了火里，"我——我真希望自己死了的好，玛丽，我真希望能够逃离这一切。"

"哦，这真是备受煎熬、备受煎熬的日子啊，爱德华。他这样做是出于宽宏大量，可这样的报答却如此深地刺痛了咱们，而且，报应又来得多么快呀！"

举行选举的三天前，两千选民中的每一个人都突然收到了一份贵重的纪念品——一枚妇孺皆知的双鹰金元复制品。它的一面沿边刻印了这样一行字："我对那个穷苦的外国人说的是——"；另一面沿边刻印着："快去改过自新吧。平克顿（签名）。"这样，那精彩的恶作剧所留下的全部污秽就被统统丢在了一个人的头上，并给他带来了惨痛的后果。它再一次激起近来喧闹的嘲笑声，而且是集中于平克顿一个人身上；于是哈克尼斯便轻而易举地在竞选中获胜了。

理查兹两口子收到他们的支票后，没出一天，他们的内疚心情便开始缓和，感到心灰意懒；老两口已经学会如何对自己所犯的罪行安之若素了。但是以后他们会更加切身地体会到，每当他们觉得那罪行可能会被人发现时，它便会形成另一种新的真正的恐惧感。这样就营造出一种前所未有的、非常现实而又十分严重的情景。教堂里，清晨的布道仍是那老一套；一切都是旧调重弹；那些话语他们已经听了千百遍，觉得已是十分乏味，甚至是毫无意义，听来令人昏昏欲睡；但是现在情况不同了：布道词好像全是在谴责他们；它好像是直接而特意地针对那些正在隐瞒自己弥天大罪的人们。一做完礼拜，他们便尽可能抢先躲开那些来向他们道贺的人，急匆匆地往家里走，而不知怎的总会感到一阵寒气逼人——那是一种模模糊糊的、影影绰绰的、莫可名状的恐惧感。伯吉斯先生偶尔转过街角，人们瞥见他，他竟不理会人们对他的点头致意！其实他们不知道，他只是没看见他们在打招呼。他的这种态度意味着什么呢？这或许意味着——或许意味着——噢，多么可怕的事情啊。会不会是他已经知道，当初理查兹本来是可以证明他的清白的，却一直在等待着机会向他算账呢？在家里，他们忧虑重重，开始想入非非：当初理查兹在向他妻子吐露真情，说他知道伯吉斯的清白时，他们的用人萨拉可能已经在隔壁屋子里偷听到了这件事；接下来，理查兹又开始幻想，当时他好像听见隔壁屋子里有妇女的长外衣窸窸窣窣的声音；后来，他相信他确实听见了。于是他就找了一个借口把萨拉叫去了，观察她的神色：如果她已经把他们出卖给了伯吉斯先生，她就会在神态上显露出来。同时他们向她提了一些问题——一些东拉西扯的、乱七八糟的、似乎是毫无意义的问题，以致那女佣确信老两口的大脑被突然到手的财富给冲昏了；他们是那样严厉地、警惕地盯着她，可把她给吓坏了，询问终于到此结束了。她脸涨得通红，神情紧张，举止异常，而在两个老人看来，这显然说明她的确犯了什么罪——什么可怕的罪——毫无疑问，她是一个暗探和叛徒。而等他们单独在一起时，就把一些毫不相干的事情东拼西凑，连在一起，进而得出了可怕的结论。当情况显得十分严重时，理查兹就大口大口地喘着气，他的妻子问：

“哎呀，这是怎么啦？——这到底是怎么啦？”

“那张字条——伯吉斯的那张字条！它的言辞是讽刺的，现在我明白了。”他引述道，“‘您不可能明明知道我受人指控的那件事情，还那样发自心底地敬重我。’——哎呀，现在情况完全清楚了，上帝保佑！他知道我晓得那件事了！你瞧这措辞多么巧妙啊。这是一个圈套——而我却像一个傻子一样，钻了进去。那么，玛丽——？”

“哎呀，这可太糟糕了——我知道你要说什么——他没有退回你抄的那封冒充对证词的信。”

“没退回——他留下了它，想用它毁了咱们。玛丽，他已经向一些人揭发咱们了。我知道——我已经知道。做完礼拜时，我就从许多人的脸上看出来了。唉，咱们向他点头致意，他却连理都不理——他是故意这样做的！”

当天晚上，请来了医生。第二天一大早，这个新闻就四下传开了：两个老人病得很严重——据医生讲，这是因为他们大发横财之后过于兴奋，忙着接待那些前来道贺的客人，再加上睡得太晚，这样就把身体给拖垮了。镇上的人们为他们感到担忧；因为现在这两位老人是硕果仅存的，能够让他们引以为荣的。

两天之后，消息就更加糟糕了。两位老人已经精神错乱，开始做出各种古怪的事情来了。据那些目击的护士们讲，理查兹给她们看几张支票——总额好像是八千五百元？不——是一笔巨款——是三万八千五百元！你该怎样解释这样一笔巨款的来历呢？

第二天，护士们又传来更多的新闻——而且是令人惊讶的新闻。她们决定藏好那些支票——唯恐它们会带来什么灾难；可是，当她们去找那些支票时，它们已经不在病人的枕头底下了——消失不见了。病人说：

“别去碰那些枕头，你们这是要干什么？”

“我们想，最好是把那些支票——”

“你们再也不会见到那些支票了——它们已经被毁掉了。它们是撒旦送来的。我在它们上面看到盖了地狱的印，我知道它们是被送来引诱我们犯罪的。”接着他就开始急促而模糊地说了一些离奇可怕的、叫人听不明白的话，医生嘱咐她们不要把这件事说出去。

理查兹说的对：人们再也没有见到过那些支票。

肯定是有一个护士说了梦话，因为，不出两天，这些不许外传的呓语就成为镇上人们的谈资；而它们又都是性质惊人的。它们好像表明，理查兹本人也曾去认领那袋金币，但是伯吉斯隐瞒了这件事，而后又恶意地揭露了它。

因为这事儿伯吉斯备受责备，但是他矢口否认。同时他说大家不应该这样胡乱揣度一个病危的老人神志不清时所说的胡话。尽管如此，猜疑还是到处都是，惹得人们说长道短。

又过了一两天，消息传来，说理查兹太太的呓语开始变得跟她丈夫所说的一模一样了；这样一来，人们就由极度怀疑，变成信以为真。于是，镇上人们对他们唯一无可厚非的重要人物的清白所抱有的自豪感也随之渐渐暗淡，消失殆尽了。

六天之后，传来了更多的消息。老夫妇俩都已病危。理查兹在最后一刻，神志清醒过来，叫人请来了伯吉斯。伯吉斯说：

“大家都出去吧。我想，他是要和我单独说几句话。”

“不！”理查兹说，“我要你们作见证。我要你们都听听我的忏悔。这样我才能像一个人一样死去，而不是像一条狗。我曾经是清白的——虚伪的清白——像其他人一样。而且，像其他人一样，当诱惑来临时，我就堕落了。我写了一封骗人的信，去认领那袋害人的钱。伯吉斯先生记得我曾为他帮过忙，于是，出于感激（也是出于糊涂）帮我隐瞒了那封信，从而挽救了我。你们都知道多年前大家控告伯吉斯的那件事儿，我的证词，只要有我作证，就可以证明他的清白，可当时我是个胆小鬼，竟让他蒙受了不白之冤……”

“不——不——理查兹先生，您——”

“我的用人把我的这个秘密泄露给了他……”

“谁也没向我泄漏过什么……”

——“于是，他理所当然地，也无可厚非地做了这件事情：他懊悔不该那样好意挽救我，于是就揭穿了我的秘密——这也是我罪有应得的……”

“绝对没有！——我发誓——”

“现在我诚心诚意地原谅他了。”

伯吉斯热情慷慨的辩解，将死之人听不见了；他奄奄一息，终于溘然长逝，但直到临死也不知道，他又一次冤枉了可怜的伯吉斯。他的老妻也在当天晚上去世了。

备受尊重的十九位人士中，这最后的一位也深受那可怕的钱袋的毒害；镇上的人被剥去了他们世代相传、硕果仅存的一点儿光荣。他们的哀悼并不引人注目，但却意味深长。

议会通过一项法案——通过恳求和请愿——批准将哈德莱堡的名字改成……（就别去管改成什么名字啦，我也不愿把它说出来。）并将多少年以来一直刻在它官印上为它增光添彩的箴言磨去了一个字。

它又成为一个诚实而光荣的城镇了，谁想要捉住它，发现它又在打盹，那可得赶一个大早去才行。

伊万·伊里奇之死

[俄]列夫·托尔斯泰　著
张猛　译

二

在法律机关大楼里，梅里温斯基家族案审理的休庭期间，审判委员们和检察长聚集在伊万·叶戈罗维奇·舍别克的办公室，聊起了广为人知的克拉索夫案。费奥德尔·瓦西里耶维奇情绪激动，极力证明此案不属于法院审理范围之内，伊万·叶戈罗维奇则坚持着自己的看法。彼得·伊万诺维奇一开始就没有参与争论，他无心应战，摊开刚送过来的《新闻》报浏览起来。

“先生们！”他叫道，“伊万·伊里奇死了。”

“真的假的？”

“喏，您瞧瞧。”他说着，把那份崭新的，飘着油墨味的报纸递给了费奥德尔·瓦西里耶维奇。

黑色的边框里印着一段文字：“普拉斯科维娅·菲奥德洛芙娜·格罗温娜沉痛讣告各位亲朋好友，先夫，高等审判厅委员伊万·伊里奇·戈罗温不幸于一八八二年二月四日去世，兹定于星期五下午一时出殡，特告。”

伊万·伊里奇生前是在座各位的同事，而且大家也都很喜欢他。他已经病了有几周了，据说患的是不治之症。职位倒还给他留着，但是据推测，等到他死了，阿列克谢耶夫就会取代他的位置，而阿列克谢耶夫的位子由文尼科夫或者施塔别尔来填补。因此，一听到伊万·伊里奇的死讯，在座各位脑子里冒出的第一个想法就是——他的死会给自己或者是熟人的官运带来什么样的影响。

“这下，或许我就升到施塔别尔或者文尼科夫的位子上了。”费奥德尔·瓦西里耶维奇想，“这件事领导早就答应了的，这次晋升除了能分到一个办公室以外，每年还会增加八百卢布的俸禄。”

“现在应该考虑呈报领导，把内弟从卡卢加调过来了。”彼得·伊万诺维奇也打着自己的算盘，“妻子不知会有多高兴呢！看她以后还怎么抱怨我，说我什么时候也没为她的亲人出过一丁点儿力。”

“我早就想过，他这一病是起不来了，”彼得·伊万诺维奇说出了声，“可惜啊。”

“他到底是什么病呀？”

“医生们也没有什么定论。确切地说，诊断结果是有，但是各不相同。我最后一次见他的时候，还以为他能康复呢。”

“我从过完节就没再去过他那儿，一直打算去呢。”

“他留下了遗产吗？”

“似乎他妻子有点儿家底，但是也没有多少。”

“是啊，应该去看看。他们住得可真够远的！”

“那是离您家远，您家到哪儿不远呢。”

“又来了，就因为我住在河对面，他每次都不依不饶啊！”彼得·伊万诺维奇带着笑，对舍别克说。于是他们说起了城区距离的遥远，说着朝法庭走去。

这一死讯除了让每个人暗自思忖，由此所带来的官职的升迁之外，熟人的死亡本身给每个获悉的人带来的，无非像以往一样，即一种愉悦感：死的是他，不是我。

“怎么样，他死了；可是我还活着呢。”每个人都这样想过或者感受过这一点。那些和伊万·伊里奇亲近的，所谓的朋友们，不由自主地就会考虑到，现在他们不得不去履行乏味的吊唁的义务，前往参加葬礼和慰问遗孀。

这些人里头和死者最近的，就数费奥德尔·瓦西里耶维奇和彼得·伊万诺维奇了。

彼得·伊万诺维奇是死者在法律学校的同学，他觉得死者生前给了他不少帮助，心存感激。

吃午饭的时候，彼得·伊万诺维奇告诉了妻子伊万·伊里奇去世的消息，以及有可能把内弟调过来的想法。吃过饭他也没有休息片刻，穿上燕尾服就乘车赶往伊万·伊里奇家。

在伊万·伊里奇院落的大门口，停着辆四轮马车和两个车夫。楼下的衣帽间前，靠墙立着覆盖着绸缎的棺材盖，周围是璎珞和刷了金粉的绶带。两位穿着丧服的女士脱掉了皮大衣。其中一个是伊万·伊里奇的妹妹，这个他认识，另一个不认识。彼得·伊万诺维奇的同事施瓦茨正好从楼上下来，一眼瞧见进来的人，停住了脚步朝他递眼色，好像在说："伊万·伊里奇走得可真窝囊，换做我们俩绝不会这样。"

施瓦茨留着英式连鬓胡子的脸，连同燕尾服包裹着的修长的身材，像往常一样，透露出一种优雅的庄重。这种庄重一直同他玩世不恭的性格不相符合，在这里却有着特殊的意味。彼得·伊万诺维奇这样想着。

彼得·伊万诺维奇给女士们让了道，并缓慢地尾随她们上了楼梯。施瓦茨没有下去，在楼上停下了。彼得·伊万诺维奇明白他的用意：他是想和他商量，在哪儿打文特[①]。女士们穿过楼梯，去看望遗孀，施瓦茨严肃地紧闭嘴唇，目光里带着戏弄，挑动眉毛给彼得·伊万诺维奇示意，提示他到右边死者的房间去。

彼得·伊万诺维奇走进了房间，像往常一样，他暗自踌躇着接下来应该做什么。他单单知道，在这种场合画十字永远都是行得

---

① 文特，一种牌戏。

通的。要命的是现在要不要鞠躬，他完全拿不准，只好选择了个折中的做法：进房间后他画了十字，稍微弯了弯腰，看起来像是要鞠躬的样子。随着手臂和头的摆动，他顺势瞥了瞥房间。屋里站着两个年轻人，其中一个是中学生，或许是侄子辈的什么人，画着十字朝外面走去；一个老太太站在那儿一动不动，一位女士正奇怪地高扬着眉毛，悄声对她说着什么；身穿常礼服[①]的助祭精神饱满，果断利落，正神态超然地高声读着什么；厨房里的下人盖拉西姆轻轻抬着脚，走到彼得·伊万诺维奇的前面，朝地板上撒了些什么东西。一看到这些，彼得·伊万诺维奇突然嗅到腐臭尸体发出的微臭。上一次来看望伊万·伊里奇的时候，彼得·伊万诺维奇曾在书房见到过这个下人。他那时候做的是护理病人的活儿，伊万·伊里奇非常喜欢他。彼得·伊万诺维奇不断地画十字，在介于棺材、助祭和供奉于墙角桌子上的神像三者中间的位置轻微地鞠躬。直到他觉得这种用手画十字的动作已经远远持续了一段时间，才停下来一会儿，接着是打量尸体。

死者像所有的死人那样躺着，看起来十分沉重，僵硬的肢体深深陷进棺材的垫子里。和其他的死人一样，他发黄的额头朝前凸出。他两鬓塌陷，脑门上的头发也很少了，鼻子却高耸着，像要把上嘴唇给压下去一样。他身上发生了巨大的变化，从上次彼得·伊万诺维奇探望他到去世，又瘦了许多；然而他和其他的死人一样，面孔比活着时漂亮了，主要是庄重了许多。他脸上的表情似乎在言说着，所有该做的事我都做了，并且做得很正确。除此之外，在这种表情里还夹杂着对活人的责备和告诫。这种告诫在彼得·伊万诺维奇看来，显得不合时宜，至少是和他无关的。不知道为什

① 常礼服：也称晨礼服，主要在白天穿，适于参加白天举行的庆典、茶会、婚礼等。

么，他心中升腾起不快，于是彼得·伊万诺维奇匆匆画了个十字，动作之草率连他自己都觉得过分，有失礼节。他转过身，朝门口走去。施瓦茨正在外屋等他，两腿叉开，两只手插到背后摆弄着自己的圆筒礼帽。望一眼施瓦茨玩世不恭、干净匀称又英俊挺拔的外表，彼得·伊万诺维奇的精神立刻来了。彼得·伊万诺维奇明白，施瓦茨超然于这一切，没有任何抑郁感伤。他的表情在表明态度：伊万·伊里奇的丧事无论如何不足以成为破坏规矩的理由，也就是说什么也不能阻止他们在今天晚上，伴着仆人摆好的新开封的四支蜡烛，摊开纸牌，开心开心。总之无法设想，这件事能够影响我们快活地度过今晚。彼得·伊万诺维奇从这儿经过时，他低声告诉他这个想法，提议他加入到费奥德尔·瓦西里耶维奇家的这个集体中来。但是看来，彼得·伊万诺维奇是无福消受今晚的文特牌局了。普拉斯科维娅·菲奥德洛芙娜个头不高，体态肥胖，尽管她费尽心思希望朝相反的方向发展，肩以下还是在不断地加宽。她身穿丧服，头上扎着带花边的绸带，像那个站在棺材对面的太太一样奇怪地扬起眉毛，她陪同别的太太从自己的内室里出来，把她们送到死者的房门口，说：

"安魂祷告就要开始了，请进去吧。"

施瓦茨迟迟疑疑地鞠了个躬，没有动地方，看起来对这个建议没有表示接受，也没表示拒绝。普拉斯科维娅·菲奥德洛芙娜认出了彼得·伊万诺维奇，叹了口气，走到他身边，抓住他的手说道：

"我知道，您是伊万·伊里奇真正的朋友……"她定定地望着她，等待着他听到这番话做出相应的动作。

彼得·伊万诺维奇明白，就像在那里需要画十字，这个时候应该握住对方的手，叹一口气然后说："请相信我吧！"他也正是这么做的。做完之后，他感觉到所收到的效果是合乎情理的：他感动了，她也感动了。

“趁着安魂弥撒还没有开始，请您跟我来一趟吧！我有点儿话要对您说，”遗孀请求道，“请把胳膊给我吧！”

彼得·伊万诺维奇伸出胳膊来，他们朝着内室里走去，走过了施瓦茨身边，后者悲哀地朝彼得·伊万诺维奇使眼色，仿佛在戏谑地说：“文特您是打不成了！别见怪啊，我们只能找别人了。要是您抽得开身，咱们五个打也成。”

彼得·伊万诺维奇叹了口气，更加深沉和悲伤了。普拉斯科维娅·菲奥德洛芙娜感激地抓紧了他的胳膊。走进了他们家灯光昏暗、四壁糊满了玫瑰色克列通棉布[①]的客厅，两个人坐在了桌子旁：她坐到了沙发上，而彼得·伊万诺维奇则坐在了一张弹簧坏掉，一坐下来就颤颤悠悠乱晃的矮软凳上。普拉斯科维娅·菲奥德洛芙娜本来要提醒他坐另一张椅子的，但是考虑到这种关照和她现在的处境不相符合，只得作罢了。一坐到这张椅子上，彼得·伊万诺维奇就不由得想到，当初伊万·伊里奇是如何布置这个客厅，如何和他商量就用这种带有绿叶的玫瑰图案的克列通装饰墙壁。遗孀绕过桌子要往沙发上坐的时候（客厅里几乎被家具和小摆件给占满了），她的黑披肩上的黑色花边被桌子上的镂空雕饰挂住了。彼得·伊万诺维奇起了身，想要扯掉挂住的部分，随之弹起来的软凳不安地晃动着推他。遗孀伸手，想把挂住的花边解开，于是彼得·伊万诺维奇重又坐下，压住了屁股下造反的软凳。但是遗孀没能够完全解开，彼得·伊万诺维奇便又起身，软凳又反抗性地弹起，甚至还发出了声响。当这一切都结束了以后，她掏出一块干净的麻布手绢，哭了起来。彼得·伊万诺维奇则因为之前的花

---

① 克列通棉布，一种粗糙厚重的印花布，常用做家具蒙面材料。

边和软凳的捣乱，心生倦意，坐在那里皱紧了眉毛。恰好这个时候，伊万·伊里奇的下人索科洛夫走了进来，打破了尴尬的场面。他进来报告说，普拉斯科维娅·菲奥德洛芙娜选定的坟地价值二百卢布。她止住了哭，用受迫害的神情扫了彼得·伊万诺维奇一眼，接着用法语说，自己心情非常悲痛。彼得·伊万诺维奇做了个默认的表情，以此表明这是无可奈何的事情，自己对这一点深信不疑。

“请抽支烟吧。”她用大方体恤又不无悲恸的声音说道，接着和索科洛夫谈论坟地价格的问题。彼得·伊万诺维奇一边点烟，一边听她十分详尽地询问不同地段的价格，并确定了自己想要的那块地。谈完了坟地的问题，她又吩咐了唱诗班的事情，索科洛夫便走出去了。

“样样事情都是我来操办。”她说着，把放到桌子上的相册挪到一边去。等她发现了烟灰对桌子造成了威胁，连忙把烟灰缸挪向彼得·伊万诺维奇那侧，接着说，“如果谁说我因为悲痛无法料理实际事务，这是没天理的。倘若还有什么虽然不能给我安慰……总还能分担点忧伤的话，那就是出于对他的惦念而操劳。”她又一次掏出了手帕，好像就要哭出来了，却又突然打起了精神，仿佛尽力忍住了悲伤，开始平静地讲到：

“不过我有件事想和您谈谈。”

彼得·伊万诺维奇点了点头，刻意留心着不让软凳的弹簧发出声音，不过这些弹簧立刻便在他屁股下乱动起来。

“最后几天，他痛苦到了极点。”

“非常痛苦吗？”彼得·伊万诺维奇问道。

“天哪，简直痛苦得不行了！最后的几个小时，而不是几分钟，他就没有止住过喊叫。一连三天三夜，他直着嗓子不停地喊啊。

那种悲痛谁也受不了，我都不知道自己是怎么熬过来的，隔着三重门都听得见呢。天哪！我受了多大的煎熬啊！”

“莫非他那个时候还神志清醒？”彼得·伊万诺维奇又问道。

“是啊，”她低声说，“一直到最后一分钟。临死前一刻钟，他才和我们告别，还让我们把瓦洛佳领出去。”

尽管意识到自己和这个女人都在装腔作势，可是一想到这个和自己那么熟悉的人所经受的痛苦，彼得·伊万诺维奇还是会毛骨悚然。想想吧，这个人一开始是一个快乐的小男孩，后来他们一起成了学生，及至后来一起成人，做了同事，现在他仿佛又看到那个前额，那个紧压着嘴唇的鼻子，再联想到自己，他不寒而栗。

“三天三夜痛苦的折磨，接着就是死。这可是随时都有可能发生在我身上。”他这样想着，恐惧瞬时掠过。可是立刻，他自己不知道怎么回事，一种通常的想法援助了他：是伊万·伊里奇，而不是他，也不应该、不可能是他遭受这样的劫数；他如果那样想就会郁郁寡欢，这是很不应该的，施瓦茨脸上的表情就说明了这一点。考虑到这些，彼得·伊万诺维奇放心了，他开始饶有兴趣地询问伊万·伊里奇死时的细节，仿佛死只是一种例外情况，是只有伊万·伊里奇独有的例外，而和他完全没有关系。

在经过了一通有关伊万·伊里奇所忍受的可怕的肉体折磨的细节的谈话之后（彼得·伊万诺维奇从伊万·伊里奇的痛苦对普拉斯科维娅·菲奥德洛芙娜的神经的作用，就已经可以了解到相关细节了），这位遗孀看起来意识到应该转入正题了。

“天哪，彼得·伊万诺维奇，多么痛苦，多么恐怖的煎熬，多么恐怖的煎熬啊。”她说着，又哭起来了。

彼得·伊万诺维奇不停地叹息，等待着她擤鼻涕的时刻。当她擤鼻涕时，他就说道：

“请相信我吧……”她接着又娓娓道来，显然这个时候说的内容是她要找他的真正目的。她想要了解，丈夫去世后，她如何从国库领取抚恤金。她装作询问彼得·伊万诺维奇有关抚恤金的问题，可是他看得出，这位遗孀已经知道了有关抚恤金的细枝末梢，甚至比他了解得还要翔实：她知道由于丈夫去世，她可以从国库中得到什么；只是现在她想知道的，是能不能从那儿捞到更多的钱。彼得·伊万诺维奇努力想要找出一种方法，但是前后设想了几个以后，他出于礼节骂了几句政府吝啬之类的话，然后说，或许没有办法再多拿些了。于是，她叹了口气，看样子已经思忖着怎么把客人打发走了。他看出了女主人的心思，便掐灭了烟，站起来和她握了握手，朝前厅走去。

用餐室里挂着一座挂钟，这曾经是伊万·伊里奇引以为豪的物件，是他从古董店里买回来的。彼得·伊万诺维奇遇到了一位神父和几个参加丧礼的熟人，还看到了他熟识的漂亮的小姐，伊万·伊里奇的女儿。她穿着丧服，本来就十分纤细的腰肢现在更显得细了。她表情阴郁，果敢，近乎愤恨。她向彼得·伊万诺维奇鞠躬的神态，好像是他有了某种过失。在她身后站着同样愤懑的富有的年轻人，彼得·伊万诺维奇认识他，他是法院的预审官，据说还是她的未婚夫。彼得·伊万诺维奇郁郁地向他点了点头，想要走进死者的房间。这时从楼上下来伊万·伊里奇的儿子，一个中学生，相貌体态和他的父亲十分相似。这简直就是一个小伊万·伊里奇，彼得·伊万诺维奇还记得，在法律学校读书的时候他见到的伊万·伊里奇就是他儿子这个样子。这孩子的眼睛哭肿了，周身不甚干净，就像通常的十三四岁的孩子那样。男孩一看到彼得·伊万诺维奇，就表情严厉起来，有些羞赧地皱起了眉头。彼得·伊万诺维奇朝他点了点头，走进了死者的房间。安魂祷告已经开始了——蜡烛，呻吟声，祭香，眼泪，以及抽泣声。彼得·伊万诺维奇双眉紧锁站在那儿，眼望着前方的脚尖。他自始至终没有看死者一眼，没有受到悲伤情绪的感染，并且是头一批走出了房间。前厅里已经空无一人了。盖拉西姆，那个打杂的农民，这个时候从死者的房间里跑出来，用自己强有力的大手把堆叠的大衣一件件翻开，找到了彼得·伊万诺维奇的那件，递给了他。

“怎么样，盖拉西姆老弟？”彼得·伊万诺维奇没话找话，问他，“有没有觉得遗憾？”

“这是上帝的旨意。我们大家谁都要去那个地方。”盖拉西姆说着，露出了他洁白而齐整的农民的牙齿来，就像一个下人活儿干得正起劲，随手迅速地推开了门，叫了车夫一声，安顿好彼得·伊万诺维奇上了马车。然后他蹦跳着回到了门廊，好像在考虑，还要做什么事情。

彼得·伊万诺维奇离开了充满祭香、腐尸和石碳酸的气味的房间，折回到外面呼吸新鲜干净的空气，顿时觉得神清气爽。

“您要去哪儿？”车夫问他。

“还不晚。顺路去费奥德尔·瓦西里耶维奇家里一趟。”接着彼得·伊万诺维奇出发了。果然，等他到时，第一圈刚打完。接着，他作为第五个牌友加入了牌局。

三

伊万·伊里奇所经历的生活是最平淡无奇，也是最可怕的。

伊万·伊里奇终年四十五岁，生前是审判厅的委员。他的父亲是一位官员，曾经在彼得堡的各部和各司局任过职。这样的为官经历能够给人带来一种优越的地位，那就是尽管这种人一看就知道不适合担任任何重要职务，但是他们却因为资历老，官衔高，不会被清走。因此便会为他们增设某些没有实质的闲职，给他们发六千到一万不等的俸禄。他们也就靠着这笔不多也不太少的俸禄颐养天年。

伊利亚·叶菲莫维奇·戈罗温所担任的三等文官，也正是各种多余的机构里多余的官职之一。

他一共有三个儿子，伊万·伊里奇排行老二。长子像他的父亲那样仕途顺利，只是在另一个部里供职。他凭着自己的老资历，也快要到达那种领取闲职俸禄的地位了。最小的儿子却不太走运，在官场里处处碰壁，现在在铁路部门任职。他的父亲和哥哥，尤其是两位嫂子，不仅不喜欢见到他，平时不到万不得已的时候，也从不愿意想起他的存在。他们还有一个妹妹，嫁给了格列夫男爵，也和自己的岳父一样在京城做官。伊万·伊里奇就像大家都说的那样，是 lephenix dela famille①。他不像哥哥那样冷若冰霜，行为刻板，也不像自己的弟弟那样莽莽撞撞。他正好介于二者之间——聪明，活泼，讨人喜欢又知书达理。他和弟弟一起在法律学

① 法语：全家人的骄傲。

校读书。弟弟没有读到毕业，五年级时就被勒令退学，而伊万·伊里奇却以优异的成绩圆满完成学业。在法律学校时，他就已经开始履行后来生活中一贯遵循的行为准则：才能卓著，乐观善良，交友广泛又严格履行自己认为应该完成的职责；所有身居高位的人所引以为自己职责的事务，他样样就范。不管是年少之时，还是在成年以后，他都没有阿谀奉承的作风，但是他很小的时候就像苍蝇向往光明一样对上流社会身居高位的人无限景仰，亦步亦趋地学习他们的为人处世，临摹他们对生活的态度和见解，并同他们建立良好的关系。他童年和青年时期的一切爱好都如过眼云烟，没有留下一点痕迹；他也曾经迷恋过女色和虚荣，并且后来在大学高年级时也接触过自由的思想。但是这些都在一定范围之内，也就是他的洞察力正确地指引他的那个范围之内。

在法律学校的时候，他曾经做过一些自己事先认为无耻下流的行为，在他做的时候他深深地自己感到厌恶。但是后来，他看到那些身居高位的人也做过这样的事情，并且他们自己也不认为这样的行为是龌龊的。于是他不仅承认这些行为是好的，并且忘记了它们，就算又想起来了也毫无痛心之处。

他以十品文官的资格从法律学校毕业，又从父亲那儿得到了一笔服装费，在沙默尔的店里为自己订做了一套衣服，在表坠上挂上刻有“respice finem”①的纪念章，和亲王以及老师告别，又和同学们在顿诺大饭店大吃了一顿，手提着时髦的皮箱，带着从最好的商店购置的内衣、服装、洗漱用具以及毛毯，乘车去了外省，担任父亲为他谋得的省长特派专员的职务。

在外省，伊万·伊里奇很快就为自己制定了和在法律学校一

---

① 拉丁语：宜有先见之明。

样的轻松又愉快的处世之道。他做官，升职，同时欢快而不失体面地寻欢作乐。有时候他受上级指派到县城巡视，对上级和下属都保持了应有的庄重，他以一种自己也忍不住引以为傲的明察秋毫和清正廉洁，完成了上级分配的关于分裂派教徒问题的各项任务。

尽管他年轻时喜好酒色，在处理公务时却能够做到秉公办事，刚正不阿；而在社交事务上，他一改严厉的做法，常常能如鱼得水，语出惊人。他总是那么殷勤体贴，彬彬有礼，就像他的上司和上司夫人们——他是他们家里的常客——说的那样，bon enfant①。

在外省，曾经有一位女士对这位装束体面的政法学校的高材生死缠住不放，和他不清不白；他有过一个情人是女裁缝；他曾经和外地前来视察的官员把酒言欢，酒足饭饱后光顾花柳巷；他也巴结过上司，甚至巴结过官太太，只是这些事情他做的天衣无缝，滴水不漏，让人挑不出理来——所有这些都可以用一句法国格言作总结：il faut que jeumesse se passe②。所有这些都是一个有着干干净净的双手，穿着干干净净的衬衫，口吐法语词汇的人干的，而且最主要的是，这些事情全都发生在上流社会，因此也就得到了身居高位的人的首肯。

伊万·伊里奇就这样任职了五年，直到后来调往新的职位。一些新的法律机构出现了，因此也就需要一批新人。

而伊万·伊里奇就成了这样的新人。

伊万·伊里奇被选派为法院预审官，尽管新的工作部门在另一个省，他不得不抛却已经稳固的社会关系，建立新交，伊万·伊里奇还是欣然赴职。他的朋友们为他送行，与他合影留念，还送给

---

① 法语：好孩子。

② 法语：年少轻狂。

了他一个银质烟盒。接着他就奔赴新的官场任职了。

伊万·伊里奇担任法院预审官期间，他像担任特派专员时候一样 comme il faut①、彬彬有礼、秉公执法，由此获得了普遍的敬重。预审官职位本身和原来的职务相比，更使他感兴趣，也更吸引人。在他担任原来的职务时，总是穿着在沙默尔那儿订做的制服，镇定自若地走过唯唯诺诺恭候接见的访客，走过对他羡慕不已的官员身边，径直进入上司的办公室和他饮茶抽烟——这些都不错，可是他真正能够指使的人员毕竟很少。就是在他接受委派去外地巡视的时候，直接听命于他的也只有警察局长和分裂派教徒。他固然喜欢平易近人地，近乎和他们平起平坐地对待自己的下属，以使他们感觉到，他原本可以对他们颐指气使，却使用了平和谦卑的姿态来对待他们。然而，在那里这样的人毕竟太少了。现在担任了预审官，伊万·伊里奇感到，所有的人，无一例外地，包括那些最声名显赫，刚愎自用的人——他们全都在他的掌控之内。他只要在印有案由的公文上写上几笔，那些显赫的，自负的人就会作为被告或者证人被带到他这儿来，只要他不想让那个人坐下，那人就得站着回答他所有的问题。可是伊万·伊里奇从来也没有滥用权力，相反，他还尽力使这些权力温和地表达。但是，意识到对权力的掌控并软化它的表达，这本身就使新职务具有更多的兴趣，让他神往。在处理公务的时候，即预审工作过程中，他能够迅速撇开一切与公务无关的事务，并能够使错综复杂的案件最大程度的简化，排除个人的观点，完全遵循规章制度。这是一项崭新的工程，而他成了在实践中制定一八六四年条例附件的开拓者之一。

来到一个新的城市担任预审官，伊万·伊里奇结识了新的朋

---

① 法语：正直，正派。

友，建立了新的关系，并且重新规范了自己的处世之道，行为举止上也有了一些变化。他与省里的领导保持着相当程度的距离，并甄选结交了一批该市法律界和富有贵族的名流，对于政府有轻微的不满，保持自己温和的自由主义和通达明理的作风。与此同时，伊万·伊里奇一点也没有改变自己装束打扮的优雅特色，同时又蓄起了胡须，听任它自由生长。

伊万·伊里奇在新城市生活得十分惬意：和那些与省长唱反调的人关系亲密，他的俸禄比以前更多了，而打惠斯特牌给生活增加了更多的乐趣。伊万·伊里奇在打牌上面极有天赋，他玩起牌来轻松愉快，反应灵敏，合理统筹，因此在牌场上无往不利。

新工作干了两年以后，伊万·伊里奇认识了自己未来的妻子。普拉斯科维娅·菲奥德洛芙娜·米赫尔是伊万·伊里奇经常出入的那个圈子里最妩媚，最聪明，最出众的姑娘。伊万·伊里奇在公务之余的休闲娱乐中与普拉斯科维娅·菲奥德洛芙娜建立起嬉笑打趣，轻松随意的关系。

伊万·伊里奇在做特派专员的时候经常跳舞，等到他做了预审官，跳舞就成为了一种例外情况。跳舞在他这里已经有了另一层意思，那就是：尽管我是新的部门供职，又是个五等文官，但是说到跳舞，我的确可以证明，在这方面没人能比得上我。所以，在晚会接近尾声时，他有时候也会和普拉斯科维娅·菲奥德洛芙娜一起跳舞，也正是借着这种优势，在跳舞时征服了普拉斯科维娅·菲奥德洛芙娜的心。她爱上了他。伊万·伊里奇对于结婚并没有明确的打算，但是有姑娘爱上了他，他不由向自己提出这个问题：“是啊，为什么不结婚呢？”他扪心自问。

普拉斯科维娅·菲奥德洛芙娜来自名门望族，长得也不难看，还小有一笔资产。伊万·伊里奇本可以与更有名望的家庭结亲，不过这一个也算不错的了。伊万·伊里奇有自己的俸禄，他希望女方的资产也能达到这个数。她出身好，长得又迷人，漂亮，举止也很端庄。与其说伊万·伊里奇娶她是因为自己爱上了她，并发现她认同自己的生活态度，倒不如说，他娶她是因为他们那个圈子的人对于这门亲事十分认同。伊万·伊里奇结婚出于两个方面的考虑：拥有这样一位妻子给他的生活带来了乐趣，与此同时，他的这个决定在上层人看来是正确的。

于是伊万·伊里奇结婚了。

结婚过程本身以及婚后生活的最初一段时间里——伴随着夫妻的恩爱、崭新的家具、崭新的餐具、崭新的床单被褥——一直到妻子怀孕前夕都进行的顺顺利利，以至于伊万·伊里奇开始想，结婚不仅没有破坏他以前轻松愉快、永远体面、为上层社会赞许的生活特征——伊万·伊里奇认为这些特征是生活本身所固有的——而且还加深了这种特征。可是没想到，在妻子怀孕的最初几个月，就出现了始料未及的、不尽如人意的、使人痛苦并且有失体面的新情况。这种情况是他所没有想到，也无法躲避的。

伊万·伊里奇感觉到，妻子每次都无缘无故，de gaite de coeur①（就像他暗暗告诉自己的那样）开始把生活中的愉快和体面破坏殆尽：她没有来由地吃醋，要求他对她关怀备至，对一切都吹毛求疵，做一些蠢事使他难堪。

最初，伊万·伊里奇希望用原来那种轻松又体面地对待生活的态度来摆脱这种不快的处境。他尝试着无视妻子的情绪，继续按原来那种轻松愉快的方式生活：邀请朋友们到自己家里打牌，试着去俱乐部或者拜访朋友。可是有一次妻子竟然怒气冲冲地对丈

---

① 法语：任性地。

夫破口大骂，这种责骂由一次发展到了每一次，只要他不能按照她的要求做。显然，她是下定了决心要把他整治得服服帖帖的，坐在家里像她那样闷闷不乐。一想到这些，伊万·伊里奇就胆战心惊。他明白了，夫妻生活——至少说和自己的妻子是这样——并不总是能够促进生活的愉悦和体面，相反，还常常会破坏它，因此有必要严加防范，以免受到伤害。伊万·伊里奇于是开始寻找防范的武器。公务是让普拉斯科维娅·菲奥德洛芙娜肃然起敬的一件事，于是伊万·伊里奇开始利用公务以及由此产生的责任和妻子斗争，借以保全自己那个独立的世界。

随着孩子的出生、喂养孩子的打算以及由此带来的不便，又加上孩子和母亲的几场真假莫辨的生病，伊万·伊里奇不得不对此作出反应，但是他对于疾病本身并没有多少经验，也就没法理解。这样，保护自己家庭之外的小天地对于伊万·伊里奇来说，就更加迫切了。

正当妻子变得越来越暴躁易怒，刻薄刁钻，伊万·伊里奇也越来越多地将自己沉重生活的中心转移到公务上。他于是更加热爱公务，也比以前更加热衷于功名利禄。

很快，结婚还不到一年的时间，伊万·伊里奇就弄明白了，婚姻生活看似给生活增加了些许方便，实质上是一件极其复杂和难缠的事务，如果想要尽到自己的义务，也即过上体面的，为社会所赞许的生活，还需要像处理公务那样，制定某些规则。

伊万·伊里奇也正是这样，为自己制定了一套夫妻生活的准则。他只想从家庭生活里得到那些方便之处——饭食、女主人的照料、床铺，这些都是家庭生活所能给予的，最主要的是，他需要那种社会习俗所确立的，家庭生活外部形式上的体面。除这些之外，他还希望找到轻松自在，如果能够找得到他会感激不尽；如果恰好碰到的是反抗和不满，那他就会转到自己独立的，与家庭隔绝的公务世界，从那里寻找轻松自在。

伊万·伊里奇得到上司的器重，三年之后被提升为副检察官。新的职务、官职的重要性，它所带来的提审任何人、把所有人关进大牢、公开演讲的机会，以及在演讲中获得的成功，这些都使他更加沉湎于公务之中。

孩子一个个出世了，而妻子也一天天变得爱唠叨，易发怒，但是伊万·伊里奇坚守自己制定的准则，妻子的唠叨根本穿不破他的坚固壁垒。

伊万·伊里奇在这个城市任职七年之后，又被调到另一个省担任检察官。他们搬了家，钱也没有剩余多少，妻子又不喜欢他们搬来的新地方。俸禄尽管是比原来多了，但是开支却更高了。再加上夭折了两个孩子，家庭生活对于伊万·伊里奇来说越来越不顺心了。

普拉斯科维娅·菲奥德洛芙娜把在新地方生活的所有不快都归罪于自己的丈夫。夫妻两人讨论的大多数话题，尤其是关于孩子的教育问题，常常会重新引发对于以往引起舌战的各种问题的追溯，这样的争吵随时都有可能爆发。夫妻相亲相爱的时候很少，并且持续的时间也不长。这就像两个人暂时停泊的小岛，紧接着他们又重新驶入互相敌视，彼此疏远的海洋。倘若伊万·伊里奇觉得疏远是不应该存在的，那么彼此间的疏远还有可能使他痛心，可是现在他开始承认，这种状态不仅是正常的，甚至还是他在家庭中追求的目标。他的目标就是把自己越来越多地从不愉快中解脱出来，并赋予这些不愉快无害的、体面的特点。他也正是通过越来越少地呆在家里，一步步达到这一目标。到了不得不在家里停留的时候，他就尽量确保外人在场，以保证自己先前的状态。最主要的是，伊万·伊里奇有自己的公务。他生活的所有乐趣都集中到了公务世界里。这种乐趣已经完全吞没了他。意识到自己的权力，可以除掉任何他想除掉的人，自己职位的重要性，甚至只是进入法庭和接见下属时那种表面上的霸气，自己在领导和下属间的成功相处，还有最主要的，他所体验到的自己在处理公务上的才能——所有这些都让他欢欣鼓舞，再加上和同事间的谈话、聚餐以及打惠斯特牌，上述种种填满了他的生活。因此，伊万·伊里奇的生活总的来说在继续。就像他认为的那样，生活应该继续，愉快而体面地继续下去。

他又这样过了七年。大女儿已经十六岁了，又有一个孩子夭折，只剩下了一个男孩在读中学，他也成了父母争吵的对象。伊万·伊里奇想把他送到法律学校，可是普拉斯科维娅·菲奥德洛芙娜偏和他作对，让孩子读了中学。女儿在家里读书，学得不错，男孩的成绩也很好。

三

伊万·伊里奇结婚后十七年就这么过来了。他已经是一个老检察官了，拒绝了几次升迁的机会，他盼着获得一个更理想的职位，可是就在这时发生了一件不愉快的事，完全打破了他原来的平静生活。伊万·伊里奇盼望着在大学城担任首席法官的职位，可是霍别不知怎么先他一步，得到了这个职位。伊万·伊里奇勃然大怒，开始责难他，和他发生了口角，又和自己的顶头上司发生了争执。上司便开始对他冷淡了，以至于在下一次任命中他再次落榜。

这一年是一八八〇年。对于伊万·伊里奇来说，这一年的生活最为艰难。一方面，这一年的俸禄不足以维持生活；另一方面，似乎大家都把他给忘了，这对他来说太残忍，太不公平了，而其他人却觉得这是再平常不过的事了。就连父亲也不觉得拉他一把是自己应尽的义务。他觉得，所有人都抛弃了他，他们认为他每年三千五百卢布的俸禄十分正常，甚至是很幸福的。只有他一个人知道，他意识到了自己所遭遇的不公平，妻子又不停地抱怨和唠叨，他也开始入不敷出，债台高筑。只有他一个人知道，他现在的处境是非常不正常的。

这一年夏天，为了缓解经济上的压力，他请了假，和妻子一道去乡下普拉斯科维娅·菲奥德洛芙娜的哥哥家消夏。

在乡下，由于没有公务要处理，伊万·伊里奇头一次感受到了不只是无聊，还有难以忍受的苦闷。于是他决定，不能这样生活下去了，必须采取一些措施。

伊万·伊里奇在凉台上来回踱步，彻夜未眠。他决定到彼得堡奔走一番，一定要惩罚一下那些不懂得赏识他，把他派往其他部门的无知领导。

第二天，他不顾妻子和内兄的劝阻，直奔彼得堡去了。

他此行的目的只有一个：求得一个年薪五千卢布的职位。他已经不再纠结于在什么样的部门、什么样的系统或者从事什么样的工作了。他只需要一个职位，这个职位能够给他提供五千卢布的年薪，至于这个职位是在政府部门，还是在银行，还是在铁路部门，抑或是玛丽娅皇后手下的机关，甚至是海关，都没有关系。重要的是年薪一定要达到五千卢布，重要的是一定要离开那个让他怀才不遇的部门。

这次彼得堡之行给伊万·伊里奇带来了意想不到的成功。在库尔斯克，他的一个熟人伊利英登上了头等车厢，告知他库尔斯克省长刚收到一封电报，部里近日将发生大的人员更迭：彼得·伊万诺维奇的职位将由伊万·谢苗诺维奇取代。

这一正在拟定中的人事更迭，除了对于俄罗斯具有意义之外，对于伊万·伊里奇尤其具有重大意义。因为这次要启用一位新人——彼得·彼得罗维奇，显然，他的朋友扎哈尔·伊万诺维奇也将受到重用。这一更迭对于伊万·伊里奇来说十分有利，因为扎哈尔·伊万诺维奇和伊万·伊里奇曾经是同窗好友。

这一消息在莫斯科得到了证实。伊万·伊里奇到达彼得堡之后，找到了扎哈尔·伊万诺维奇，后者答应他，一定在原来供职的司法部给他谋一个职位。

一周之后，他给妻子发电报：

“扎哈尔接任米勒职位，我在首次官报中告捷。”

靠着这次人员调动，伊万·伊里奇意外地在他过去供职的部里获得任命，从而比原来的同僚高出两级：他获得了五千卢布的俸禄和三千五百卢布的调任费。所有对旧日敌人的仇恨，和对于整个部的怨恨霎时抛却脑后，伊万·伊里奇春风满面，幸福极了。

伊万·伊里奇怡然自得地回到了农村，他已经很久没有这么畅快。普拉斯科维娅·菲奥德洛芙娜也笑逐颜开，他们又签署了友好公约。伊万·伊里奇侃侃而谈，讲述着在彼得堡大家如何向他祝贺，那些曾经的对手怎样颜面尽失，在他面前又是怎样卑躬屈膝。他还特别讲到，在彼得堡大家是多么爱他。

普拉斯科维娅·菲奥德洛芙娜听完他的话，做出一副相信他的样子，没有和他抬杠，只是在心里盘算着，到了新地方该怎么重新安排生活。伊万·伊里奇高兴地看到，她的计划也正是他的计划，他们这次不谋而合，曾经受到阻挠的生活又将再次呈现它本身具有的愉快和体面。

伊万·伊里奇这次回来不会待太长时间。九月十日他就要前去上任，另外，还要腾出时间在新地方布置一下，把所有的东西从省里运走，还要购置一些其他的物件。总之，要把新家布置成他心里打算的那样，也几乎可以说，布置成普拉斯科维娅·菲奥德洛芙娜心里打算的那样。

所以说现在，所有的一切都安排得顺顺利利，他和妻子也心往一处使了。此外，他们开始在一起生活，并且情投意合，就是在刚结婚那阵子也没有这么和睦过。伊万·伊里奇准备立即携家眷前去赴任，但是他的妹妹和妹夫——他们对伊万·伊里奇和他的家人突然殷勤和亲热了——坚持要留他们多住些日子。伊万·伊里奇只好自己先去赴任。

伊万·伊里奇走了，而官场得意和情场称心相互促进在心中产生的惬意却没有离开他。他找到一栋心仪的住宅，妻子所梦寐以求的也正是这样的房子。客厅风格古典、宽敞高大，书房舒适雅致，还有妻子和女儿的卧室，儿子的学习室，一切像是特意为他们设计好的。伊万·伊里奇着手装修，他挑选了壁纸，购置了家具，尤其是旧式家具，他觉得旧式家具有一种典雅的风格。他还买了沙发套和椅套，房间里的东西越来越多，渐渐和他的理想中的状态接近了。当他布置到一半的时候，他的布置就超出了他的预想。他已经能够想象，当一切都布置好的时候，整个房间将呈现出典雅、精致、脱俗的景象。快要睡着时，他还在幻想着新客厅的样子。他瞧着还没有完工的客厅，眼前已经浮现出壁炉、隔热板、格子架、随处摆放的椅子和墙上挂着的盘子、碟子以及青铜摆件布置就绪的场景。一想到自己将会使帕莎和丽珊卡[①]大吃一惊——他们在这方面和他有同样的审美趣味——他就忍不住暗暗得意。他们无论如何也想不到他会这么善解人意。特别是，他能够找到并低价买进一批古董，这些古董给房间古色古香的气质增色不少。他在写给他们的信中，故意把装修的情况描写的比实际情况糟糕，好让她们到时候大吃一惊。这些东西在他心里占据了重要的位置，以至于他一直热衷的新职务和这个相比失色了不少，这大出他的意料。在开庭的时候他竟然走神了几分钟，他寻思着窗帘应该配什么样的窗帘架，是直的呢，还是拱形的？他乐此不疲，常常埋头于此，甚至重新摆放家具，重新悬挂窗帘。有一次，他爬上了小梯子，想要给不理解他意思的装裱匠解释清楚，自己想要如何悬挂窗帘。没想到一失足，他摔了下来。幸好他身体强壮，反应敏捷，他站住了，只是肋骨撞到了扶手上。碰伤的地方疼了一阵子，很快就消失了——伊万·伊里奇感觉自己这段时间特别顺利，也十分健康。

① 帕莎是普拉斯科维娅的小名，丽珊卡是伊万·伊里奇女儿的昵称。

他在信里写道：我觉得自己一下子年轻了十五岁。他本打算九月底装修完，可是一直拖到了十月的中旬，但是新房子真的是富丽堂皇——不仅他自己这样说，所有看了房子的人也都这么对他说。

事实上，所有不太富有又想摆阔的人装修出来的房子只会彼此相似：花缎、黑檀木、盆景、地毯以及青铜摆件，所有这些物件表面暗淡又闪闪发光，这是那些上层名流为了模仿上层名流的格调而做出的布置。他的装修自然是未出窠臼，以至于甚至没有任何引人注目的地方。可是他自己却觉得别出心裁。他从火车站接了自己的家人，把他们领进布置一新的宅院，打着白领结的仆人为他们打开通往饰有鲜花的前厅的门，接着他们走进客厅和书房，兴奋地不停赞叹。他那个时候感到无限的幸福，领着他们到处参观，聆听着他们的赞美，高兴得红光满面。这天晚上喝茶的时候，普拉斯科维娅·菲奥德洛芙娜不经意地问起，他是怎么摔倒的。他笑了起来，接着又给他们表演自己是怎么从梯子上跌落下来，把装裱匠吓了一跳的。

“多亏了我学过体操，换做别人肯定会给摔死；而我只是这儿碰了一下，摸起来会疼，现在也不疼了，只有一小块瘀青。”

就这样，他们就在新住宅里住下了。就像一般的情况那样，当人们在一个地方顺利定居后，老觉得什么都好，就是缺少一个房间。现在收入增加了，像以往那样，他们又总觉得少了一点儿，再有五百卢布就好了。一切都还不错，最开始的时候尤其顺心，那个时候一切还没有完全固定，一切还有待建立：不是要去采购，就是需要定做，有时候要重新摆放，还有时候要稍微调整。即使夫妻之间还有些意见不能统一，但由于两个人都比较满意，加之要做的事情太多，因此没有发生太大的争执。等到已经没有什么可以布置的时候，生活变得有一点儿无聊，但是他们这个时候又结识了新的朋友，也形成了新的习惯，生活也就充实起来。

伊万·伊里奇上午在法院办理公务，回家吃午饭。在最初的阶段，他的心情不错，尽管因为新居的事情稍感痛惜。（每当桌布和椅子套上出现污点，或者窗帘上的绳子被扯断了，他都十分恼火：要知道他为了布置房间费了多少心血啊，看到房间有任何的污损怎么会让他不痛心呢。）不过总的来说，伊万·伊里奇的生活正是按照自己的信仰进行着：轻松愉快，不失体面。他九点起床，喝点咖啡，读了报纸，然后穿上制服去法院。在那里，他对一切规则已经稔熟于心，立刻就能开堂审理。上诉人，办公室查讯，办公室本身，开庭——公审和预审。在处理这些工作中，必须要善于排除那些影响公事进行的俗事：除了公事关系之外，不能和人们有任何私人关系。譬如，来了一个人，想打听一些事情。这不在伊万·伊里奇的职权范围之内，因此他就不能和这个人发生任何关系。但是，如果这个人和审判厅的委员有关系，并且不是一般的关系，这种关系可以书写到照章办事的公文上——这种关系的范围内，伊万·伊里奇就会尽其所能，并且在办事的时候奉行人际关系的友好原则，谦恭有礼。当公事办完之后，其他的一切关系也就随之结束。伊万·伊里奇已经能够十分娴熟地处理公私之间的分别，并且凭借长期的经验和卓越的才识，他可以游刃有余地完成公务。偶尔，仿佛出于恶作剧，他也会将公务和私事混淆一下。他之所以敢这样做，是深信自己能力过强，一旦需要，完全可以轻松地恢复到铁面无私的状态。这件事伊万·伊里奇做起来不仅轻松愉快，不失体面，而且可以说是手到擒来，技艺纯熟。在公务的间隙，他抽支烟，喝点茶，和别人谈一谈政治，谈谈公共问题，谈一谈打牌的事情，最多的则是谈论任命。最后，他一身疲惫，心里却感觉像一个优秀的演奏家把自己的音部，像一个乐队中的首席小提琴手从始至终演奏完毕，回到自己的家中。家里，母女俩要么是出门拜客，要么是有什么人来家中做客；儿子或者去了学校，或者在家里跟着家庭教师预习功课。一切都很好。午饭后如果没有客人，伊万·伊里奇有时候会读读大家整天谈论的那些书，晚上坐下来办公，批阅公文，对照法律。他既不感到乏味，也不会感觉到愉快。如果可以玩文特牌，这些工作就变得枯燥乏味了，但是如果没人玩牌，这总要好过一个人坐着，或者是和妻子呆在一起。伊万·伊里奇的乐趣是邀请一些上流社会的宾朋，他和这些人消磨时间的办法一样（就像他们家里的客厅互相模仿一样），同他们一起休闲娱乐。

有一次他们家还举办了一场晚会，大家一起跳舞。伊万·伊里奇过得很开心，一切也都很好，只是因为蛋糕和糖果的事情，他和妻子发生了很大的争执：普拉斯科维娅·菲奥德洛芙娜想照自己的计划办，而伊万·伊里奇则坚持到一家价格昂贵的商店购买糕点。他买了很多的蛋糕，结果蛋糕剩下了，而食品店老板的账单上显示，总花费为四十五卢布。为这件事两个人吵了起来，吵得很凶，很不愉快，普拉斯科维娅·菲奥德洛芙娜甚至骂他是“笨蛋，窝囊废”。他抱住了自己的脑袋，一气之下竟然提出了离婚。但是晚会本身是相当愉快的，上流社会宾客云集，伊万·伊里奇还和特鲁夫诺娃公爵夫人跳了个舞，她的姐姐就是那位因创办了“消愁解忧”社团而出名的交际花。做官的乐趣是一种自尊心得到满足的乐趣，而交际场中的乐趣是一种虚荣心得到满足的乐趣，但是伊万·伊里奇真正的乐趣还是在玩文特牌上面。他不得不承认，在经历了一切，经历了生活中的不愉快之后，他的乐趣就是坐下来和趣味相投的朋友、斯文有礼的搭档一起打文特——这种乐趣就像蜡烛，照亮了所有的痛苦和不快——并且一定是要四个人一起玩（五个人在一起就不好玩了，虽然你会装作自己很开心的样子），一定要认认真真地玩，出牌的时候要动脑筋。打完牌大家共进晚餐，喝一杯葡萄酒。打完文特，尤其是在稍微赢了一点小钱（赢多了就没意思了）之后再躺下睡觉，伊万·伊里奇会感觉格外舒畅。

他们就这样生活着。他们家结交的朋友都来自最上层的圈子，那些身份显赫的人和年轻人也常常光顾。

在应该结交什么样的人这一问题上，丈夫、妻子和女儿的观点完全一致，他们不约而同地表明，要把各种朋友、亲戚和邋遢鬼们拒之门外，这些人总是贸然闯进他们挂着日本盘子的客厅，对他们献殷勤。很快，这样的邋遢鬼朋友就不再登门了，戈罗温家里全都是上流社会最优秀的宾客。一些年轻人追求丽珊卡，其中有一位是德米特里·伊万诺维奇·彼特里谢夫的儿子，他的财产继承人，现在是法院的预审官。伊万·伊里奇于是和普拉斯科维娅·菲奥德洛芙娜商量，既然他对丽莎有意，不如让他俩一起乘车出游，或者组织一场演出。他们就这样生活着。一切都没有发生改变，一切都很好。

四

大家的身体都很健康。尽管伊万·伊里奇有时候会抱怨嘴里有异味，腹部左侧有点儿不舒服，但这也谈不上不健康。

但是后来，不适感却逐渐增加，虽然还没有发展到疼痛，但是他能够感觉到肋骨部位有沉重感，心情也很糟糕。这种糟糕的心情一点点加剧，把戈罗温家里刚建立起来的轻松、体面的生活愉悦感给破坏掉了。丈夫和妻子之间的争吵越来越频繁，不光轻松和愉快消失殆尽，连基本的体面也难以维系了。口角越来越多，又只剩下一些小岛了，丈夫和妻子能够没有分歧、达成一致的岛屿已经很少。

现在普拉斯科维娅·菲奥德洛芙娜已经可以证据十足地说，她的丈夫性格古怪。她向来喜欢夸大事实，她说他一直都是这种人，性格坏成那样，除非她脾气好能忍耐，其他人谁也忍受不了他二十年如一日的坏脾气。现在每次吵架都是他先挑起来的，这话确实不假。每次快要吃饭的时候，而且正是他开始吃饭，正在喝汤的时候，他就开始找茬了。要么是他发现，有些餐具损坏了，要么是吃的东西不对味儿，要么是儿子把胳膊肘放到了桌子上，要么就是女儿的发型不合他的心意。他把这一切都归结到普拉斯科维娅·菲奥德洛芙娜头上。普拉斯科维娅·菲奥德洛芙娜一开始还反唇相讥，惹得他不高兴，但是当他好几次在吃饭的时候都故意找茬的时候，她终于明白，这是食物引起了他的病态反应，她也努力说服自己迁就他。她于是不再提出异议，只是让大家赶紧吃饭。普拉斯科维娅·菲奥德洛芙娜把自己的这种宽容看成是伟大的美德。当她终于看清，自己的丈夫性格古怪，给她的生活造成了不幸，她于是开始怜悯自己。她越是怜悯自己，也就越憎恨自己的丈夫。她开始盼望着他死去，但是又不能这样盼望，因为真是那样的话就没有俸禄了。这又进一步地增加了她对他的怨恨。她认为自己太不幸了，不幸到连他的死亡也不能拯救她。她十分恼怒，却又隐忍着，而这隐忍的恼怒又加剧了他的恼怒。

有一次，由于伊万·伊里奇极端地不讲理，他们又发生了一次口角。这次口角之后，他解释说，自己确实有些易怒，但这都是因为生病的原因。她告诉他，既然他有病，就应该去治疗，她还一再要求他去一位名医那里问诊。

他于是就去了。一切都如他所料，一切都像往常的情形一样。让病人等候，摆架子，这是医生的臭毛病，他也都了解，这就像他在法院一样。这儿敲敲，那儿听听，问一些问题，而病人的回答他早已经明确，也还要多此一举，还要摆出一副意味深长的样子，那架势好像在说，您既然落到了我们的手里，那可就要听我们的安排。至于怎么来安排，我们心中有数，确定无疑。我们不管对待什么样的人，都能用一种方式给安顿好。这一切和法院里没什么两样，他在法庭上如何对被告装模作样，这位名医也就如何对他装模作样。

医生说，如此这般的情况显示，您体内有如此这般的疾病；如果经化验证实不符合上述推测，那么就可以假定您有那样的疾病。倘若您患有那样的疾病，那么……类似种种。伊万·伊里奇认为，最重要的只有一个问题：他的病情严不严重？但是医生却对这个不合时宜的问题不予理睬。在医生看来，这个问题是无聊的，不值得讨论；当务之急应该做的只是估计各种可能性：是游走肾呢，还是慢性黏膜炎，抑或是盲肠炎？不存在伊万·伊里奇生命是否受到威胁的问题，只存在是游走肾还是盲肠炎这一争论。伊万·伊里奇亲眼看着，医生把这一争论朝着盲肠的方向解决，他只做了一点儿保留：如果尿液检查能够提供新的证据，该案件将重新审理。这就像伊万·伊里奇曾经千百次冠冕堂皇地对被告所做的那样。现在，医生也同样冠冕堂皇地做出了自己的诊断，他甚至还得意地从眼镜上方瞥了一眼被告。伊万·伊里奇从医生的诊断中得出结论：情况不大好，可是他，医生，或许还有其他的所有人，都觉得无所谓，只有他的情况不大好。这个结论使伊万·伊里奇感觉十分震惊，他在心里对自己十分怜悯，同时对于医生面对如此重要的问题竟然如此漠然，他忍不住出离愤怒。

可是他什么也没有说。他只是站起身，把钱放到了桌子上，叹了口气，说道：

“我们病人或许经常会问您这样不合适的问题，”他说，“简要地说，我这病严重不严重？……”

医生用一只眼睛透过镜片盯着他，好像在说：“被告，如果您不能在向您提出的问题的范围内止步，本官将不得不下令将您逐出法庭。”

“我想，该说的我都已经说过了。”医生说，“进一步的情况还需要看化验的结果。”说着他向他点了点头，看起来没话可说了。

伊万·伊里奇缓慢地挪着步子出来，沮丧地坐上雪橇回家了。一路上他反复琢磨医生说过的话，努力地要把这些云遮雾绕的科学术语转化成普通人说的话，以便从中找到问题的答案：情况不大好——是说我的情况已经非常不好了呢，还是说暂时还没有大碍？他觉得，医生说过的那些话指的就是，他的情况已经非常不好了。路上的一切在伊万·伊里奇看来都是凄凉的。街上的出租马车是凄凉的，房屋是凄凉的，路人、店铺也都是凄凉的。这种淡淡的，时隐时现，却又一分钟也没有停止的疼痛与医生的含混不清的话联系在一起，获得了另一种更为严重的意义。现在，伊万·伊里奇以一种新的沉重的心情谛听着自己的痛苦。

他回到家就开始向妻子描述求医的经过。妻子一直听他讲着，但是讲到一半的时候，女儿戴着顶帽子走了进来——她准备和母亲一起出门。进来后，她耐着性子坐下来，听这些无聊的话。可是时间长了，她也受不了了，于是母亲也没有听完。

“嗯，我很高兴医生做了诊断，”妻子说，“现在，你可别忘了按时服药了。把药方给我，我这就叫盖拉西姆去药铺抓药。”说完她转身去换衣服了。

妻子还在房间的时候，他忍住没有生气。等她走了，他长长地叹了一口气。

“会怎么样呢，”他自言自语，“可能真的还没有大碍。”

他于是按照医生的嘱咐开始服药，而医生的嘱咐也因为尿液化验有了结果而做了相应的变化。但是正好这个时候又出现了些情况，这次化验和紧接着要做的化验中间出现了一些差错。这事情不能怪医生，问题是医生所说的那种情况并没有出现。或许是他忘记了，或许是他撒了谎，或许是他对他隐瞒了什么。

但是伊万·伊里奇还是认认真真地遵照医嘱服药，并且，他在自己认真执行医嘱的初期，还从中找到了一种安慰。

自从那次拜访过医生后，伊万·伊里奇把认真执行有关注意卫生和服药的医嘱、密切关注自己的病痛和机体的发展趋势当做主要任务。人们的病痛和健康成为伊万·伊里奇的主要兴趣点。当别人在他面前谈论起病人，谈到死者，谈到生病康复的人，特别是谈到那种和他的症状相似的疾病，他总是极力掩饰自己的激动，仔细倾听，反复询问，并且把听到的东西和自己的病相联系。

疼痛没有丝毫减轻，但是伊万·伊里奇却费尽心思地迫使自己相信，病情正在好转。当没有什么使他烦躁不安的时候，他是能够欺骗自己的，但是一旦和妻子发生了不愉快，公务上不顺心，打文特时发牌不利，他就立刻会感觉到自己已经病入膏肓。过去他遇到不顺心的事情，总是会平心静气地等待不顺心的事情马上过去，他会奋发图强，获得更大的胜利。可是现在任何的不顺心都能挫伤他，让他陷入绝望。他心里想着：我这才刚有好转，药刚刚起效，又遇到这可恶的不幸，不愉快……于是他开始仇恨不幸，仇恨那些存心跟他过不去、非要置他于死地的人。他能感觉到这种仇恨正吞噬着他，可是他却欲罢不能。看来，他自己应该明白，他的这种对人和事的仇恨只会加剧自己的病情。因此他应该不去理睬那些不愉快的琐事，但是他的做法却完全违背了自己的想法：他说了自己应该淡定，应该关注破坏这种淡定的一切，可是一注意到这种淡定遭到破坏，他就忍不住大动肝火。他读了一些医学类的书籍，并经常向医生求证，这又进一步使他的病情恶化。但是这种恶化是循序渐进的，以至于他比较一下当天和前一天的情况，几乎没有什么差别，这也就使他能够继续欺骗自己。可是当他向医生求证时，他又觉得自己的病情正在恶化，甚至恶化的速度还非常快。尽管如此，他还是会经常向医生求证。

这个月他去拜访另一位著名的医生。那位名医说的话几乎和原来那个一模一样，只是提问题的方式不同罢了。向这位名医咨询更加加重了伊万·伊里奇的怀疑和恐惧。还有一位医生是他朋友的朋友，人很好，可是做出的诊断结果完全是另一种。尽管他许诺一定能治好他的病，可是他提出的问题和所作的诊断却使伊万·伊里奇更加莫衷一是，他已经失去判断了。一位顺势疗法医师又给出了一种诊断结果，并且开了药。伊万·伊里奇悄悄地瞒着大家，把这种药服了一个星期左右，但是一周之后并没有感觉减轻，他对于以往的治疗和这次治疗都失去了信心，更加心灰意冷了。有一次，一位相识的太太讲到求神祷告能治病，伊万·伊里奇发现自己正一字不落地聆听着，对她的话深信不疑。这一情形使他心中恐惧："难道我已经鬼迷心窍到这个地步了?"他心里想着，"扯淡！不就是一个小病嘛。我应该认定一个医生，严格按照他的吩咐接受治疗。我就要这么办。现在就此打住，不要再想了。认认真真地接受治疗，直到夏天。到时候就能知道结果了。现在就要结束这些犹豫和动摇！……"这些话说起来容易，可是没办法真正落到实处。肋骨部位的疼痛一直在折磨他，好像一直在加重，变得越来越频繁。嘴里的异味越来越强烈，他觉得好像是自己嘴里的某个部位正在散发着令人恶心的味道，他的食欲和体力也越来越差了。这是没办法欺骗自己的：一件可怕的，新的，比以往生命中任何东西都更意义重大的事情，在伊万·伊里奇身上发生了。只有他一个人意识到了这一点，周围的所有人，要么是不能清楚，要么是不想清楚，他们觉得，世上的一切还是老样子。这一点尤其使伊万·伊里奇痛苦。家里人——主要是妻子和女儿——正忙着拜访客人，他看得出，他们什么都不知道，还怪他老是闷闷不乐，颐指气使，好像是他在这件事上犯了错误。虽然他们在尽力掩饰这一点，可是他明白，是自己妨碍了他们。但是妻子对于他的病也有自己的一套对策，不管他说什么，做什么，她都会恪守这套对策。这套对策是这样的：

"你们都知道，"她对那些熟人们说，"伊万·伊里奇像所有的善良的人那样，总是不能做到严格遵照医嘱。今天他按照医嘱服药，注意饮食，按时就寝；明天我只要一疏忽，他就突然忘了吃药，还吃起了鲟鱼(医生不让他吃鲟鱼)，并且会坐下来打文特，一直打到一点钟。"

“唉，这是哪辈子的事啊？”伊万・伊里奇不无愤怒地说，“就只在彼得・伊万诺维奇那儿有过一次啊。”

“那昨天和舍别克呢？”

“反正我也疼得睡不着觉……”

“不管怎么说，反正你只要还这样，什么时候也好不了，我们也跟着你受罪。”

普拉斯科维娅・菲奥德洛芙娜在表面上对待他的态度，从她对别人和对他说出的这些话就可以看出来，即害这个病都是伊万・伊里奇的错，整个疾病就是他对妻子所做的新的令人不愉快事情。伊万・伊里奇感到，她完全是无意之中表达出了这样的态度，可是这并没有让他觉得舒服一点。

在法院，伊万・伊里奇留意到，或者说他觉得自己留意到了，别人以同样的态度对待他：一会儿他觉得别人在看他，就像在看一个马上就要腾出地方的人；一会儿他的那些朋友又突然开始友好地嘲笑他杯弓蛇影，好像他的身体里的那个可怕的、恐怖的、闻所未闻的病魔在不断地折磨他，而且要强行把他带到某个地方，这恰恰给他们的嘲笑增加了素材。尤其是施瓦茨，他的玩世不恭，活力充沛和仪表堂堂都让他想到自己十年前的模样，这使他十分恼火。

朋友们常常聚齐在一起打牌，就座。发牌，洗牌，红方块加红方块，一共七张牌。他的搭档说：“缺王牌。”于是他给了他两张红方块二。还能有什么呢？他喜笑颜开，这一局有可能大满贯。可是突然伊万・伊里奇就感觉到隐隐的疼痛，以及嘴里的味道，他立刻觉得自己真是疯了，这个时候居然还能为赢得一场牌局而开心。

他瞧着自己的搭档米哈伊尔・米哈伊洛维奇，只见他用灵活的手拍着桌子，然后彬彬有礼又慨然大度地放下输掉的牌，然后把它们推到伊万・伊里奇旁边，好让他轻而易举地把牌收起来，不用伸出手去够到它们。“他想什么呢？难道我就那么虚弱，连远远地伸出自己的手都办不到吗？”伊万·伊里奇这样想着，把他的王牌忘了，多出了一次王牌，结果打的是自己的牌。他以三分之差输掉了原本预想中的大满贯，而最可怕的是当他看到，米哈伊尔·米哈伊洛维奇难受极了，自己却觉得无所谓。为什么自己会无所谓呢，想起来他就觉得恐怖。

大家看到他不舒服，就对他说：“要是您觉得累了，我们就不打了。您去休息一下吧。”休息？不，他一点也不累，他们打完了这一局。所有人都闷闷不乐，默不作声。伊万·伊里奇觉得，是他把这种闷闷不乐传给了他们，他怎么也不能把它驱散掉。他们吃完晚饭就各回各家了，伊万·伊里奇一个人孤独地沉思，他的生活中了毒，还把别人的生活毒化了。这种毒素没有减弱，反倒一天天浸透到了他的整个生命。

这样的想法，再加上身体的疼痛和内心的恐惧，使他本应该酣然入睡的时候却被疼痛折磨得大半夜睡不着。可是第二天早上，又要起床，更衣，上法院，说话，写字，要是不去法院，那就得一昼夜二十四个小时都窝在家里，时时刻刻忍受痛苦。他就这样生活在生死的边缘，孤零零地，没有一个人能理解他，同情他。

五

一两个月就这么过去了。快到新年的时候，他的内弟来到他们的城市，住到了他们家。伊万·伊里奇当时正在法院，普拉斯科维娅·菲奥德洛芙娜出去买东西。他办完公务回来，走进书房的时候碰见了内弟。他的内弟精力充沛，正在自己打开箱子收拾东西。他听见脚步声便抬起头来，盯着伊万·伊里奇看了一秒钟，没有做声。这一瞥已经向伊万·伊里奇说明了一切。他的内弟张开了嘴，想要惊叹一声，又忍住了。这个动作更证实了他原先的猜测。

“怎么了，我有变化吗？”

“呃……是有点儿变化。”

在这之后，不管伊万·伊里奇怎么把话题转到自己的外貌上来，内弟都避而不答。普拉斯科维娅·菲奥德洛芙娜这个时候回来了，内弟就去找她。伊万·伊里奇锁上了门，对着镜子照了又照——先是正面看，继而是侧面。他拿出自己和妻子的合影，把照片中的自己和镜子里的对照——变化是巨大的。接着他又撸起袖子，瞧了瞧自己的胳膊，又把袖子放下来，坐到沙发上，脸变得比夜晚还阴沉。

“不行，不行。”他喃喃地说着，跳起来走到桌子前，打开文案开始审阅，可是他读不下去。他打开了门，向客厅走去。通往客厅的门是关着的，他蹑手蹑脚地走到门前，开始听客厅里面的对话。

“哪有啊，你别夸大其词了。”普拉斯科维娅·菲奥德洛芙娜说道。

“我哪儿夸张了？你没看到他已经是个快死的人了，你看看他的眼睛，暗淡无光的。他到底是怎么了？”

“谁也不知道。尼古拉耶夫大夫（这是另一位医生）说的是什么来着，我也听不懂。可是列谢季茨基（说的是那位名医）却和他诊断的完全相反……”

伊万·伊里奇走开了，回到自己的房间里，躺下来，开始想：“肾，游走肾。”他回想起医生对他说的所有话，肾是如何脱落，又是如何游走的。他开始努力发挥自己的想象力，想要抓住这个肾，让它停下来，使它固定。他觉得，自己的要求并不算高吧。“不行，我还得再去找一下彼得·伊万诺维奇（这个是他的那个有医生朋友的朋友）。”他摇了摇铃铛，吩咐下人套了马车，准备出门。

“你去哪儿，Jean？”妻子问他，表情里带着特别的伤感和少有的和善。

正是这种少有的和善激怒了他。他郁郁地望着她。

“我要去彼得·伊万诺维奇那儿一趟。”

他于是坐车去了那位有医生朋友的朋友家。又和他一起去找医生。他见到他，和他聊了很长时间。

听完那位医生根据自己的观点，从解剖学和生理学的角度分析了他体内发生的情况，他全都弄懂了。

盲肠里有那么一个小东西，一个小东西。这一切都是可以治愈的。只要加强一种器官的功能，减弱另一种器官的活动，就能促进吸收作用，一切就都被治愈了。他回家吃饭时有一点儿晚。吃饭的时候，他谈笑风生，但是很久都不能下决心回自己的房间工作。最终他来到书房，立刻就坐下来翻阅卷宗。他审阅案卷，工作着，但是一个念头总是挥之不去：他还有一件暂时搁置的重要事，完成公务后一定不能忘了处理。他完成公务后，才想起来，这件事就是对于盲肠的各种焦虑。但是他没有陷入这种焦虑中，而是起身去客厅喝茶。客厅里有客人，大家说话，弹琴，唱歌；那位法院预审官，女儿心仪的对象正坐在她旁边。在普拉斯科维娅・菲奥德洛芙娜看来，这天晚上，伊万・伊里奇过得比其他人都开心，但是他一分钟也没有忘记，自己还有一件暂时搁置的关于盲肠的事情没有处理。十一点钟的时候，他向大家告别，回到了自己的房间。自从患病以后，他开始一个人在书房旁边的小房间睡觉。他走进房间，脱掉外衣，拿起一本左拉的小说，但是他没有看书，而是在思索。他的脑海中又出现了自己所期望的盲肠的康复，它经过了吸收和分泌，又恢复了正常的活动。“没错，就应该是这样，”他自言自语，“不过应该帮助自然力完成这些。”他想起自己还没有吃药，于是支起身子，吃了药，仰面躺下，感受药物如何卓有成效地起作用，如何消灭疼痛。“不过应该适量服药，避免副作用。我现在感觉自己好了一点，好了太多了。”他开始抚摸肋骨部位，摸起来没有感到疼痛。“真的，我没有感觉，确实是大大见好了。”他吹灭了蜡烛，侧身躺下……盲肠正在康复，吸收。突然，他体验到熟悉的，久已存在的，隐隐约约的酸痛，这疼痛不依不饶，悄无声息却又力量强大。嘴里又出现了那种熟悉的令人恶心的怪味。他的心隐隐作痛，脑子里一片乱麻。“上帝啊，我的上帝啊！”他叫道，“又来了，又来了，永远也不能停止。”蓦地，他又发现了事情的另一个方面。“盲肠？肾？”他兀自说道，“问题不在于盲肠，也不在于肾，而是生和……死的问题。没错，有过生命，可是现在生命在溜走，溜走，我却没有办法留住它。真的，为什么要欺骗自己呢？除了我，大家谁不知道，我正走向死亡，问题仅仅在于还有多少星期，多少天——说不定现在就会死去。以前到处是光明，现在全是黑暗了。过去我在这儿，现在却要到那儿去了！到哪儿去呢？”他感觉到一阵寒冷，呼吸停住了。他只听得到心脏的跳动。

“我如果不在了，还能留下什么呢？什么也不会存在了。那么如果我不在了，我会是在哪里？难道是死亡吗？不，我不想死。”他跳起来，想要点蜡烛，颤抖的手四处摸索着，把蜡烛和烛台都碰倒在了地板上。他于是又往后一倒，躺在了枕头上。“何必呢？总归是一样的。”他睁大眼睛望着黑暗，自言自语地说。“死亡。是的，死亡。他们谁也不知道，谁也不愿意知道，谁也不会可怜我。他们在玩牌。（他听见了远远的，从门缝里传来的歌声和伴奏声。）他们无所谓，可是他们也会死的。这群傻瓜，我先死，他们后死。他们会和我一样的。可是他们却在那儿欢歌笑语，畜生！”凶残使他窒息。他开始觉得痛苦，无法承受的压抑。总不能所有人都会命中注定承受这种可怕的恐怖吧！他爬起来了。

“不管怎样不应该这样。应该静下心来，应该把这一切从头到尾仔细考虑一遍。”于是他开始认真思索这件事。“是的，先说生病的初期。肋部碰了一下，我没有多大变化，今天这样，明天还是这样。有点儿酸痛，后来疼得厉害了，然后是看医生，然后是沮丧、忧愁，又是看医生。我是在一步步走向深渊的，越来越没有力气，离深渊越走越近。我奄奄一息，两眼无光。这已经死到临头了，我还在想什么盲肠的问题。想着如何恢复盲肠的功能，其实已经离死不远了。难道真是死亡来临了吗？”他又一次感到恐惧，他气喘吁吁，弓下腰去摸火柴，可是胳膊肘碰到了床头柜上。柜子扰乱了他，把他碰得生疼。他怒火中烧，用力推了一把柜子。他在绝望中喘着气，仰面躺下，等待着死亡的来临。

这个时候，客人一个个要告辞了，普拉斯科维娅·菲奥德洛芙娜送他们出门。她听到有摔东西的声音，便进来了。

“你怎么啦？”

“没事，无意中碰倒的。”

她出去了，回来时带着蜡烛。他躺在那儿，又沉重又急促地喘着气，就像一个跑完了一俄里的人，目光呆滞，定定地望着她。

“你怎么了，Jean？”

“没……什么，碰……倒……了。”“有什么好说的呢，她是不会明白的。”他这样想着。

她确实是不明白。她捡起蜡烛，为他点亮，就匆匆忙忙地走开了：她还要送别一位女客人。

等她回来的时候，他还是那样仰面躺着，眼睛望着上方。

“你感觉怎么样，是不是病情严重了？”

“嗯。”

她摇了摇头，坐了一会儿。“你考虑一下，Jean，我想是不是应该把列谢季茨基请到家里来看看。”

她的意思就是说，要把那位名医请来，不吝惜钱。他苦笑了一下，说：“不用了。”她又坐了一会儿，接着走到他跟前，吻了吻他的前额。

在她吻他的那一刻，他对她真是恨之入骨。他强忍着，才没有推开她。

“再见，上帝保佑你安睡。”

“好。”

六

伊万·伊里奇知道，自己已经离死不远了，他经常处于绝望之中。

在内心深处，伊万·伊里奇明白自己快要死了，但是他不仅没办法习惯这个现实，而且他根本不明白，怎么也弄不明白这一点。

有一个三段法的例子，他是在基泽韦特[①]的《逻辑》中学到的：卡伊是人，人都会死，所以卡伊也会死。他觉得这个例子永远都是对的，但是这只是用在卡伊身上，而不是对他而言的。那个例子指的是卡伊这样的人，一般的人，因此是完全正确的；可是，他不是卡伊，也不是一般的人，他永远都是不同于其他所有人的、特殊的存在。他是万尼亚[②]，他先是和妈妈、爸爸、米加、瓦洛佳住在一起，整天由玩具、车夫和保姆陪着。后来是和卡坚卡在一起，经历了童年、少年和青年时期的快乐、痛苦、激动。难道卡伊也闻到过万尼亚那么喜欢闻的竖条纹皮球的气味吗？难道卡伊也像他那样吻母亲的手，难道卡伊也体验过母亲衣服的绸子的褶皱簌簌作响？难道他也在法律学校为了馅饼的事情大动干戈？难道卡伊也会那样开庭审理吗？

卡伊确实是要死的，他也应该死，但是对于我，对于万尼亚，对于伊万·伊里奇，这么有思想、有感情——对于我来说，就另当别

---

① 基泽韦特(1766—1819)，德国哲学家，康德主义者。他所著的逻辑教科书的俄译本曾在沙俄学校中被广泛采用。

② 万尼亚是伊万的昵称。

论了。我也要死去，这不可能。这也太可怕了。

他心里就是这样想的。

“如果我也要像卡伊那样死去，那我是应当知道这件事的，我心里一定会有声音告诉我，可是我心里并没有这些感受；我和我所有的朋友都明白，这和卡伊的情况绝不一样。可是现在怎么成了这个样子！”他自言自语道，“不可能，不可能的事，可是却发生了，这是怎么回事？这是怎么回事呢？怎么理解呢？”

他无法理解，于是就努力驱除这个想法，把它当成虚妄的、不正确的、病态的思想，并且用其他的、正确的、健康的思想来挤走它们。但是这种思想——不只是思想，甚至好像就是现实——一再地出现，伫立在他面前。

他又一个接一个地唤出其他的想法来代替这种想法，希望能够从中寻找到支撑。他企图回到原来的思路上，那个思路曾经帮助他遮蔽过有关死亡的想法。但是奇怪的是，所有原来用来遮蔽、掩盖、消灭有关死的想法的一切，现在已经不能再起到作用了。最近，伊万·伊里奇的大部分时间都用来努力恢复先前的思路，那种思路帮助他遮蔽过死亡。他一会儿对自己说：“我要去办公，因为以前我就是靠这个来生活的。”他于是赶走所有的疑惑，起身去法院。和同事们交流了之后，他坐下来，按照老习惯漫不经心地，用若有所思的目光扫视了一圈在场的人。然后，用瘦骨嶙峋的双手支撑着橡木软椅的扶手，和往常一样，转身向着同事，并把案卷拉近一点，低声说了几句话，然后突然抬起眼睛，坐得笔直，讲一些形式上的老话，开始审理案件。但是突然地，在中间的时候，肋部就开始疼起来，它可不理会审理案件的进程，就那么一点点地扩散开来。伊万·伊里奇注意着，想赶走自己的痛感，但是它依然在持续着。它又来了，伫立在他面前，望着他，而他变得大惊失色，眼中的火光熄灭了，他又一次问自己："难道说只有这才是真实的?"他的同事和下属惊讶而又痛惜地看到，他这么一位精干、细心的法官也会面露畏葸之色，出现差错。他打起精神，极力唤醒意识，勉勉强强撑到审理结束，回家的时候沮丧万分。他意识到，再也不能像以往那样用公务遮蔽他想要遮蔽的东西了；他没办法靠审讯工作逃避着一切了。更糟糕的是，它之所以让他引起对它的注意，并不是想让他对此采取行动，而只是为了让他看着它，直面它，什么也不做地望着它，承受难以言传的折磨。

为了摆脱这种状况，伊万·伊里奇转而寻求其他的挡箭牌作为安慰。其他的挡箭牌也出现了，并且在一个短暂的时期似乎救了他，但是立刻又失去了效力。这些挡箭牌并不是遭到了毁坏，而是被洞穿了，似乎它就是可以穿透一切，没有什么能够阻挡得住。

最近的一段时间里，他有时候走进自己布置的客厅——他曾经在里面摔倒过——为了这间客厅，为了布置这间客厅——现在想起来，他忍不住觉得可悲，可笑——他牺牲了自己的生命，因为他知道，一切的病痛就是从那次碰伤开始的。他走进客厅，倏地看到新涂了油漆的桌子上有一处被划破的痕迹。他找到了原因：是相册边上的青铜饰品被弄弯了，划破了桌子。他捡起那本自己曾经满怀爱意粘贴好的相册，对于女儿和她的朋友们的粗心大意充满了愤怒——相册里有的地方被撕破了，有的地方的照片放倒了。他仔细地把照片排列整齐，又把相册上的铜饰品扳正。

他后来想到，应该把这套放相册的 etablissement[①] 搬到另一个角落里，让它靠近花。他吩咐仆人：去叫女儿或妻子来这儿帮忙。她们不同意他的做法，反驳他，他朝她们嚷嚷，惹了一肚子气。但

---

① 法语：设备，设施。

是这一切却很好，因为他这时候忘掉了它，看不见它了。

不过，当他亲自搬东西的时候，他的妻子说："你这是何必呢，下人们会做的，你又要自己伤害自己了。"这时，它突然地穿过了挡箭牌，一闪而过。他看见它了。它一闪而过的时候，他还希冀着就此消失不见了，但是他又不由自主地注意了自己的肋部——那儿还是像以前一样，还是在隐隐作痛。他已经无法忘掉它了，它分明就躲在花丛后面打量着他。这一切都是为什么呢？

"是的，就在这里，在这个窗帘上，我就像在战场上一样丧生了。真是这样的吗？多么可怕，多么愚蠢啊！这不可能！说是不可能，却真真切切存在。"

他走进了书房，躺了下来。他又和它单独待在一起了，他和它四目相对，却对它无计可施。他只能望着它，浑身发冷。

七

在伊万·伊里奇生病的第三个月里出现了一种情况，至于为什么会发生，谁也说不清楚。因为这是一步步，不知不觉中完成的，这种情况就是：无论是妻子、女儿、他的儿子，还是下人、熟人和医生，最主要的还是他自己——他们都知道，别人目前对他最主要的兴趣仅仅在于，他是否能够迅速地、最终地腾出空位来，把活人们从因他存在而承受的拘束里解放出来，同时也把自己从痛苦中解脱出来。

他睡得越来越少了，接受了鸦片的治疗，并且也开始注射吗啡。但是这并没有减轻他的痛苦，他从昏昏沉沉的状态中所体验到的隐隐约约的哀愁最初减轻了他的疼痛，因为这总算是一种新的感觉，但是后来它也和明显的疼痛一样让人难熬，甚至还有过之而无不及。

他们按照医生的安排，给他准备特制的食物，但是这些食物对他来说越来越没有味道，越来越使人反胃了。

他们还为他做了套大小便时使用的装置，可是每次方便都是受折磨。他觉得这不清洁、不体面，又有臭味，并且他知道，做这件事的时候身边还要有人伺候，他因此痛苦不堪。

然而，在这件最不愉快的事情里，伊万·伊里奇还得到了点慰藉。每次都是由一个名叫盖拉西姆的打杂的农民为他端便盆。

盖拉西姆是一个干净整洁、精力充沛的年轻农民，由于城里的伙食渐渐发胖了。他整天乐呵呵的，性格开朗。一开始的时候，看到这么一个干干净净的、穿着俄式服装的年轻人干这种令人作呕的差事，伊万·伊里奇觉得很窘迫。

有一次，他从便盆上起身，没有力气把裤子提起来，一下子跌落在软椅上，惊恐地望着自己裸露的，瘦的皮包骨头的、软弱的大腿。

这个时候，伴随着一股皮靴的好闻的柏油味和户外新鲜的冬天的风的味道，盖拉西姆迈着轻快有力的步伐走了进来。他围着干净的麻布围裙，身上的干净的花布衬衫的袖子被挽了起来，露出他年轻有力的胳膊。他没有抬头望伊万·伊里奇——显然是特意克制住脸上焕发的生命的欢愉，以免使病人看了难受——而是径直朝便盆走去。

“盖拉西姆。”伊万·伊里奇有气无力地喊他。

盖拉西姆哆嗦了一下，显然是在害怕，自己是不是做错了什么事。他动作敏捷地把自己那红润的、善良的、单纯又年轻的，刚开始长胡子的脸转向了病人。

“您有什么吩咐？”

“我想，你肯定不乐意做这些吧？请你原谅，我没有力气。”

“您别这样说，”盖拉西姆眨了下眼睛，露出他那年轻的、洁白的牙齿，“为什么不伺候您呢，您现在是病人啊。”

说着，他用自己敏捷、有力的双手完成了自己习惯做的事情，脚步轻轻地走开了。过了五分钟，他又轻手轻脚地回到了房间。

伊万·伊里奇还是那样地坐在软椅上。

“盖拉西姆，”当盖拉西姆把清洗干净的便盆放下的时候，他说道，“请你帮我一下，到这边来。”盖拉西姆走到他跟前。“把我扶起来。我一个人太费劲，德米特里又被我打发走了。”

盖拉西姆走上前去，用强壮的双手抱住了他，就像他走起路来那样轻快，一只手灵巧地托着他，另一只手给他提上裤子，打算让他坐在椅子上。可是伊万·伊里奇请求把他扶到长沙发上。盖拉西姆毫不费力地，好像没有碰到他一样，连扶带抱把他搀到长沙发旁，使他坐下来。

“谢谢你。你做什么都这么灵巧、这么好……”

盖拉西姆又笑了，想要离开，但是伊万·伊里奇觉得有他在身边十分舒服，他不想让他走。

“还有一件事：帮我把那个椅子搬过来吧，不是，就是这把，把它放到脚下面。腿抬高的时候，我会感觉好受点。”

盖拉西姆搬来了椅子，稳稳妥妥地把它放到了地上，抬起伊万·伊里奇的双腿，放到了椅子上。伊万·伊里奇感觉，盖拉西姆把腿举高的时候，自己又舒服了很多。

“腿垫高的时候，我感觉舒服了很多。”伊万·伊里奇说，“把那边的靠枕给我拿来吧。”

盖拉西姆照办了。他又一次抬起他的腿，把他放下来。当盖拉西姆举起腿的时候，伊万·伊里奇又一次感觉到舒适。而当他把腿放下，感觉就差多了。

“盖拉西姆，”他对他说，“你现在忙吗？”

“不怎么忙，老爷。”他已经像城里的下人们一样，学会了怎样和老爷们说话。

“你还需要做什么事？”

“我还有什么事情要做吗？活儿都干完了，就差了明天的柴火还没有劈。”

“那你就像这样举着腿，可以吗？”

“怎么不行呢？行。”盖拉西姆说着把腿举高了，伊万·伊里奇立刻感觉到，这样的姿势使他完全感觉不到疼痛了。

“那劈柴怎么办？”

“这个您不用担心，咱来得及。”

伊万·伊里奇吩咐盖拉西姆坐下来举着他的腿，和他聊起天来。真奇怪了，他觉得，盖拉西姆举着他的腿的时候，他舒服多了。

从那以后，伊万·伊里奇有时候就叫来盖拉西姆，让他用肩膀扛着他的腿，并且喜欢和他聊天。盖拉西姆做起这件事轻而易举，也很乐意这样做，并且还带着一种善意。这种善意深深地感动了伊万·伊里奇。其他的所有人身上的那种健康、活力和生机勃发只会侮辱伊万·伊里奇，唯有盖拉西姆的活力充沛和生机勃发不但不使伊万·伊里奇伤心，反而宽慰了他。

伊万·伊里奇最受不了的就是伪善。那些不知为何被大家所默认的伪善，说什么他只是有病，不会因这个丧命，说什么他只要安心治疗，就会取得某种良好的效果。他自己就知道，无论采取什么措施，除了会更加折磨病人和带来最终的死亡外，什么效果也不会有。这种谎言让他受不了。他受不了他们不承认大家都知道、他也知道的事实，而是对他可怕的处境撒谎，还想让他也参与到这种伪善中来。谎言，这种在他死到临头时施加到他身上的谎言，这种把他的死这样可怕又庄重的行为，同他们的拜访、窗帘、饭桌上的鲟鱼等等俗事置于同一水平的谎言，使伊万·伊里奇感到万分痛苦。奇怪地是，有很多次，当他们又向他玩弄这些花招时，他真想朝着他们大喝一声：“得了吧！你们知道，我也知道，接下来就是死亡。那就请你们至少别撒谎了吧！”可是他从来也没有勇气这样做过。他看到，自己的死亡这样一件可怕的，恐怖的行为竟然被周围的人、甚至被他毕生信奉的所谓“体面”本身，贬低到一种偶然的、不愉快的事情的水平，似乎还有点儿有失体面（就好像一个身上散发臭气的人走进客厅，众人对他的态度）；他看到，谁也不可怜他，因为甚至没有人想了解他的处境。只有盖拉西姆了解他的处境，可怜他。所以，伊万·伊里奇只有和盖拉西姆在一起的时候才觉得舒服。有时候，盖拉西姆连着几个晚上整宿扛着他的腿，不肯去睡，还说："伊万·伊里奇，您放心吧，我能睡够觉的。"或者突然忘了规矩，称他为"你"，还说："要是你没病多好啊，不然怎么伺候你不成呢?"这尤其使他感到舒服。只有盖拉西姆一个人不撒谎，考虑到各个因素，只有他一个人懂问题在哪儿，并且不认为有必要隐瞒这一点。他只是可怜这位生病体衰的老爷。甚至有一回，当伊万·伊里奇催他去睡觉的时候，他坦言说：

"我们大家都是要死的。为什么活着时不付出点劳动呢?"他说这句话的意思是，他毫不吝啬自己的劳动，只是因为他是为一个垂死的人做的，他还希望等到自己这个时候，也有人为他付出同样的劳动。

除了这种虚伪之外，或者说由于这种虚伪，伊万·伊里奇最痛苦的就是，没有人能像他希望的那样怜悯他：有时候，在忍受了很长时间的痛苦之后，伊万·伊里奇最想的就是——虽然他有点儿羞于承认这一点——希望有个人像可怜一个病中的孩子那样可怜他。他真希望大家能够像爱抚、安慰孩子那样爱抚他、亲吻他，为他哭泣。他知道自己是一位显要的高等审判厅委员，胡子都花白了，因此这样做是不可能的，但是他还是期待着这些。而同盖拉西姆的关系中，有些与此颇相近的东西，因此和盖拉西姆的关系使他慰藉。伊万·伊里奇想大哭一场，想让别人爱抚他，为他哭泣，这个时候，他的同事，高等审判厅委员舍别克光顾了。伊万·伊里奇没有哭泣和接受爱抚，反而摆出一本正经、威严又深沉的样子，对于撤销原判说出了自己的看法，并固执己见。这种存在于他周围和他自身之中的伪善，极大地毒害了伊万·伊里奇生命的最后几天。

八

早晨。由于是清早，盖拉西姆走了，仆人彼得进来了。他吹灭了蜡烛，打开一扇窗帘，开始静悄悄地打扫房间。早上也好，晚上也罢，不管是星期五，还是星期天——反正都是一样的，反正都没差别：持续不断的、无时无刻不折磨人的隐约的疼痛；意识到无望地走向远去，又还没有离开的生命；一步步逼近的令人恐惧和憎恨的死亡（这是唯一的现实），以及继续上演的伪善。这已经是多少天，多少星期，多少小时了呢？

"您要喝点茶吗？"

"他就是为了例行每天的规矩。"他这样想着，但是嘴上却说：

"不用了。"

"要不要把您挪到长沙发上？"

"他要收拾房间，我妨碍到他了。我不干净，邋遢。"他这样想着，却还是说：

"不用了，你不用管我了。"

下人又忙活了一阵子。伊万·伊里奇伸出一只手，彼得毕恭毕敬地走上前来。

"您有什么吩咐？"

"表。"

于是彼得把他手边的表拿过来，递给他。

"八点半，那边还都没起来吗？"

"还没有。瓦西里·伊万诺维奇（他的儿子）去上学了，普拉斯科维娅·菲奥德洛芙娜吩咐过，您如果有事情，就去叫醒她。要不要叫她？”

“不，不用叫。”他说，又想到：“要不要喝点茶呢？”“对，把茶……端过来吧。”

彼得朝外面走去。伊万·伊里奇害怕把他一个人留在这儿。“找件什么事情把他留下来呢？对了，药。”“彼得，把药递给我。”“为什么不吃药呢？说不定还能起到点儿作用。”他拿起勺子，一饮而尽。“不，不会有什么作用的。这都是扯淡，都是欺骗。”他一尝到那种熟悉的、甜腻的、令人绝望的味道，就立刻这样断定。“不，我没办法相信。但是这疼痛，这疼痛又是为什么呢，哪怕能消停一分钟也好啊。”他又呻吟起来。彼得回来了。“不，去，去把茶端过来。”

彼得出去了，又只剩下伊万·伊里奇一个人在那儿呻吟。这呻吟与其说是因为疼痛（尽管确实疼得厉害），不如说是因为无聊。“总是老样子，千篇一律。还是这些没完没了的白天和黑夜。哪怕能快点呢！什么东西快一点？死亡，黑暗。不，不要。什么都比死强！”

当彼得用托盘把茶端过来的时候，伊万·伊里奇久久地慌张失措地盯着他，不明白他是谁，来干什么。彼得被这种目光盯得局促起来，而当他局促的时候，伊万·伊里奇才清醒过来。

“对，”他说着，“茶……好的，放这儿吧。可是要请你帮我洗洗脸，换一件干净的衬衫。”

伊万·伊里奇于是开始洗脸，他洗一会儿就停下来喘口气，洗了洗手、脸，刷了牙，然后开始梳头，照了照镜子。他禁不住骇然：他的头发一根根趴在了他苍白的脑门上，让他不寒而栗。

给他换衬衫的时候，他知道，如果现在他低头看一看自己的身体，肯定会觉得更加可怕，因此他不敢看自己。这些事情总算是都做完了，他穿上了长衫，裹上毛毯，坐在软椅上，把茶端过来。有那么一刻，他觉得自己焕然一新，但是刚要开始喝茶，又是那股怪味，又是那种疼痛。他勉强把茶喝完，躺下去伸展开了腿。他躺下后就打发彼得走了。

一切还是老样子。一会儿闪出了一点儿希望，一会儿又跟着绝望的大海奔腾咆哮。永远是疼痛，疼痛，永远是苦闷，永远是一成不变。一个人待着的时候会百无聊赖，总想叫个人过来；可是他立刻就想到，有别人在场心里会更难受。“哪怕再注射点儿吗啡也好——睡着了就都忘了。我要告诉他，告诉医生，让他再想想办法。这样不行，不可以这样。”

一个小时，两个小时就这么过去了。可是这时，前厅里响起了门铃声，说不定是医生来了。不错，确实是医生，满面红光，精神抖擞，大腹便便，笑容可掬。那副表情仿佛在说：您这又是被什么给吓住了，不要紧，我们这就来解决它。医生知道这副表情在这里并不合适，但是他既然永远在脸上挂上了这副表情，就没办法取下来，就像一个人大早上穿上燕尾服去拜访客人一样。医生活力充沛地、令人安心地搓着手。

“真冷，结结实实的严寒啊。让我烤烤火。”他说这话时的表情仿佛在说，先让他烤烤火。等他暖和了，什么事情就都能解决了。

“嗯，怎么样？”

伊万·伊里奇感觉，医生想要说：“事儿办得怎么样了？”但是好像他自己也觉得问得不妥，于是又加了一句：“您晚上睡得怎么样？”

伊万·伊里奇望着医生，他的表情似乎在向他发问：“您整天说谎，就从来没感觉过害臊？”

但是医生却不想明白他的这个问题。

于是伊万·伊里奇回答说：

“还是那样，疼得难受。疼痛没有消失，没有好转的迹象。哪怕能有点儿什么也好啊！”

“是啊，你们这些病人从来都是这样。嗯，现在好像暖和了，甚至谨慎认真的普拉斯科维娅·菲奥德洛芙娜也不能对我的体温提什么意见了。开始吧，您好！”医生说着，跟他握了握手。

接着，医生一改先前所有的玩笑和随意，开始一本正经地为病人做检查，诊脉，量体温，并开始这儿敲敲，那儿听听。

伊万·伊里奇确定无疑地知道，他所做的这些都是扯淡、装样子，但是当医生跪了下去，朝他伸过头去，将耳朵忽高忽低地贴在他身上，满脸庄重地在他身上做出各种各样的体操动作时，伊万·伊里奇却默许了这一切，就像他先前任凭律师在法庭上信口雌黄一样。他其实心里早已清楚，他们只不过在那儿装模作样。为什么要装模作样呢？

医生跪在长沙发上，还在敲打着，这个时候门口响起普拉斯科维娅·菲奥德洛芙娜丝绸衣服簌簌的声响。还听得到她在责备彼得，为什么医生来了没有通报她。

她走了进来，亲吻了丈夫，然后立刻开始解释，说自己早就起床了，只是因为刚才医生来的时候，她误以为是别人，所以没有进来。

伊万·伊里奇望着她，从上到下把她打量了一遍，看哪儿都觉得气愤：她那白皙、丰腴、干净的手和脖颈，她那头发的光泽，她充满朝气的眼睛里的光芒。他对她恨之入骨，和她的身体接触也因为这厌恶而使他觉得十分难受。

她对待他和他的疾病的态度依然如故，就像医生一旦认定了对于病人的态度，就无法再更改一样。她认定了用一种态度对待他——不管他做出了需要做的什么事，错的都是他，而她也不失时机地拿这个来责备他——她已经不能换一种态度来对待他了。

“他就是不听劝告！也不按时吃药！最要命的是，他整天这样两腿朝上地躺着，这个姿势可能会对他有害。”

她开始详细描述，他是如何让盖拉西姆架着他的两条腿。

医生亲切地笑了笑，不无轻蔑的含义，仿佛在回应说：“能怎么办呢。病人们总是会有些愚蠢的念头，但总是可以原谅的。”

检查结束后，医生看了看表，这时普拉斯科维娅·菲奥德洛芙娜告诉伊万·伊里奇，不管他愿不愿意，反正她今天又请了一位名医，他将和米哈伊尔·丹尼洛维奇（那个普通医生的名字）一起会诊。

“求你别再反对了，我这是为了自己才做的。”她语调里带着点讽刺，想让他明白，她做什么事都是为了他，只能这样说才能不使他拒绝。他没有做声，皱起了眉头。他感觉到，包围在自己周围的这种伪善完全混成了一团，简直是真假莫辨了。

她为他所做的一切只是为了她自己，她对他说，她确实是为了自己才做出这样令人难以相信的事情，以至于他现在真需要反过来理解这些话了。

果然，十一点半的时候，那位名医来了。于是又一次开始听诊，以及有关肾脏、盲肠的意义重大的谈话（先是在他面前，接着转入了另一个房间），然后是带着意味深长的表情的你问我答，可是仍旧没有谈到那个最现实的问题，即他所面临的死亡的问题。他们还在聊什么肾和盲肠的问题，说什么他的肾和盲肠运行得不太正常，米哈伊尔·丹尼洛维奇和那个名医就要对它们宣战，迫使它们恢复正常。

那位名医告辞的时候面色凝重，却还有一些希望的神采。伊万·伊里奇抬起眼睛看着他，眼中闪烁着恐惧和希望，怯怯地问他，还有没有可能康复。名医回答说，他不敢保证，但是可能性还是有的。伊万·伊里奇送别医生时眼神中的希望是那么可怜，以至于普拉斯科维娅·菲奥德洛芙娜看到后忍不住哭了，她正走出他的书房门，要把出诊费付给那位名医。

由于医生的鼓舞所产生的情绪上的高涨并没有持续太长时间。思绪又回到了这个房间，又是那些画，窗帘，壁纸，药瓶，还有他忍受着疼痛、备受煎熬的身体。于是伊万·伊里奇开始呻吟了，打了一针后，他又昏昏睡去了。

等他醒过来，天已经茫茫迟暮了。下人给他送来饭菜，他勉强喝了点儿鸡汤，一切又是老样子了，又是那正在降临的黑夜。

吃过饭，七点钟的时候，普拉斯科维娅·菲奥德洛芙娜走进了他的房间。她穿着打扮看样子是要去参加一场晚会，丰满的乳房被束得紧紧的，脸上还有脂粉的痕迹。她早上的时候就说过，他们今天要去看戏。今晚有刚来到这儿的萨拉·贝尔纳[①]的演出，他们订了个包厢，这曾是他坚持要他们订的。可是现在他竟然给忘了，她的花枝招展也使他心中不快。但是他藏起了自己的不快，因为他想起，当初是他自己坚持要订一个包厢去看戏，以便使孩子们受到一次有教育意义的审美体验。

普拉斯科维娅·菲奥德洛芙娜有些洋洋自得地走了进来，但是又似乎觉得自己犯了过错。她坐下来，问了问他的健康状况，但是他看到，她只是为了询问而询问，而不是因为想要知道。她知道，自己也没什么想要知道的，所以，她就把自己该说的话说了一遍：如果不是包厢已经订过了，而且艾伦、女儿和彼得里谢夫（那位

---

① 萨拉·贝尔纳（1844—1923），法国著名的女演员。

法院预审官，他们女儿的未婚夫）都要过去，而且又不可能让他们自己过去，不然她是绝不会去的。能够守在他身边坐着她会更好受一些。但是，她不在的时候，他可一定要遵照医生的叮嘱。

“对了，费奥德尔·彼得罗维奇（未婚夫）想进来看看你，让他进来吧？还有丽莎。”

“让他们过来吧。”

女儿袒胸露臂地走进来了，她裸露着年轻的身体，不由得使他痛苦。而她却把身体拿出来展览。她强壮，健康，显然正处于热恋中，对于疾病、痛苦和死亡很排斥，因为这些都妨碍了她的幸福。

费奥德尔·彼得罗维奇进来了。他穿着燕尾服，烫了 a la Capoul[①] 的发型，雪白的衣领紧紧裹着他修长的、青筋毕露的脖子。衬衫的前胸雪白，黑色的紧身裤紧紧地裹着健壮的大腿，戴着白色手套的手里拿着高顶礼帽。

在他后面，悄悄地走进来一个中学生，身上的制服是新的，可是看起来可怜巴巴的，带着手袋，眼睛下面有一块青黑色的印痕。至于这块印痕的意思，伊万·伊里奇清楚。

儿子一直是他的心头肉。他那吃惊的、布满哀伤的眼神看起来十分可怕。伊万·伊里奇觉得，除了盖拉西姆，只有瓦夏一个人能理解他，可怜他。

所有人都坐下来，又问了问健康状况。紧接着又是沉默。丽莎问了母亲，望远镜在哪里。接着母女二人争执起来，就为了谁把它放了起来，放到了哪儿。气氛很不愉快。

费奥德尔·彼得罗维奇问伊万·伊里奇是否看过萨拉·贝尔纳。伊万·伊里奇刚开始没有听懂他的问题，后来又答道：

---

① 法语：卡波式。

"没有。您看过?"

"是的,我看过她演的《Adrienne Lecouvreur》[1]。"

普拉斯科维娅·菲奥德洛芙娜说,她演某个角色演的非常棒。但是女儿提出了反对的意见,于是又谈起了她的演技的精湛和逼真。说的全是那些千篇一律的话。

在谈话进行到中间的时候,费奥德尔·彼得罗维奇看了伊万·伊里奇一眼,突然不说话了。其他人也都瞧了他一眼,不再说话。伊万·伊里奇眼睛里闪着怒火望着他们,显然是迁怒于他们了。似乎必须改变这种状况,但是怎么也没办法改变。无论如何,应该打破这种沉默,可是谁都不敢贸然行动,谁都害怕打破了这种体面的伪善,以使大家都明白事情的真相。丽莎终于下了决心第一个上,她打破了沉默。她本来想掩饰大家都盼望的东西,但是不料说漏了嘴。

"可是,如果要去的话,时间差不多了。"她说着看了看自己的表(那是父亲送给她的礼物),然后含着某种意味深长的表情,对着那个年轻人微微一笑(这是只有他们两个人明白的暗号),站起了身,衣服开始窸窣作响。所有人也都站起来,和他告别,离开了。

他们都走了以后,伊万·伊里奇突然觉得心里畅快多了:不再有伪善了,它随着他们一起走了,可是疼痛却留了下来。还是同样的疼痛,还是同样的恐惧,没有更加痛苦,也没有丝毫减轻。总之越来越差了。

又是一分钟接着一分钟,一小时接着一小时地过去。一切照旧,一切都没有尽头,那不可避免的结局也显得越来越可怕了。

"好,把盖拉西姆叫来。"他在回答彼得的问话时,这样回答。

---

① 法语:《阿德里安娜·勒库弗勒》,法国戏剧家斯克里布创作的剧本。

九

深夜的时候妻子回来了。她蹑手蹑脚地走着，但还是被他听到了。他睁开眼睛，又赶紧闭上了。她想打发走盖拉西姆，自己坐下来陪他。他睁开眼睛，说：

“不用，你走吧。”

“你疼得很厉害吗？”

“反正都一样。”

“要不吃点鸦片吧？”

他同意了，喝了之后，她走了。

他一直处于痛苦的昏迷中，直到三点才渐渐停息。他感觉自己病痛的身体被塞进了一只又窄又深的黑色口袋里。他被越来越深地塞进去，可是怎么也塞不到底。并且，这种可怕的事情是和疼痛同时进行的。他心里害怕，却又想要钻进去。他挣扎着，然而又是在协助这个过程。突然，他坠落下去，跌倒了，就这样醒了。盖拉西姆依旧坐在他的床头，轻轻地、不紧不慢地打着盹儿。可是他却躺着，穿着袜子的两条瘦腿正搭在他的肩膀上；蜡烛上还罩着那个灯罩，还有那一刻不停的疼痛。

“你走吧，盖拉西姆。”他悄声说道。

“没事儿，我再坐会儿，老爷。”

“不，你走吧。”

他缩回了双腿，侧着身子躺下，一只胳膊压在下面，他开始自己可怜起自己来。等到盖拉西姆走到隔壁的房间，他再也忍不住，像个孩子似的哭起来了。他哭自己孤苦无助，哭自己可怕的孤独，哭周围人不近人情，哭上帝的残酷，以及上帝的不存在。“为什么你要这么做？为什么你要把我带到人世间来？为什么你要这么可怕的折磨我？为什么？……”他并不希望得到什么回答，他哭的是没有回答，也不可能有什么回答。疼痛一点点地加剧了，但是他没有动弹，也没有叫人来。他只是对着自己说：“你来吧，你折磨我吧！但是你为什么这么做呢？我做了什么对不起你的事了？为什么非要这样？”

后来，他安静下来，不仅不再哭了，也不再呼吸了，而是全神贯注聆听。似乎他不是在聆听用声音发出的说话声，而是在聆听他内心深处勃发的心灵的声音和思路。

“你究竟要什么啊？”这是他所听到的、第一个能够用语言传达的思想。“你究竟要什么？你究竟要什么？”他一再重复着这句话。“要什么？——我要不再受苦，活下去。”他回答。

他又投身到这种凝神屏气的紧张氛围里，连疼痛也没有使他分心。

“活下去？怎么活？”心灵的声音问他。

“对，要活下去，就像我之前那样活下去：体面端庄，心情舒畅。”

“你过去是怎么活的？体面端庄，心情愉快吗？”那个声音问道。他于是开始在心里回想自己愉快生活的美好时刻，可是，奇怪的是，所有那些以前愉快生活的美好时刻，现在看起来完全不是当时感受的那样。所有的回忆都是如此——除了生命最初的童年记忆以外。在那个童年时代，有些事情确实是愉快的。如果时光回转，真的可以为它而生活，但是那个体验到这种快乐的人已经不存在了，他现在仿佛在回忆另一个人的生活。

那些推动塑造成现在的伊万·伊里奇的事情一开始，过去被看做快乐的一切在他心中便逐渐消失，变成了某些渺小的、令人反感的东西了。

离童年越远，离现在越近，那些快乐也就变得越微不足道、令人质疑。这一切都是从法律学校上学开始的。在法律学校也有一些真正美好的东西：那儿有愉悦，有友谊，有希望，但是一到高年级，这种美好的东西就变得少了。然后是在省长身边第一次供职的时候，又一次出现了美好的时刻：那是一段对于一个女人的爱情回忆。接着一切又乱作一团，美好的东西变得更少了。以后这种美好又变得更少，越往后越少。

结婚……于是出现了失望、妻子嘴里的气味、肉欲和装腔作势！还有死气沉沉的公务，以及对金钱的担忧，就这么一年、两年、十年、二十年——永远是这些东西，而且越往后越显得死气沉沉。我就是这么一步步走着下坡路，还自以为步步高升呢！那时候就是这样的，在大家眼中，我在一步步高升，可是生命却一步步离我远去……现在万事俱备，你该去死了！

这到底是怎么回事呢？为什么会这样？不可能啊，生活不可能这么无聊，这么卑劣！可是如果生活真的是这么无聊，这么卑劣的话，那又为什么要死去，还是这么痛苦着死去？总有些地方不是这样吧。

"或许，我过去生活得不对头？"他突然这样想，"可是又怎么会不对头呢？我做什么事都认认真真地啊！"他自言自语，同时立即把那个唯一能够解决生死之谜的想法当做完全不可能的胡思乱想，从脑海里赶了出去。

"你现在到底要什么呢？活下去？怎么活？像在法院里，执行人员宣布'开庭……'时那样生活吗？开庭，开庭，"他自己对自己重复着，"看啊，现在开庭了！可是我没有犯罪啊！"他怒不可遏，尖声叫道："为什么要审判我？"他止住了哭，把脸朝向了墙角，开始思考那个反复思考过的问题：为什么？这一切这么可怕，到底是为什么？

但是，不管他怎么苦思冥想，总是找不到答案。当他想到（这个想法经常出现）这一切都是因为他生活得不对头的时候，他又立刻联想到自己一生认认真真，忠于职守，于是他便把这个奇怪的想法赶走了。

十

又过了两个星期。伊万·伊里奇已经不能从沙发上起来了。他不想躺在床上，所以就躺在沙发上。几乎所有的时间，他都面朝墙壁躺着，他依然孤独地承受着无法解决的痛苦，孤独地思考着那些想不通的问题。这是怎么回事？难道真的要死了吗？他内心里的声音回答道："是的，没错儿。"那又为何要在这里受苦呢？这个声音接着说："就是这样，不为什么。"除了这之外，脑子里就什么也没有了。

从患病之初，伊万·伊里奇头一次去看医生的时候开始，他的生活就分裂为了两种彼此对立、相互交替的状态：一会儿是绝望和等待那无法理解、可怕的死亡，一会儿又是希望和观察自己体内活动的饱满的兴致。一会儿他眼前只能看得到暂时擅离职守的盲肠或肾脏，一会儿又只能看到躲不掉的无法理解的、可怕的死亡。

这两种状态从患病之初就相互交替，但是病得越久，那种关于肾脏的推测就变得越可疑、荒诞，而对于不断逼近的死亡的意识也越来越真切。

他只要回想一下，三个月之前他过的是什么日子，现在又是什么样，只要想一想他怎样一步步走向下坡，所有的希望就都不攻自破了。

最近，他一直处于一种孤独之中，面朝沙发背躺着。在人口众多的城市里，他的熟人遍及各处，家属众多，可是他却感受到一种无论在任何地方，无论在海底还是在地下都不可能有的深深的孤独。最近一段时间，伊万·伊里奇在这种可怕的孤独中，只能靠回忆往事度日。过去的岁月就像画面，一幕幕地在他面前出现，每次都是从时间上最近的开始，一点点引向深远，引向童年，在那儿停下来。伊万·伊里奇想起了今天下人端来给他吃的黑李子酱，他就不由得想到小时候吃过的没有熟透的、皱皮的法国黑李子，想起那特别的味道和快吃到核时酸得口生津液。并且，由于对于李子的回忆，接连又联想到一连串那个时候的往事：保姆、弟弟、玩具。“不能想这个了……想起来太痛苦了。”伊万·伊里奇自言自语着，于是重又回到现在。他看到了沙发背上的纽扣和山羊皮的褶皱。“山羊皮又贵又不结实，还曾经因为这个吵过架。但是那是另外一张山羊皮，另外的一次争吵，那一次我们因为把父亲的皮包扯坏了，受到了惩罚，可是妈妈端来了馅饼。”于是思绪又一次停留在了童年，伊万·伊里奇又一次觉得痛苦，他极力地驱逐着这些念头，去想其他的事。

也就是在这个时候，伴随着这种回忆的转变，他心中萦绕起另一串回忆：他想到自己的病情是怎么加剧和恶化的。越往后回溯，生活的情趣就越多。生活中的善越多，生活本身的情趣也就越多。两者相辅相成，交融在一起。“就像病痛越来越严重，整个生活也越来越坏了。”他想。在生命之初，有一点儿亮光，后来便越来越黑暗，越走越快。“与死亡距离的平方成反比。”伊万·伊里奇这样想着，于是一块石头加速下落的形象坠落进了他的心里。一连串不断增加的痛苦正在越来越快地飞向终点，飞向那最可怕的痛苦。“我在飞翔……”他战栗，挣扎，想要反抗；但是他已经明白，自己是没法反抗的，他只能又动用他那已经厌倦了观看、又不能不看着前面的东西的眼睛，瞄着沙发背，等待着，等待那可怕的坠落、碰撞和毁灭。“没办法反抗，”他喃喃地说着，“可是至少让我知道，这一切是为了什么？这也办不到。如果说我生活的不对头，倒也算是一种解释，但是这一点是没办法承认的。”他这样自言自语着，想着自己一生忠于职守，按章办事，品行端正。“这一点无论如何不能妥协，”他一面对自己说着，一面又忍住了冷笑，似乎有人能看到他的笑容，被这笑容蒙蔽。“无法解释！痛苦，死亡……这到底是为了什么？”

十一

这样又过了两个星期。在这两个星期里，发生了一件伊万·伊里奇和他的妻子都期盼的事：彼得里谢夫正式向女儿求婚了。这件事发生在晚上。第二天，普拉斯科维娅·菲奥德洛芙娜走到丈夫房间里，边走边想，怎么告诉他费奥德尔·彼得罗维奇求婚的事，可是就在前一天的晚上，伊万·伊里奇的病进一步恶化了。普拉斯科维娅·菲奥德洛芙娜看到他依然躺在沙发上，但是姿势换了。他仰面躺在那里呻吟着，目光死死地望着前方。

她说起了吃药的事，这时他把自己的视线转向了她。她没有来得及把话说完，就看到他的目光里带着极大的憎恨，这憎恶正是冲着她来的。“看在基督的分上，求你让我安安静静地死去吧。”他说道。

她正要走，这个时候女儿走了进来，到他面前问候他。他瞧女儿的眼神和瞧妻子时一样，对于她问他身体状况的问题，他干巴巴地回答说，很快他就会把大家都解放出来，不再受他的牵连。母女二人说不出话来，坐了一会儿就出去了。

“我们到底做错了什么啊？”丽莎对母亲说，“好像都是咱们害了他一样！我可怜爸爸，可是他为什么要折磨我们？”

医生像往常一样来探诊。伊万·伊里奇回答他的问题时说着“是的”，“不”，但是憎恨的目光一直没有从他身上移开，最后他说：

“既然您已经知道什么忙也帮不了，您就别管我了。”

医生说：“我们总可以减轻点儿痛苦吧。”

“这您也办不到，您就别管我了。”

医生走进了客厅，告诉普拉斯科维娅·菲奥德洛芙娜，病人情况很不好，要想减轻痛苦——现在看起来，疼得很厉害——只有一个办法——服用鸦片。

医生又说，他肉体上的痛苦很剧烈，这倒是真的；但是比肉体上更加痛苦的是他精神上的痛苦，这才是他最主要的痛苦。

他精神上的痛苦在于，昨天晚上，当他望着盖拉西姆睡眼惺忪、和善的、颧骨突出的脸时，他突然想：怎么，难道我整个一生，清楚明了的一生过得真的"不对头"吗？

他想到原来觉得是完全不可能的事情，就是说他这辈子过得不对头，说不定真的是这样。他想到自己曾经有过微弱的念头，反对那些最高地位的人们认为好的东西，就是那些他立即从头脑中赶走的微弱的念头——说不定它们是正确的，而其他的一切都可能是错误的。不管是他的公务，他的生活规划，他的家庭，以及这些社会与公务的利益——这些可能都是错的。他试图要在自己面前为这一切辩护，可是他突然感觉到，所有的辩护都是苍白无力的，也没有什么可以辩护的。

"如果真的是这样的话，"他对自己说，"那让我在即将离开人世的时候才意识到，自己毁掉了上天赐予的一切，并且已经回天无力，那又能怎么办呢？"他仰面躺着，开始重新一点点检查自己的人生。当他早上看到仆人，接着是妻子，再接着是女儿，他们的一举一动，一言一行都印证了他昨天夜里发现的可怕的真理。从他们身上，他看到了自己，看到了他过去所赖以生存的一切。他清楚地看到这一切都错了，这一切是一个掩盖了生与死的可怕的大骗局。这种想法加剧了，甚至是数十倍地加剧了他肉体上的痛苦。他呻吟着，辗转反侧，胡乱撕扯身上的衣服。他觉得，正是这件衣服裹得他喘不过气，让他憋闷。他因为这个而憎恨他们。

他们给他服用了大剂量的鸦片，以至于他昏昏睡去了，但是吃午饭的时候，这一切又都开始了。他赶走了所有人，痛得翻过来，转过去。

妻子走到他身边，对他说：

“Jean，亲爱的，你就当是为了我(为了我?)做件事吧。这也没什么害处，反而常常有帮助。不管怎么说，这也没什么的。健康人也常常会……”

他睁大了眼睛。

“什么？领圣餐[1]？为什么？不要！实际上……”

她开始哭了。

“好不好，我的朋友？我去叫我们自己的，他那么慈爱。”

“好极了，非常好。”他说道。

神父来了。他对他做了一番忏悔之后，感觉心里轻松了些，好像是从疑惑中解脱出来的轻松，痛苦也因此而减轻了。他从中找到了一丝希望，他又开始考虑盲肠以及治愈它的可能性。他两眼噙着泪水领了圣餐。

领完圣餐后，他被搀扶着重新躺下去，感觉到片刻的轻松，活下去的希望又一次出现了。他考虑起了手术，他们曾经建议过他做手术。“活下去，我想活下去。”他自言自语着。妻子走过来祝贺他[2]，她说了些套话，又加了一句：

“你是不是感觉好点儿了?”

他没有看她，回答说：是的。

---

① 领圣餐，又叫做“领圣体血”，是东正教的一种宗教礼仪：用面包和葡萄酒象征圣主耶稣为众人免罪而舍弃的身体和血，由神父分发给教徒食用。教徒临终前，要举行最后一次领圣餐仪式。

② 祝贺他领了圣餐。

她的衣服，她的体态，她脸上的表情，她说话的声音——这一切都在说着同样的话：“错了。你过去和现在赖以生存的一切，不过是谎言，是对你掩盖了生与死的骗局。”他一想到这些，他的憎恨，以及伴随着憎恨的肉体上的痛苦，与肉体疼痛同时降临的对不可避免的、即将到来的毁灭的意识，一起在他的体内上升。一种新的情况出现了：绞痛和刺痛开始出现，让他无法喘息。

当他说出“是的”这个词的时候，他脸上的表情是恐怖的。他说完了这个“是的”，便直视着她的脸，他克服了身体的虚弱，异常迅速地翻过身，脸朝下大叫：

“走开！都走开！别管我！”

十二

从这一刻开始，他接连三天不停地喊叫着。那叫声是如此可怕，以至于隔了两道门听到这声音，也不由得会觉得惊悚。在回答妻子的那一刻，他就已经明白了，这下他完了，退路没有了。末日已经到了，最终的末日，但是他的疑惑终究没有解决，疑惑还是疑惑。

“哎哟！哎哟！哎哟！”他用不同的声调叫唤着。他开始大叫：“我不要！”——接着又是一个劲儿地叫着“哎哟”。

整整三天的时间，这三天对他来说，时间是不存在的，他被一种无形的不可抗拒的力量塞进一只黑袋子里，他在里面拼命挣扎着。他挣扎着，就像一个死囚犯明明知道已经没有可能被赦免，仍旧在刽子手的手里垂死挣扎。不管怎样挣命，每一分钟他都能感觉到，自己离那件让他毛骨悚然的事越来越近了。他感到他的痛苦就是，自己正在往那个黑洞里钻，但是更痛苦的是，那个洞怎么钻也钻不进去。阻碍他钻进去的，是他一贯的想法：他的一生问心无愧。对自己人生的辩解拽住了他，不放他往前走，因此也就更加使他痛苦。

突然，一股什么力量撞到他的胸口，推了他的肋下，使他的呼吸更加困难。他终于钻进了洞穴里，在那儿，洞穴的尽头有什么东西闪着亮光。他这时发生的事情，就像在火车车厢里一样，自己以为是在前进，其实是后退，到了后来才突然弄清了真实的方向。

“是的，一切都不对头。”他自言自语，“可是没关系，还可以的，还可以再做‘对’的。那什么才是‘对’的呢？”他问自己，突然静了下来。

这已经是第三天的末尾，他死之前的一个小时。就在这个时候，那个中学生悄悄走进父亲的房间，走到他床前。即将咽气的人还在绝望地喊叫着，狂乱地挥舞着胳膊。他的手打到了中学生的头上。中学生一把抓住他的手，把它贴到嘴唇上，哭了起来。

就在这个时候，伊万·伊里奇跌落进了洞穴，看到了光。他这才发现，这辈子都活得不对，但总算还可以改正。他问自己：什么才是“对的”呢，然后他静下来，屏气凝神。这时，他发觉有人在吻他的手。他睁开眼，看到自己的儿子。他忍不住怜悯起他来。妻子走到他面前，他望了她一眼。她嘴巴大张着，鼻子上和面颊上还挂着没有擦干净的泪滴，绝望地看着他。他也开始怜悯起她来。

“是的，我使他们遭罪了。”他想道。“他们现在觉得悲悯，等到我死了，他们就会过得好一些。”他想说这些话，但是已经没有力气说了。“其实，何必要说呢，应该做到才对。”他想到这里，用目光给妻子指了指儿子，说：

“领他走……可怜……请你……”他想说“原谅”，但却说成了“过去”，他已经没有力气更正了，只是摇了摇手。他知道，谁应该明白，自然会明白的。

他突然豁然开朗，那些曾经困扰他、赶不走的东西，突然从他的两侧，从四面八方走开了。他可怜他们，那就应该做些实事，让他们不再悲伤。赶走他们的，也是自己的痛苦。“多么好，多么简单啊。”他想。“痛苦呢？”他问自己，“它到哪儿去了？哎，痛苦，你在哪儿呢？”

他四处寻觅着。

“啊，它在这儿。有什么办法呢，让它疼去吧。”

“可是死呢？它在哪儿？”

他寻找自己过去曾习惯的，可怕的死亡，没有找到它。它在哪儿呢？死是什么样子的？什么恐惧都没有了，因为死也没有了。

代替死亡的，是光明。

“原来是这样啊！”他突然说出了声，“真快乐啊！”

对于他，这一切都是在一瞬间发生的，这一瞬间的意义已经不会改变了。对于守候在病榻前的人来说，他的弥留状态又持续了两个小时。他的胸膛中，发出咕咕的响声；他瘦骨嶙峋的身体也在微微地颤抖。后来，这种响声和嘶声越来越少了。

“结束了！”有人在他的上方说。

他听到这个词，又在心里把它重复了一遍。“死亡——结束了，”他对自己说，“再也没有死了。”

他吸了一口气，但是吸到一半的时候停住了，两腿一伸，死了。

1886

变　形　记

[奥]弗兰茨·卡夫卡　著
华璇　译

一

一天早晨，格里高尔·萨姆沙从杂乱的睡梦中醒来，发现自己变成了一只巨大的甲虫。他仰卧着，背上是钢甲般的硬壳。他稍稍抬起头，看见了自己高高隆起的棕色肚子被分成了好多块弧形的硬片。被子几乎盖不住肚子尖，好像随时都有可能滑下来。眼前有许多条腿在无助地挥舞，相对于身体的其他部位，细得可怜。

"我发生什么事啦?"他想。这不是一个梦。他的房间尽管小了一点，但跟任何正常人的没什么两样，周围是四堵熟悉而沉默的墙壁，桌上摊放着收集来的织物样品——萨姆沙是一个旅行推销员——再往上挂着一幅画，那是他最近从一本画报上剪下来的，装在一个好看而镀金的相框里。画上的妇人戴着毛皮帽子，围着毛皮围巾，笔直地坐着，一只盖住了她整个前臂的皮手筒对着看画的人抬得高高的。

格里高尔转而看向窗外，阴暗的天气。可以听到雨点打在窗棂上的声音，这使他的心情也变得忧郁了。"如果我再睡一会儿，忘记这些傻事，会怎么样呢?"他想着。但是他动不了，他习惯了朝右侧睡，而以他目前的情形，根本无法摆出这个姿势来。不管他多努力地往右转，仍旧滚回仰卧的状态。他试了不下一百次。他闭上眼睛，免得看到那些拼命挣扎的腿，直到他的腰部感觉到一种从未体会过的隐痛才停了下来。

"哦，天啊，"他想，"我选择的是一个多么累人的差事啊！长年累月四处奔波。在外面做生意比在家里耗费精力多了，此外，还有经常出门的种种烦恼，担心各次火车的倒换，饮食很差且没有规律，经常与各式各样的人打交道，但都是萍水相逢，你们不可能相互了解并建立深厚的交情。让这一切都见鬼去吧！”他觉得肚子上有点痒，就慢慢地蹭着后背，使身体向床头靠近，以便更好地抬头。他看见了发痒的地方，那儿布满了白色的小斑点，他不知道它们是怎么形成的。当他试着用一条腿去挠一挠的时候，立刻缩了回来，因为这一碰使他浑身一阵颤栗。

他又滑回到他先前的姿势。“总是这么早起床，”他想，“让人变得痴痴呆呆的。人要有足够的睡眠。其他推销员都过着奢侈的生活。例如，当我上午回到旅店领取订货单时，这些老爷们都还坐着吃早餐呢。我应该试着对我老板也这样来一手，估计他立刻就会把我踢飞出去。但是谁知道呢，也许这样对我来说是最好的事。如果不是考虑到我的父母，我早就辞职了，我会走到老板跟前，告诉他我所有的想法，让他知道我的感受。他非从写字台上跌下来不可！坐在写字台上居高临下的和职员说话，由于听力不好，大家还得走到他跟前去——这也真是一种奇特的工作方式了。好吧，还是有一点希望的，一旦我凑足了钱，还清了父母的欠债——大概还要个五六年——我就一定这么干。那时候我要大翻身。不过眼下，我得起床了，要乘的火车五点就开了。”

他向放在柜子上的滴滴答答作响的闹钟看了看。“天哪！”他想着。已经六点半了，指针还在慢慢往前移动着，甚至已经过了六点半了，看上去更像六点三刻。难道闹钟没有响过吗？他从床上可以看见，闹钟确实是拨到四点钟的，那它一定是响过了的。是啊，一定响过，但是难道他睡得安稳到连这让家具都会振动的响声都没听见？事实上，他从未睡安稳过，但也可能正因为这样才睡得更沉了。他现在该怎么办呢？下一班火车七点钟开，要搭这一班就得像疯子一样拼命赶，可是货样他还没包装好，现在又很没精神，行动迟缓。而且即使他赶上了这辆车，也免不了挨老板的臭骂。因为办公室助理应该已经等过五点开的车，并早已将他误车的事向上汇报了。办公室助理是老板的一条走狗，既没骨气，也没思想。要是请病假会怎么样呢？那将会是极其难堪、极其可疑的，因为格里高尔在供职的五年中还从未生过病。他的老板一定会带着医疗保险公司的医生过来，责问他的父母为什么生了一个这么懒惰的儿子，并听从那位医生的劝告驳回一切辩解，而那个医生会认为，世上压根儿只有完全健康、好吃懒做的人。再说，医生的话完全错了吗？实际上，除了睡太久导致有一种不必要的困倦之外，格里高尔感觉非常好，甚至比以往胃口都更好了呢。

他快速地思索着这一切，当指针指向了六点三刻的时候，他还没决定好起床。这时传来了小心翼翼的敲门声。“格里高尔”，有人喊——是他的母亲——“六点三刻了。你不想出门了？”多么温柔的声音！可是当格里高尔听到自己的回答声时他震惊了，这分明还是他之前的声音，却又夹杂了一种从下面发出来的痛苦的、控制不了的叽喳声，最初几个字还能听得出来，余音就含混不清了，以致听到的人也不确定自己是否听得真切了。格里高尔本想给一个完整的回答，解释所有的事情，但是在目前这种情形下他只能说：“是，母亲，是，谢谢你，我这就起床。”大概是隔着木门，格里高尔声音的变化没有被察觉出来，因为他母亲一听到他的解释，就放心地拖着步子吧嗒吧嗒地走开了。但是这段简短的对话使得家里的其他成员注意到，格里高尔出乎他们意料居然还在家。很快，他的父亲就来敲他这边的一扇侧门，声音很轻，但用的是拳头。“格里高尔，格里高尔，”他喊道，“发生什么事了？”过了一会儿，父亲又用低沉的声音催促道：“格里高尔！格里高尔！”而在另一扇侧门的旁边响起了他妹妹轻轻地询问声：“格里高尔？你还好吗？你需要什么东西吗?”格里高尔对着两边回答道:“我马上就好。”他尽量小心翼翼地发音,每个词之间加上长长的停顿,以消除他声音里的怪异。他的父亲返回去吃早餐了,他的妹妹却悄声说:“格里高尔,开门吧,求你了。”然而,格里高尔根本不想去开门,相反,他庆幸自己因为经常外出养成的小心谨慎的习惯,即便是在家里,晚上也锁上门睡觉。

现在他最想做的就是安静地不被打扰地起床,穿好衣服,最重要的是吃早饭。然后他才会考虑下一步的行动,因为他清楚地意识到,躺在床上是得不出什么有效结论来的。他想起,他经常因为在床上躺的姿势不对而感到轻微的疼痛,不过最后证明都是他的幻觉,他很好奇为什么今天他的幻觉这么久还没消失。他一点也不怀疑,声音的变化无非是重感冒的前兆而已,这对推销员来说是再正常不过的职业病了。

掀掉被子很简单,他只要把身子稍稍抬一抬,被子就自己滑下去了。但是接下来的事情就麻烦了,特别是他现在身体变得如此宽。他本来用胳膊和手就可以坐起来,可是现在,他只有无数朝着四面八方不停挥动的小腿,而且他竟然无法控制它们。当他想使其中一条腿弯曲的时候,它却始终笔直地伸在那里;而当他终于如愿以偿让这条腿弯下来的时候,其他的腿又像松了绑似的,痛苦不堪地胡乱挥舞着。“别待在床上浪费光阴了。”格里高尔对自己说。

他想让下身先离床,但他还从没见过下身,也难以想象它长什么样。事实证明,实在是太难移动了,而且速度缓慢。最后,他几乎发了狂,不顾一切用尽全力的向前冲去,可他弄错了方向,身体重重地撞到了床腿的下端。他感到一阵钻心似的疼痛,也许这正说明了,下身才是他现在身上最敏感的部位。

于是,他转而尝试让上半身先离开床,他小心的把头转向床沿。这个他轻易就做到了，尽管他身宽体重，但他笨重的身体终于慢慢地跟着头部转动起来。可是，当他成功地把头伸在床外悬在空中时，他又不敢再以这样的方式继续向前移动。因为，如果他就这么让自己摔下去，除非发生奇迹，不然他的头一定会摔破受伤。而他现在可千万不能让自己失去知觉，所以最好还是乖乖待在床上吧。

他又花了同样的精力让自己回到之前的位置。可是当他躺在那儿叹息着，再次看着自己的那些腿比之前更艰难地各自挣扎的时候，他看不到平息这种乱颤乱动的可能。他对自己说，不能就这样待在床上，即使希望十分渺茫，也要尽力使自己离开这张床，这才是最明智的做法。同时，他又不忘提醒自己，三思而后行比绝望之下匆忙决策要好得多。这会儿，他把目光转向窗外，尽可能看得更清楚一点，但不幸的是，连对面狭窄的街道也裹在浓雾之中，这种景象实在难以令人产生自信和乐观的情绪。“已经七点了，”钟声再一次响起时他想到，“七点了，可外面雾还那么重。”他轻轻地呼吸着，又静静地躺了一会儿，仿佛盼望着这份宁静，能使一切都回到正常和理所当然的状态之中。

但是随后他又对自己说：“在七点一刻到来之前，我一定要离开这张床。到那时候，会有人从公司过来询问我的情况，因为公司会在七点之前开门。”因此，他努力摆动全身，想让自己整个身体甩出去。如果他能成功地以这种方式从床上掉下去，并在着地时保持头部始终抬起，也许就能避免脑袋受伤。他的背看上去很硬，跌在地毯上应该不会有什么事。他最担心的是这么做时产生的巨大响声，这响声在房门后即使不会引起恐惧，也会引起焦虑，但必须冒这个险。

当格里高尔已经把半个身体晃到床外的时候——这个新方法

与其说是一个劳动，不如说是一个游戏，他要做的就是前后摆动罢了——他忽然想起，这个时候如果有人过来帮他，一切会变得多么简单。两个强壮的人——他想到了他的爸爸和那个女佣——就足够了。他们只要把他们的胳膊放在他拱起的背下，把他从床上托起来，然后托着沉重的他弯下腰去，再耐心地、小心翼翼地等待着他在地板上翻过身来，希望那时他的小细腿们能发挥各自的作用。姑且不管所有的门都是锁着的，他真的应该寻求帮助吗？想到这里，即使他的状况非常窘困，他也忍不住微笑了一下。

过了一会儿，他到了只要晃得再厉害一点就很难保持平衡的地步。现在已经是七点十分了，他必须尽快做出最后的决定。就在这时，公寓的门铃响了。“一定是有人从公司来了，”他思忖着，几乎僵住了，而他的腿却更猛烈地一个劲地四处挥舞着。静寂了片刻。“他们没去开门。”格里高尔抱着某种奢望想到，但是毋庸置疑地，女佣一听到铃声就踏着坚定的步伐去开门了。格里高尔只要听见来访者的第一声问候就确定了是谁——是协理亲自来了。为什么只有格里高尔倒霉地为这样一个公司工作，只要有一点点小的差错，就会立即遭到最大的怀疑？难道所有的员工每一个都是无赖，就没有一个是忠诚顺从的人？只是在早晨占用了公司几个小时就于心不安，头脑发呆到下不了床，还不算是忠诚、顺从？难道让一个员工过来询问还不够吗？——假设一定要刨根问底的话——就非得协理亲自过来？而且还非要向无辜的家人表示，这件可疑的事情只有靠协理的智慧才能调查清楚？与其说他是做了一个正确的决定，不如说是这些想法使他沮丧地用尽全力摆动起来离开了床。他发出了一个响亮的撞击声，但也不是什么巨响。地毯减弱了落地的声音，而且他的背也比他以为的更富有弹性，这使声音听起来比较沉闷，不是太引人注意。只是他没有足够小心地将脑袋翘起，因此当他落地的时候撞到地板了。他又气又痛，转了转脑袋，在地毯上蹭了蹭。

“那边有什么东西落在地上了。”左边屋子里的协理说。格里高尔试着想象，今天发生在他身上的这类事情某一天是否也可能发生在协理的身上，你必须承认这种假设是有可能的。可是就好像是对这个问题做出粗暴的回答似的，协理在隔壁房间坚定地走了几步，他的皮靴发出“嘎吱嘎吱”的响声。右边房间里，格里高尔的妹妹悄声地对格里高尔说：“格里高尔，协理来了。”“我知道了。”格里高尔自言自语道。但是他没敢把声音提高到足以让他妹妹听见。

“格里高尔，”这时他的父亲从左边的屋子里说道，“协理先生来了，他想知道你为什么没有乘坐早班火车走。我们不知道该对他说什么。而且，他想亲自跟你谈谈。所以请你快把门打开。他那么大度，一定会原谅你房间里的凌乱的。”“早上好，萨姆沙先生。”协理亲切地打招呼道。“他不舒服。”父亲还在门边说着，他的母亲插进来对协理说：“他不舒服。请您相信我。除此之外，格里高尔怎么可能错过一班火车！这家伙脑子里想的全是公司里的事。他晚上从来不出门，我都快为此生气了。这段时间他在城里待了八天了，但他依然每天晚上待在家里。他和我们一起坐在厨房，要不就是读读报纸或者研究火车时刻表。对他来说，用钢丝锯干点活儿，就已经是一种休闲方式了。譬如他上次用两三个晚上的时间做了一个小镜框，您一定会惊讶于它的精美的，就挂在他的房间里。等会儿格里高尔一打开门，您就会看到。无论如何，我们感谢您的大驾光临，我们自己是劝不动格里高尔开门的，他倔死了。我相信他身体不舒服，尽管他早上说自己很好，但一定不是这样。”“我马上就来。”格里高尔慢条斯理地说，但他躺着一动也没动，免得听不清他们交谈的任何一句话。“恐怕是的，萨姆沙夫人，我也想不出任何理由来解释这件事，”协理说，“我希望不是什么大病。但是另一方面我得说，我们生意人一旦遇上什么头疼脑热的小毛病——你可以说福气，也可以说晦气——为了做生意，往往不得不把它抛到一边。”“协理先生现在可以进去看你了吗？”他父亲再次敲了敲门，不耐烦地问道。“不可以。”格里高尔说。他左边的房间顿时一片尴尬的寂静，而他右边的房间里妹妹开始啜泣起来。

为什么他的妹妹不过去加入他们呢？也许她刚刚起床，还没来得及穿衣服。那她为什么要哭呢？因为他还没有起床，不让协理进去？因为他很快就要丢掉饭碗，而一旦这成真了老板会向他父母逼债？但是眼下，还没有必要担心这些事情。格里高尔还在这里，而且压根儿没想过离开他的家。此刻，格里高尔躺在地毯上，有哪个清楚他目前状况的人还当真指望他会让协理进来呢？这只不过是一点小小的失礼行为，以后很容易找到一个合适的理由来解释这次失礼行为，格里高尔不会因为这点小事就被赶出公司的。在格里高尔看来，现在让他安安静静地一个人待着比又吵又哭地来打扰他要明智得多。但其他人并不知道发生了什么，他们很担心，因此他们的各种行为也情有可原。

协理现在提高了他的声音，“萨姆沙先生，”他对他说，“发生什么事啦？您把自己关在屋子里，除了‘是’和‘不’什么也不说，您这是在给您的父母增加不必要的担心，而且——顺便说一句——还以这样的一种方式玩忽职守。我现在以您父母和您的经理的名义和你说话，非常严肃地要求你给出一个清晰明确的解释。我很惊讶，非常惊讶。我原以为你是一个遇事冷静、通情达理的人，而现在看来你要无缘无故地耍怪脾气了。今天早上，经理向我暗示了一个你没能出现的原因，这涉及到最近委托你收取的一笔账款，但是当时，我真的以我的名誉向他担保，说这个不可能是真正的原因。但是既然现在我知道你是这么固执，我再也不想为你的行为作袒护了，而且你在公司里的地位并不是那么稳固的。这些我原本想私下里告诉你的，可是既然你让我在这儿白白浪费了那么多的时间，我也就想不到好的理由不让你父母知道这些事了。最近你的工作业绩也很不让人满意；当然，我们承认最近并不是生意旺季。但是，一年里整整一个季度一点买卖也不做，那也是不行的。萨姆沙先生，我们不允许这样的情况存在。”

“可是，先生，”格里高尔喊道，他控制不住了，激动地忘记了一切，“我马上就开门，就一会儿。我之前有点轻微不舒服，一阵头晕让我起不了床。我现在仍然躺在床上。不过我刚刚又好了，我正要起床。再等一会儿。请您耐心一点，我并不像我自己想的那么健康，但是我现在已经好了。这种小毛病是打不垮我的！我昨天晚上还好好的，我的父母可以作证，不，也许我昨晚就感觉到了一点征兆。也许他们已经注意到了这点。我不知道我为什么没有早点在上班的时候就让你知道。不过，人总以为一点点的不舒服一会儿就没事了，用不着请假在家休息。拜托您了，协理先生，请别让我的父母伤心吧！您刚才的那些指责都是没有根据的。在这些问题上，从来没有人说过我一句闲话。也许你还没有看到我最近参与签订的合同。再说，我马上就要乘坐八点的火车出差去，这几个小时的休息让我重新有了精力。先生，您不必在这边等了，您先回公司，我随后就到。还劳烦您帮我把这句话转告给经理，并代我问候他。”

格里高尔急匆匆地说出了这些话，几乎不知道自己到底在说什么，与此同时，他想办法向柜子边移动，试图靠着柜子站起来——他轻而易举地就做到了，也许是因为已经在床上用同样的方法实践过了。他真的很想把门打开,想让他们看见自己,想和协理说话;他很好奇那些那么迫切地想要看见他的人真的看见他的时候会说什么。如果他们被震惊了,那么格里高尔就不用再承担责任,他就可以安心了。然而,如果他们很平静,他也没有任何理由再沮丧,而且只要他抓紧一点,就能在八点钟赶到火车站。头几次他试着站起来时,都从平整的柜子上滑了下来,最后一次,他努力往上一扬,终于站住了。他的下半身钻心似的疼着,但他一点也顾不得了。他让自己靠在最近的一张椅子背上,用自己的细腿紧紧地抓住椅背的边缘。现在,他平静了下来,并且保持安静,以便好好的听协理在说些什么。

“你们听懂他说的任何一句话了吗?”协理问他的父母,“他不是在拿我们当笨蛋吧?”“哦,天啦!”他的母亲喊道,眼含泪水,“他恐怕病得很严重了,而我们还在折磨他。格蕾特!格蕾特!”接着哭了起来。“母亲?”他的妹妹从另一侧应道。他们隔着格里高尔的房间互相交流着。“你马上去请医生。格里高尔病了。赶快去找医生。你听到格里高尔刚才说话的声音了吗?”“那是动物的声音。”协理说道,与他母亲的嚷嚷声相比,他的声音要冷静的多。“安娜!安娜!”他的父亲通过门厅向厨房喊道,急得拍着手,“找个锁匠来,快点!”话音刚落,那两个女孩就立刻穿过门厅向外跑去,她们的裙子嗖嗖作响,到了门口,一把推开就冲了出去。妹妹怎么那么快就穿好衣服了?根本没听到门再次关上的声音。他们一定让门就那么敞着,人们在家里发生可怕的事情的时候常常就那样敞开着门。

与此相反,格里高尔却平静多了。他们听不懂他的话了,尽管他觉得自己说得够清楚的,比以前还清楚——也许他的耳朵听习惯了。不过他们总算意识到他有点不对劲了,准备帮助他。他们对他处境的第一反应是自信又乐观的，这让他感觉不错。他感到自己又重新返回了人类的世界，并期待着医生和锁匠会做出了不起的、令人惊叹的成绩——尽管他都不能清楚地区分出他俩谁是谁。为了让自己的声音尽可能地清晰，以应对接下来具有决定意义的谈话，他稍微咳嗽了一下，清清嗓子。当然，他尽量小心地不发出很大的声音，因为即使是他清嗓子的声音，听上去也可能和人不同，这点他自己也判断不出来了。这个时候，隔壁的房间安静了下来。也许他的父母正和协理坐在桌旁小声地讨论着，又或者他们正靠在门旁偷偷听着呢。

格里高尔倚着椅子慢慢向门口移动，有一次他放开椅子，让自己靠在房门上，用自己具有黏性的细脚掌面扒在上面，直立着身子。他就这样休息了片刻，以便从刚刚的体力活动中恢复过来。然后，他试着用嘴去转动插在锁眼里的钥匙。不幸的是，他似乎没有真正的牙齿，这让他如何去咬住钥匙呢？不过，他有着结实有力的下颚。果然，靠着下颚，他真的转动了钥匙，但他没有注意到这样做给自己造成的伤害：一股棕色的液体从他嘴里流了出来，又从钥匙上滴到了地上。“你们听，”协理在隔壁房间说道，“他正在转动钥匙。”格里高尔感到了巨大的鼓舞。他们都应该这么鼓励他，他的父母也应该对他说：“做得好，格里高尔。”他们甚至应该哭着说，“继续转下去！别松开！”想到他们都紧张地期待着他的努力，他使出全身的力气，拼命地咬住钥匙，全然不顾身上的伤痛。当钥匙转动的时候，他也随着锁眼而转动，单单靠着自己的嘴让身体站立着。他根据需要时而挂在钥匙上，时而用全身的重量把钥匙往下推。锁弹开时清脆的声音让格里高尔清醒过来，他叹了口气，心中想道：“这下不需要锁匠来开门了。”然后他把头靠到门把手上，想把门完全打开。

门是向里拉的，所以虽然已经开了很大一条缝，外面的人还是看不到他。他必须首先慢慢转到门外侧，而且得十分小心，以免在往客厅走之前后背重重着地。他聚精会神地艰难地挪动着，无暇顾及别的，这时他突然听到协理惊呼了一声“哦”，听上去像大风呼啸而过。现在他也看到协理了，他是离门最近的，正手捂着张大的嘴巴，慢慢往后退去，仿佛被一股无形的、稳定的力量推动着。格里高尔的母亲起床后还没有梳洗，当着协理的面，披散着蓬起的头发。她先是合掌看着父亲，接着向格里高尔走去，刚走了几步就晕倒了，衣裙在身体四周摊了开来，头垂在胸前遮住了脸。他的父亲看上去很有敌意，握着拳头，好像要把格里高尔推回到自己的房间去。然后他不安地环视着客厅，手捂住眼睛哭了起来，结实的胸膛上下起伏着。

格里高尔没有继续进客厅，而是倚靠在里面另一半紧紧拴着的门上。这样，只能看见他的半个身子，还有上面侧向外边的头，他正窥视着其他人呢。此时，天已经亮了很多。街道对面那栋看上去没有尽头的灰黑色建筑的一部分清晰可见——那是一座医院——房子的正面是穿透墙面、间隔均匀的窗户。雨仍然在下，已经变成看得见的雨点，稀稀落落地滴到地上。桌子上放着好多早餐用具，对格里高尔的父亲来说，早餐是一天中最重要的一顿饭，他一吃就是好几个小时，因为他会一边就餐，一边阅读各种报纸。对面的墙上挂着一张格里高尔服兵役时候的照片，那时他是一个中尉，手握着剑，无忧无虑地笑着，一副要人家敬重他的制服和风度的样子。通向门厅的门开着，由于前门也开着，所以他可以看见房子外面的前院和通到下面的阶梯中的头两个台阶。

“好了，”格里高尔说，他意识到自己是在场的人中唯一保持镇静的人，“我现在就去穿好衣服，装好样品，准备出发。你们可以让我走吗?”他对协理说,“你看,我不是个老顽固,我很喜欢我的工作。出差很累,但是不出差我就会活不下去。您现在去哪儿,先生?去公司?是吗?您会如实报告这一切吧?一个人短时间干不出活来是很有可能的,但是恰当的时机很快就会到来,他会想起过去取得的成绩,并打算等障碍一消除就更加勤奋、投入地工作。您很清楚我对经理充满谢意。另外,我还要照顾我的父母和我的妹妹,我现在身陷困境,但我很快就会摆脱这个困境的。所以请您不要再给我增添麻烦,在办公室里为我美言两句。我知道,没人喜欢旅行推销员。他们总以为旅行推销员赚很多钱,还有大把的时间。那都是他们的偏见,但他们又没有特别的理由去好好思考这种成见。但是您,先生,比起其他的员工,您对情况了解更全面,我可以自信的说,实际上您对情况的了解甚至比经理本人还全面——因为作为老板,很容易被人误导,匆忙地做出不利于某个员工的判断。您也应该很清楚,我们旅行推销员几乎整年不在单位,很容易就成为了流言飞语和无端指责的牺牲品。而且遭遇到这些事情的时候,你几乎不可能为自己辩护,因为他本人大多听不到,只有当我们风尘仆仆、筋疲力尽地出差回来时,才感受到事情的严重性,甚至都不知道原因是什么。协理先生,在您走之前请给我一句话,让我知道,至少您认为我的一部分话还是对的!”

但是格里高尔刚刚开始说,协理就转过身向门口走去,他张着嘴,耸着肩,只是扭头向格里高尔这边看了看。当格里高尔说话的时候,他没有停留片刻,而是步伐稳定地向门口走去,眼睛却始终盯着格里高尔。他走得很缓慢,好像有一道不让他离开房间的禁令似的。他已经进了门厅,走出客厅最后一步的时候突然动了一下,十分恐慌地冲了出去。门厅里,他朝外面的阶梯远远地伸出右手,仿佛那里有什么超自然的力量在等着救他。

格里高尔知道毫无疑问，决不能让协理就带着这样的心情离开，否则他在公司里的职位就会处于极端危险之中。他的父母对这一切了解得不清楚。这么多年来，他们深信格里高尔的这份工作是个铁饭碗，而且，眼下他们有这么多要担忧的事情，根本无暇顾及将来的事。然而，格里高尔想到了以后的事。必须把协理拉回来，让他冷静下来，说服他并赢得他的心。格里高尔和他家人的未来就依靠这个了！如果妹妹在这里就好了！她很聪明，当格里高尔还安安静静地躺在床上的时候，她就已经哭过了。协理也喜欢女人，妹妹显然可以打动他。她会把前门关上，然后在门厅里把他的恐惧感消除。可是他的妹妹不在，格里高尔必须亲自做这个事。他根本没有想以他现在的状态是否有能力熟练地操纵自己的身体，也没想他的话可能——甚至极有可能再次不被理解，他放开了门，往外挪动。协理此时很可笑地用双手抓着门前阶梯的栏杆，格里高尔试着向他走去，可是刚刚迈步，他就找不到支撑点，轻轻叫了一声跌倒了，那很多条细腿同时着了地。腿一着地，他今天第一次感到了全身舒服，这么多条细腿终于稳稳当当地踏在实地上了。更让他欣慰的是，它们很听他的使唤，他想去哪里，它们就竭尽全力地带他去哪里。于是他想，很快这一切痛苦就都会结束了。由于动作不便，他摇摇晃晃地在地板上挪动着。他的母亲在他前面不远的地方，一开始，她看上去似乎陷入了沉思。但是随后，她突然跳了起来，双臂前伸，十指张开，大声叫道："救命！天啦，救命！"她低着头，好像要更好地看清楚格里高尔，但是，她急忙往后退的第一反应又与这个愿望相违背。她忘了她的后面是那张摆满早餐用具的桌子，当她退到桌面，心不在焉地一屁股坐了下去，不知道自己做了什么，甚至都没有注意到她旁边的咖啡壶被她碰倒了，咖啡从壶里流到了地毯上。

“母亲，母亲！”格里高尔看着她轻轻地喊道。此刻，他已经完全忘记了协理，看见咖啡从壶里流了出来，他禁不住大张着嘴巴，在空中咂吧。这使得他的母亲再次尖叫了起来，从桌旁逃离开，撞到了正朝她奔来的父亲的手臂上。但是，格里高尔现在无暇顾及他的父母了，协理已经跑到楼梯处，下巴出现在栏杆上，最后一次回头看格里高尔。格里高尔爬向协理，想尽快追上他。协理一定预感到他要做什么，立刻一个大步跳下几级台阶消失了，不过他的叫声还在整个楼梯间回响着。不幸的是，协理这一跑，似乎让格里高尔的父亲也陷入了恐慌。这之前，他一直是比较镇定的，但是现在，他非但没有自己亲自去把协理追回来，或者至少不阻止格里高尔去追，反倒是右手抓起了协理先生的手杖（协理把它遗忘在一张椅子上了，还有他的帽子和外套），左手从桌上捡起了一张大报纸，一边跺着脚，一边用报纸和手杖把格里高尔赶回他的房间去。格里高尔怎么求他的父亲都没有用，他的请求父亲似乎听不懂，尽管他低声下气地转着脑袋，然而，父亲非但没有停止，反而跺得更厉害了。房间的另一边，母亲不顾阴冷的天气打开了一扇窗户，上身远远地靠到外面，双手捂住脸。街道和楼梯之间刮起了一阵强烈的穿堂风，窗帘飘了起来，桌子上的报纸沙沙作响，有几张被吹到了地上。格里高尔的父亲像个野人似的，发出尖利的嘶嘶声，毫不留情地把他逼回房间去。格里高尔从来没有倒退着走过，只能缓慢地往后退着。如果格里高尔可以选择转身，他早就回到房间里去了，但是他害怕他转身需要很长的时间，而这会使他的父亲失去耐心，父亲随时都可能拿起手中的手杖向他的后背或脑袋发起重重的致命一击。然而，最终格里高尔发现他没有别的选择，让他失望的是，他没有能力在倒退时保持一条直线。所以，他尽可能快地开始转身，同时心惊胆战地不时侧过身来看看父亲。实际上却转得非常慢，但是也许父亲察觉到了他的良好意图，因为他没有在背后做任何事，反倒是时不时地从远处转动着手杖，告诉他该朝哪个方向转。只是，如果父亲能停止发出那令人难以忍受的尖利嘘声就好了！那使格里高尔感到晕头转向。他已经几乎完全转过去了，可是仍然听到那嘘声，做出了错误的判断，又一次转了回来。当他终于头朝前来到门边时，他很高兴，但是他又发现他的身子太宽了，而缝隙太窄，如果不再想点别的办法，根本进不去。父亲在目前的心境下，显然想不到打开另外半扇门，让格里高尔有足够的空间可以进去。他现在只想着，格里高尔最好尽快回到他的房间去，也别指望着他会给格里高尔站立起来的准备时间，让他直立起身子进屋。与此相反，他更加大喊大叫，径直把格里高尔往前赶，好像前面并没有什么障碍似的。这在格里高尔听来，现在身后好像不只有一个父亲了。这可不是一次愉悦的经历，格里高尔不顾一切地把自己挤到了门里。他身体的一侧向上抬起，以一个角度斜躺在门框里，身体的一侧擦得遍体鳞伤，洁白的门上留下了很多难看的棕色斑点，很快他就卡住了，凭他自己根本无法动弹，一侧的腿悬在空中颤抖着，另一侧的腿则在地上被挤压得疼痛难忍。就在这时，父亲从他背后给了他重重一击，使他从原来的地方彻底解放了出来，弹进了自己的房间，但是他全身鲜血直流。父亲用手杖把门关上了，终于，一切都安静了下来。

三

直到天都黑了，格里高尔才从昏厥般的沉睡中苏醒过来。即使没有被打扰，过不了多久，他也会自己醒过来，因为他已经有了足够的睡眠，休息好了。但是他还是觉得，是一些急促的脚步声和小心关上通向门厅的房门的关门声把自己吵醒的。街道的灯光透过窗户落到天花板和家具的上方，但是下面，格里高尔所在的地方却是一片黑暗。他慢慢地往门口移动，用他现在才发现价值的触角笨拙地摸索着道路，想去看看外面发生了什么。他整个左半身看上去就像一道长长的、紧绷着的伤疤，他依靠着两排腿缓慢费力地前行着。其中一侧腿在早上的事件中严重受伤了——竟然只有一边受伤了，真是个奇迹——耷拉着被拖着往前走。

到了门边他才发现真正把他吸引过去的是什么，那是某种东西的味道。门边放着一个装满了甜牛奶的小碟，上面漂着几小片白面包。他高兴得几乎笑出来，因为他比早上更饿了，于是他立刻把头浸在碟中，牛奶都快要遮住了眼睛。但是，他很快就失望地抬起了头，不仅仅是因为他的左侧身子很疼，让他吃饭非常困难——只有他的整个身体喘着粗气、上下摆动、一起运作，他才能吃饭——还因为牛奶尝起来一点也不可口。像这样的牛奶原本是他最爱喝的，而他的妹妹一定是考虑到这点，才把它放在那儿。但是，他几乎是违背自己意愿地转身离开了碟子，爬回到房间的中央。

通过门缝，格里高尔可以看见客厅里点着煤油灯。往常这个时候，父亲已经坐在那里大声地给格里高尔的母亲，有时也给妹妹朗读晚上的报纸了，可是现在，什么声音也听不到。格里高尔的妹妹以前经常在信里跟他提起这个读报习惯，也许父亲最近一段时间放弃了。整个住宅静悄悄的，但是房子里一定有人。“家里人过着多么平静的生活啊。”格里高尔想道，他凝视着眼前的黑暗，一种自豪感油然而生，他可以让父母和妹妹在这样一座房子里过着这样的生活。但是，如果这种宁静、富裕、舒适的生活现在就要可怕地结束了，该怎么办呢？那是格里高尔不愿多想的事情，所以他又重新活动起来，在房间里爬来爬去。

在这漫长的黑夜里，有一次房间这边的门被轻轻地打开了一下，但是很快又关上了。随后，另一边的门也是同样的情况。看上去有人需要进来，却又有别的顾虑。格里高尔马上爬到门边停了下来，想以某种方式让顾虑太多的来访者进来，或者至少知道来人是谁。但是，那晚再也没有人来开门，格里高尔白等了。先前关着门的时候，每个人都想进来，但是现在，即使他开了一扇门，而另一扇门显然整天都是不锁的，也没人进来，而且钥匙还在外头插着。

直到深夜，客厅里的灯才灭了，现在轻易就可以断定，他的父母和妹妹一直醒着，因为他清清楚楚地听见，他们踮着脚尖离开了。很明显，天亮以前都不会有人到格里高尔的房间里来了，这给了他充分的时间来安安静静地考虑，如何重新安排以后的生活。不知道为什么，这间又高又空的屋子让他感到很不舒服，因为他被迫躺在地板上，尽管他已经在这里生活五年了。他无意中做了个转身动作，除了感到一点轻微的羞耻，他急忙地爬到了沙发底下。虽然他的后背受到了一点挤压，头也没法抬起来，但是他立刻感到很轻松，唯一让他懊恼的就是，他的身体太庞大了，无法完全躲到沙发下面。

他整晚都待在那里。有时他睡得很轻，不时地被饥饿唤醒；有时陷入焦虑；有时又燃起希望，尽管最后都会得到同样的结论：目前，他必须保持冷静，必须拿出耐心和充分的体谅，这样他的家人才能忍受他目前这种状况所带给他们的麻烦和不快。

第二天一大早，几乎天还没完全亮，格里高尔就有了检验他的决定是否坚定的机会，他的妹妹，几乎穿戴整齐，从前屋打开了门，神情紧张的往里面看。她没有立刻看见他，可是当她在沙发底下注意到他的时候——天呐，他总得待在什么地方，总不至于就这么飞走吧——她大吃一惊，几乎失控地从外面又把门关上了。但是她似乎又后悔了，马上打开门，踮着脚尖走了进来，仿佛来探视一个重病患者或者拜访一个陌生人似的。格里高尔从沙发边缘探出头来看着她。她会不会发现他没有动牛奶，并不是因为他不饿，另给他带些更加适合他口味的食物来？如果她不主动这么做，格里高尔宁愿饿死，也不想暗示她去这么做，尽管他非常想从沙发下面冲出来，跪在妹妹的脚下，求她给自己送点好吃的来。但是，他的妹妹马上惊讶地发现盘子还是满的，只有一点点牛奶撒到了盘子的四周。她马上拿来一块布，垫在下面，把盘子端走了。格里高尔非常好奇妹妹会给他端什么来，各种猜想冲击着他的脑袋，但他怎么也没猜到他好心的妹妹真正给他带来的会是什么。为了搞清楚他到底喜欢吃什么，她带来了各种不同的东西，都在一张旧报纸上摊开来。有不新鲜的、开始腐烂的蔬菜；有晚餐剩下的骨头，四周还有凝固的白色肉汁；一些葡萄干和杏仁；一些格里高尔两天前说过不能再吃的奶酪；一片干面包和一些涂了奶油、撒了盐的面包。除此之外，她还在旁边放了一个也许以后都专门为他准备的、装满水的钵子。考虑到格里高尔的感受，她知道格里高尔当着她的面是不会吃的，所以她急忙出去了，还转动了一下钥匙，好让格里高尔知道，他觉得怎样舒服就怎么来。格里高尔的那些细腿跃跃欲试，他终于可以吃饭了。而且，他的伤口好像都愈合了，他一点也没觉得碍事。这让他感到很惊讶，因为他想起一个多月以前，他用刀在手上轻轻划了道小伤口，直到前天这个伤口还有点疼呢。“难道我现在没有以前敏感了？”他一边想着，一边贪婪地吃着奶酪，在所有的这些食物中，最先强烈吸引他的就是奶酪。很快，一口接一口地，格里高尔吃了奶酪、蔬菜和肉汁，眼里流出了满意的泪水；相反，他一点也不喜欢新鲜的食物，甚至因为不能忍受它们的味道，而把他想吃的东西叼到了远离钵子的地方。他吃完了以后，懒洋洋地躺在老地方。这时，他的妹妹轻轻转动钥匙，提醒他可以回去了。尽管他已经处于半睡眠状态了，还是立刻清醒了，又急忙爬到沙发下面。即使是有妹妹在房间里的短暂时刻，他也需要极大的自控能力才能待在沙发底下，因为他吃得太饱了，身体鼓了起来，挤在那么狭小的空间里差点不能呼吸。他有点窒息，眼睛微微鼓起，看着完全不知道他在想什么的妹妹，用扫帚把吃剩的东西扫到一边，甚至包括格里高尔碰也没碰过的，仿佛这些一点用也没有。她很快地把这些东西倒进一个桶里，盖上木盖，提了出去。妹妹刚刚走，格里高尔就从沙发底下爬了出来，舒展身子，大口地喘气。

现在格里高尔每天是这样得到他的食物的，第一次是在早上，父母和女用人还在睡觉，第二次则是在大家都吃完午饭后，这时他的父母要小憩一会儿，而女用人则被妹妹派去做某件事了。格里高尔的父母当然也不想让他饿死，只是他们不想亲眼看他怎样吃饭，宁愿从别人嘴里知道，也许妹妹是不想再给他们增加一点点哪怕只是小小的忧伤了，他们已经够苦的了。

格里高尔无从知晓第一天上午他们是如何让请来的医生和锁匠离开的。因为没人能懂他的意思，也没人——包括他的妹妹——认为他能听懂他们的话，所以，每次妹妹到他的房间来时，他能间或听到她的叹息声和向圣者的祈求声就应该觉得满足了。后来，当她开始稍稍习惯这一切时——当然，要她完全习惯是不可能的了——格里高尔开始偶尔听到一点友好的评论，至少可以这么理解。每当他吃得干干净净时，她就会说："他今晚吃得很香。"而当他剩下很多，这种情况是越来越频繁了，她就总是忧伤地说，"又全剩下了。"

格里高尔并没有直接从家人那里听到什么消息，然而，他倒是从隔壁房间听到了一些话：无论何时他听到旁边房间的说话声，他都会赶忙跑去那边，把整个身体贴到门上。尤其是在头几天，任何一次谈话都或多或少与他有关，哪怕只是秘密地谈到他。整整两天，每次用餐时都可以听到他们在讨论现在该怎么办。即使不是在用餐的时候，他们也在谈论同一个话题，因为总是同时有两个家庭成员在家里，看来谁也不想单独留在家里，也没人愿意家里处于无人状态。第一天里，女用人就跪下来恳求母亲马上辞退她，一刻钟后她向父母告辞时，眼含泪花地感谢母亲辞退了她，仿佛辞退她是他们为她做的一件天大的好事——谁也不完全清楚，家里发生的事情她知道多少。她甚至于在没人要求她的情况下发了一个毒誓，声称绝对不会向外人泄露哪怕一丁点儿这里发生的事情。

现在妹妹也得帮助母亲做饭了。不过，现在做饭也不是太麻烦，因为他们几乎不吃什么东西。格里高尔经常听到，一个人怎样叫另一个人吃饭，得到的回答却总是"谢谢，我饱了"之类的话，也没人喝饮料了。妹妹常常问父亲要不要喝啤酒，甚至希望有机会亲自去买。而父亲却一声不吭，妹妹为了打消他的顾虑，说可以让女管家去买。这时，父亲终于大声地说了一个"不"字，妹妹就再也不提啤酒的事了。

还是在第一天，父亲就向母亲和妹妹说明了家里的全部财产状况和前景。他不时地从桌旁站起来，走向一个小小的保险箱，从里面拿出一些单据或笔记本什么的，这个保险箱是五年前他的商店破产时留下的。格里高尔听见他如何打开保险箱那把复杂的锁，拿出要找的东西后又如何重新锁上。父亲的说明是自从格里高尔被关在他房间里以后，听到的第一件令他高兴的事情。他原以为，父亲的商店破产时没有给他留下任何东西，至少父亲从来没有告诉过他与此相反的话，而格里高尔也从未问过他。格里高尔那时候一心想的是，他要竭尽全力，让一家人尽快忘记使大家陷入绝境的破产灾难。于是，他开始拼命工作，几乎一夜之间凭着一股热血从一个小伙计当上了旅行推销员，旅行推销员的赚钱机会当然完全不同于小伙计。格里高尔的工作业绩立刻以佣金的形式变成现金，拿回家放在桌上，让全家人又惊又喜。那是一段美好的时光，后来再也没有出现过，至少再也没有那样令人激动、兴奋不已过，尽管格里高尔后来挣的钱不少，有能力承担而且也确实维持了整个家庭的开销。家里人也好，格里高尔也好，大家都习以为常了，格里高尔很愿意把钱交给家里，家里人心怀感激地收下，如此而已，他们之间再也没有产生特别暖融融的感情。现在，只有妹妹还让格里高尔感到仍然保留着亲切。与格里高尔不同，妹妹非常喜欢音乐，在小提琴方面很有天赋。他有一个秘密的心愿，就是不管费用多高，不论用什么方法，他都要筹到钱，第二年送妹妹到音乐学院上学。格里高尔在城里短暂逗留期间，和妹妹谈话时经常提到音乐学院，然而，这始终只是一个无法实现的梦想，他们的父母都不愿听到这种不切实际的对话。格里高尔知道这相当困难，但是却拿定了主意，并打算在圣诞节前夜隆重宣布他的决定。

他靠在门边倾听外面的谈话时，脑子里就转着这些在他目前的状况下毫无用处的想法。有时，他太累了什么也听不进去，脑袋无力地耷拉下来，磕到门上，他赶紧抬起脑袋，因为只要由此引起一点点响动，让隔壁房间的人听见，他们就会闭上嘴巴，不再说话。父亲过了片刻后才说："不知道他又在干什么了。"显然他是朝门这边说的，随后他们才慢慢恢复中断了的谈话。

在解释一些东西的时候，父亲常常重复好几次他的话，因为一方面，他自己已经很长时间没有管这些事情了，另一方面，母亲也不能听一遍就把所有事情搞明白。从这些重复多次的解释中，格里高尔听到了令他高兴的事情，虽然家门不幸，但是家里还有一笔以往留下来的小小的财产，在这段时间里一直没有动用的利息使这笔财产略有增加。此外，格里高尔每月拿回家的钱，他自己只留下几块钱，他们也没有全部花光，也已经积攒成了一笔小小的资金。格里高尔在门后听着，不禁频频点头，他没想到家里过日子如此谨慎节俭，他对此感到十分喜悦。他实际上可以用这些剩余的钱，还掉一些父亲欠经理的债务，要是那样，他本可以早些辞掉那份工作，不过现在看来父亲这样做是好多了。

然而，这笔钱只靠利息，根本不够一家人过日子。也许顶多能让全家人生活一两年，按理说，这笔钱是不能轻易动用的，只能留着应急，日常费用得去挣出来。可是谁去挣呢？父亲虽然还算健康，但是也已经老态龙钟，缺乏自信心，而且已经五年没有做事。这五年是他碌碌无为的一生中第一次得闲休假，他身体开始发福，动作也变得相当迟钝。年迈的母亲患有哮喘病，每隔一天就犯一次，不得不坐到敞开的窗户边的沙发上休息，难道还要她去挣钱养家吗？妹妹还是个十七岁的孩子，迄今为止过着无忧无虑的生活，她穿漂亮的衣服，睡懒觉，帮着做点家务活，参加过几次不那么奢华的娱乐活动，顶多是拉拉小提琴，难道要她出去做事挣钱？每当谈起一定得有人出去挣钱，格里高尔总是第一个离开门，一头扑到门旁那张冰凉的沙发上，因为他既羞愧又懊悔，浑身发热。

他常常整夜地躺在那里，一刻也不睡，只是一连几个小时地在沙发皮面上蹭来蹭去。或者他不惜花大力气，把一个沙发椅推到窗边，然后爬到窗台上，后背顶住椅子，身体靠在窗子上，看来他是在回忆从前临窗眺望时，给人的心旷神怡的解脱感觉。但是，现在做这些明显不如记忆中充实，眼前这些看上去一天比一天模糊了，甚至于离他近一点的东西，对面的医院都根本看不见了，而过去他还因为老看见而诅咒过它。要不是他明明知道他住在安静的、位于市中心的夏洛蒂大街，他会以为在窗外看到的是一片荒芜之地，灰蒙蒙，分不清天与地。细心的妹妹只两次看见过椅子放在窗边，这以后她每次整理完房间，就把椅子丝毫不差地放回到窗边，甚至从此还让里层的窗棂开着。

要是格里高尔能和妹妹说话，感谢她为他所做的一切，他的心里就会好受一些。可是他做不到，为此很痛苦。妹妹自然尽量设法消除整个事件带来的难堪局面，这一点她越做越好，然而随着时间的推移，格里高尔把其中的隐情看得越来越清楚。从她走进他的房间，他就觉得不快。以往，她进了屋总是很警惕地飞快地关好门，不让其他人看见格里高尔屋里的情形，而现在，她进屋后，顾不上关门，径自奔向窗口，一把打开窗子，仿佛她憋得透不过气似的。尽管天气很冷，她也要在窗边待好一会儿，深深地呼吸几口气。她每天进来两次，在房间里跑动，弄出声响，让格里高尔惊恐。他躲在沙发底下，瑟瑟发抖，心里却很清楚，其实妹妹只要做得到，是一定会关着窗户整理格里高尔的房间的，不会拿这些无谓的动作打扰他。

格里高尔变形后大概过了一个月的某天，他妹妹本不该有什么特别的理由为他的外形感到吃惊，这次她比以往来得稍微早了一点，看见格里高尔还站在窗边，看着窗外，一动不动，站立的姿势令人害怕。倘若她因为格里高尔一直站在那里，妨碍她立刻进来开窗户就不进来了，格里高尔也不会感到吃惊，可是她不仅没有进来，而且还径自退了回去，关上了门。陌生人还以为格里高尔吓到了她，想咬她呢。格里高尔立刻躲到了沙发底下，可是他一直等到中午，妹妹才再次来到他的房间，而且她看起来比以往烦躁不安多了。他因此认识到，她仍然对他的样子无法忍受，而且今后还会继续下去，哪怕她只看见沙发底下露出的他的一小部分身体，恐怕也得费很大的劲控制自己，才不至于跑出他的房间。为了不让妹妹看见自己的身体，他有一天花了整整四个小时，用自己的后背把一块床单背到沙发上，将它铺好，让它能够完全遮住自己的身体，妹妹即使弯下腰也一点看不见他。如果她以为这块床单毫无必要，早就可以把它弄走了，因为她很清楚，格里高尔不可能为了找乐子用床单把自己完全封闭起来，然而妹妹并没有动床单。格里高尔有一次小心地从床单下探出头来，想看看妹妹对他的新安排有什么反应，结果发现她的脸上似乎闪现出一丝感激。

头十四天里，父母没有勇气进来看格里高尔，不过他常常听他们夸赞妹妹，十分赞赏她现在所做的事情，而以前，他们总为她的一无是处所烦恼。现在可不同了，妹妹在格里高尔屋里打扫时，他们两个，父亲和母亲，常常在格里高尔门外等着，她一出来就要她仔细地给他们讲格里高尔屋里的情形，他吃了什么，这一次他有什么样的举止，有没有发生什么好转的迹象。母亲很想早点进去看望格里高尔，但是父亲和妹妹劝阻她不要进去。格里高尔对他们的理由听得很真切，认为他们讲的很有道理。后来，母亲非要进来时，他们不得不使出全身力气拉住她。母亲大声喊道："让我进去看看格里高尔，他是我不幸的儿子啊！难道你们就不明白我一定要去看他吗?”这时格里高尔想,要是母亲能进来,也许真是一件好事,当然不是每天来,而是一周一次。她终究比妹妹要懂得多,妹妹尽管勇气可嘉,毕竟还只是个孩子,没有能力像成人一样意识到她承受的担子多么沉重。

格里高尔想要见到母亲的愿望很快就实现了。考虑到父母,格里高尔白天尽量避免在窗户边被别人看见,然而,在几平方米的地板上,他没有足够的空间爬行,一动不动地躺一整夜早就已经腻了,吃饭也早已兴味索然,于是,为了消磨时间,他养成了在墙上和天花板上爬上爬下的习惯。他特别喜欢倒挂在天花板上,这样和躺在地板上的感觉完全不同,他可以更畅快地呼吸,身体会轻微地晃动。在这种几乎令他感到高兴的放松状态,也会发生这样的事:连他自己都感到意外地松开吸附在天花板上的腿,然后跌落在地板上。但是现在,他当然能够比以前更好地控制自己的身体,甚至于重重地跌落到地板上也不会受伤。妹妹很快就注意到了格里高尔新的消遣活动,毕竟他在他爬行过的地方留下了黏液的痕迹。于是,妹妹想要挪走一些家具,尤其是衣柜和书桌,以便格里高尔顺畅地爬行。可是,现在她一个人做不了这些事,又不敢向父亲寻求帮助,十六岁的女佣肯定不愿意帮这个忙,因为先前那个厨娘辞职时,她虽然勇敢地挺了过来,却请求主人允许她始终关着厨房的门,除非有重要的事情叫她时才开门。所以妹妹别无选择,只有等父亲不在家时,请母亲过来帮忙。当母亲接近房间时,格里高尔听见她愉快的声音,可一到格里高尔房门前就戛然而止了。自然是妹妹先进来,看看房间是否一切正常,然后才让母亲进来。格里高尔赶紧把床单往沙发下拽了拽,弄出更多的折痕,让它看起来真的像只是随意扔在沙发上一样。这次,格里高尔克制住了自己从床单下探头窥视的念头,他坚持到最后,放弃了见母亲一面的机会,母亲到他屋里来，他已经很高兴了。“你可以进来了，我们看不见他。”妹妹说，显然她拉着母亲的手。格里高尔听见这两个弱女子如何把沉重的旧柜子从老地方挪开，妹妹如何抢重的那一边抬，完全不顾母亲担心她精疲力竭，劝告她不要猛干的话。她们干了很久。在费力地挪动了大约一刻钟后，母亲说，她们最好还是把柜子放到老地方，第一，柜子太沉了，父亲回来之前她们搬不走，柜子放在房间中央会更加挡住格里高尔的路；第二，谁也不能确定搬走家具对格里高尔是否真正有帮助。母亲觉得情况可能正相反，她看见空荡荡的房间，心里憋得慌；为什么格里高尔就不会有这种感觉呢，他早就习惯了这些在他房间的家具，在空荡荡的房间里他会觉得孤单的。“这样做是不是就——”母亲最后轻轻地说，可以说是耳语，仿佛她不想让格里高尔——她不知道她待的确切位置——听见哪怕是她说话声音似的，因为她坚信他听不懂她的话，“我们搬走家具，是不是以此向他表明，好像我们彻底放弃了他能康复的任何希望，让他自生自灭呢？我觉得，我们最好还是使房间保持原状，这样，格里高尔一旦重新回到我们中间时，就会发现一切都没有变，就会更容易忘记这一段悲惨的时光。”

格里高尔听了母亲这番话，才想起两个月以来他没有直接和人交谈过，加上一家人过着单调的日子，这种状况肯定把他搞糊涂了，否则无法解释他为什么会真的渴望搬空他的房间。难道他真的想把这间温暖的、布置着祖传的漂亮的家具的房间变成一个洞穴？他可以在里面随意地向各个方向畅通无阻地爬行，而同时却迅速地忘记他以往的人生？他现在真的快要忘记过去的一切了，是久违了的母亲的声音唤醒了他。什么东西也不要搬走，一切都要保持原样。对于他目前的状况，家具可以产生良好的作用，这一点是他现在不可缺少的。如果家具妨碍他毫无意义地爬行，也不会给他带来损失，相反是一件大好事。

可是妹妹却不幸地不这么认为。她已经养成了一个习惯，在谈论格里高尔的事情时，她变成了格里高尔的发言人，这自然不是毫无道理的。这意味着她现在听见母亲提出的这个建议，觉得有足够的理由，不仅坚持要把她首先想到的衣柜和书桌搬走，而且坚持要把所有家具都搬走，只留下不可缺少的沙发。她坚持这样做，当然不仅仅是因为她小孩子的执拗和最近意想不到地好不容易获得的自信，而且她确实通过观察发现，格里高尔需要很多空间来爬行，而这些家具——就她所见——他从不使用。不过，也许是她这个年龄的女孩子对事情的特有的热情，她要让他们觉得无论何时也要满足格里高尔才行。也许正是因为这样，格蕾特才试图使格里高尔的情况变得更加令人恐惧，这样她就可以为他做更多的事情。因为倘若格里高尔在一间只有四面墙壁的房间里爬行，那么，除了格蕾特，恐怕再也没人敢进去了。

所以，她拒绝了母亲的劝说，坚持自己的决定。格里高尔的母亲在他的屋子里已经心神不宁，她很快停止讲话，并且尽力帮助格里高尔的妹妹往外搬衣柜。柜子对于格里高尔来说可有可无，但是书桌无论如何得留下。当母女俩喘着粗气，刚把柜子搬出房间，格里高尔就从沙发下探出头来，看看他如何能够小心谨慎地、尽可能妥帖地加以干预。可是，不幸的是母亲先回来，格蕾特还在隔壁房间中伸开双臂抱着柜子来回晃动，当然，柜子纹丝不动。他的母亲还没有习惯格里高尔的模样，此时让她看见他，准会把她吓出病来，所以格里高尔赶紧一直往后，退到沙发的另一头。在这样匆忙的情况下，前面的床单轻微地晃动了起来，这就足够引起母亲的注意了。她停住脚步，站了一会儿，然后向格蕾特走回去。

格里高尔在心里一再对自己说，其实并没有发生什么不寻常的事情，他们只是在挪动几件家具而已，但是他很快不得不承认，两个女人的来回走动，她们的轻声叫喊，家具在地板上拖动发出的声响，这一切使他感觉就像一阵从四面八方向他逼来的喧嚣。他把头和腿紧紧地缩成一团，身体紧贴着地面，他不由得对自己说，他无法再忍受下去了。她们要搬空他的房间，拿走所有他喜欢的东西。放着圆锯和其他工具的柜子已经搬出了房间，现在她们正在松动桌腿已经紧紧卡进地板里的书桌，他早在当商学院学生，当中学生，甚至还在幼儿园时就在这张书桌上写作业了——他真的没有时间去视察这两个女人的良好意图了，他也几乎忘了她们两人的存在，因为她们现在干得精疲力竭，既不说话也不喊叫了，格里高尔只能听见她们在地板上沉重的脚步声。

于是，当两个女人在隔壁房间，靠着书桌喘气休息的时候，他从沙发底下钻了出来，换了四次爬行的方向，他确实不知道自己该先救什么，这时，他的注意力突然被已经腾空的墙上挂着的，全身都是毛皮衣服的女士的画像所吸引。他赶忙爬上去，把身体紧贴在画像的玻璃上，这让他发热的肚子感觉很舒服。现在格里高尔完全遮住了画像，他想至少这幅画肯定没人会拿走了。他把头转向客厅的门，以便观察两个女人回来时会有什么反应。

她们没有歇息多久就回来了。格蕾特用胳膊搂着母亲，几乎支撑着她全身的重量。“我们现在拿什么呢?”她环顾着四周问母亲。这时她的目光和墙上格里高尔的目光相遇。也许只是因为母亲在场，她才保持了镇静，为了不让母亲四处张望，她赶紧朝她低下头去，慌张地颤抖着声音说:“来，我们还是回到客厅里休息一会吧。”格里高尔清楚格蕾特的意图，她是想把母亲带到安全的地方，然后把他从墙上赶下来。好，她尽管来试试好了！他紧紧的趴在画像上，他宁可跳到格蕾特的脸上，也不让她把画像拿走。

可是格蕾特的话反而让母亲感到相当的不安，她走到一边，瞥见了印着花卉的墙纸上的那个巨大的棕色的东西，她还没有意识到那就是格里高尔，就喊道："啊，天哪！啊，天哪！"说完，她就伸开双臂，仿佛放弃一切似的，倒到沙发上一动也不动了。"格里高尔！"妹妹举起拳头，眼睛瞪着他喊道。这是格里高尔变形后她直接对他说的第一句话。她跑到隔壁房间，拿了一种香精，想用它让母亲从昏厥中苏醒过来，格里高尔也想去帮忙——救这幅画还有时间，可是他紧紧地粘在玻璃上，不得不使出全身力气才从画像上下来。然后，他也跑进隔壁房间，好像他还能像从前一样给妹妹出个什么主意似的，但是他到了那里，只能无所事事地站在她身后。妹妹拿起各种各样的瓶子找着，当她转身时看到了他，大吃一惊，一个瓶子掉到地上摔得粉碎，一块碎片划破了格里高尔的脸，某种刺鼻的药水溅了他一身。格蕾特没有久留，尽她所能地拿起所有药瓶，跑进母亲所在的房间，用脚砰的一声关上了房门。这下格里高尔被关在门外，和母亲分开了，由于他的过错，母亲也许快要死了。倘若他不想把妹妹从母亲身边赶走，他就不能开门，妹妹必须待在母亲身边。他只能等，别的什么事情也做不了。受自责和忧虑的双重煎熬，他开始爬行，墙壁、家具、天花板，他哪儿都爬，最后他绝望了，好像整个房间绕着他旋转起来，于是他从天花板上掉了下来，落在桌子中央。

格里高尔一动不动地躺了一会儿，四周静悄悄的，也许这是个好兆头。这时有人敲门，保姆自然把自己反锁在厨房里，所以只能由格蕾特去开门。是父亲回来了。"发生什么事了？"这是他的第一句话，格蕾特的表情肯定向他泄露了一切。她用低沉的声音回答他："母亲晕过去了，不过现在已经好多了。格里高尔跑出来了。"显然她是把脸紧紧贴在父亲的胸脯上说的。"我早料到了，"

父亲说，“我跟你们说了多少次了，你们女人就是不肯听，你说是不是？”格里高尔很清楚，父亲把格蕾特过于简短的汇报往坏的方面作了解释，认定格里高尔干了什么暴力行动。因此，格里高尔现在必须设法平息父亲的怒气，他没有时间也不可能向他解释。于是，他赶紧退回到自己房间的门口，紧靠在门上，以便父亲从门厅进来就能一眼看见，他非常愿意马上回到自己的房间，他们没有必要去赶他，只要把门打开，他就会立刻进屋消失不见。

他的父亲，并没有心情注意到他那细腻的感情。“啊！”他一进门就喊了一声，听起来好像既生气又高兴。格里高尔把头从门上缩回来，抬起来对着父亲。他确实没有想到，父亲会是这个样子。诚然，这几天他一直在适应爬行的新习惯，觉得新鲜，竟忘了像从前一样去关注家里发生的事情，他真的应该想象到会有新情况发生，但是话虽如此，站在他面前的还是自己的父亲吗？以前，当格里高尔出差回来的时候，他总是疲惫不堪地躺在床上；当格里高尔晚上回来的时候，他总是穿着睡衣坐在扶手椅里迎接他，他几乎就站不起来，而只是抬一下手臂表示高兴。一年里难得有几个周末或者公共假日，他才和家人一起出去散步，他走在格里高尔和母亲之间，紧紧地裹着大衣，小心翼翼地拄着拐杖慢慢向前移动脚步，比他们两人走得还要慢一些，每当他要说话时，他就停住脚步，让陪他的人围到他身边。他现在挺直了身板，一件银行的勤杂工之类的人穿的镶着金色纽扣的蓝色制服紧绷在身上，高高的制服硬领托着他那肥大的双层下巴，浓密的眉毛下，一双黑眼睛炯炯有神，原先蓬乱的白发往后梳得溜光，中间留着分头。他戴着一顶绣着金色字母好像是某个银行标记图案的帽子，他脱下帽子，把帽子抛出一条长长的弧线，帽子飞过整个房间落到沙发上，然后他把那件长制服的下摆往后一甩，双手插进裤袋，仿佛下定决心一样的朝格里高尔走去。他自己大概也不知道要干什么，不过他把脚抬得不同寻常的高。格里高尔看到他的靴底大得出奇，感到很吃惊。但是他没有在吃惊上停留多久，从他开始新生活的第一天起，他就知道父亲认为应该对他采取非常严厉的态度。于是他便随着父亲走，父亲停下来他也停下来，只要父亲一动，他就赶紧往前走。就这样，他们在房间里绕了好几圈，而没有发生什么大不了的事情，由于走得很慢，整件事甚至没有给人一种一追一逃的感觉。格里高尔仍然留在地板上，假如他逃到墙上或天花板上，他害怕父亲会把它看作是一种特别恶毒的行为。无论他做什么，格里高尔不得不承认，连这种奔跑他也坚持不下去了，因为父亲每迈一步，他就得做无数次的动作。他开始变得明显的气喘吁吁了，以前他的肺就不那么让人放心。现在，当他跌跌撞撞往前跑时，为了把全部力气集中在逃跑上，他几乎不能睁开眼睛。他思维迟缓的跑着，根本没有想到还有别的办法救自己，他几乎忘了几面墙都是可以任他爬行的，当然，墙边摆放着的雕花家具，上面布满了凹凸的刻痕。这时，一个东西从他身边轻轻地飞过，滚落到他面前。这是一只苹果，马上第二个苹果又向他飞过来，格里高尔吓得呆住了，继续往前跑没有用，因为父亲已经决定轰炸他了。他拿了餐柜上水果盘里的水果，装满了他的几个口袋，甚至于都没有瞄准就一个接一个的向他扔过来。这些小小的红苹果像带了电似的，在地上滚动，互相碰撞着。一只轻轻扔出的苹果打在格里高尔的后背上，然后滚落了下去，并没有给他造成什么伤害。接着又飞过来一个苹果，直接嵌入了格里高尔的后背。格里高尔想爬开，仿佛换个地方就能消除这难以置信的痛苦一样。然而，他觉得好像被钉住似的，动弹不得，最后不省人事。他最后一次睁开眼，看见自己的房间门被打开，妹妹在尖叫，母亲跑在她前面，只穿着短上衣（因为妹妹已经解开了她的外衣，好让她呼吸更加通畅）。母亲向父亲跑过去，随着她的奔跑，解开扣子的外衣一件件地滑落到地上，她跌跌撞撞地跨过衣服冲向父亲，一把抱住他，紧紧地和他抱在一起，双手放在父亲的后脑勺上，请求他饶格里高尔一命——而此时，格里高尔眼前一黑，什么都不知道了。

三

没人敢把嵌进格里高尔肉里的那只苹果拿出来，因此，它像一个看得见的有关他惨痛经历的纪念品。格里高尔吃了一个多月的苦头，看来这次重伤甚至让父亲也想起来了，现在，格里高尔虽然外形让人觉得既可怜又恶心，但终究还是家庭的一个成员，家里人不能把他当敌人。相反，家人有责任摒弃对他的厌恶之情，容忍再容忍。

由于受了伤，格里高尔身体的灵活性恐怕永远丧失了。他只能像生病的老人那样缓缓爬行，从房间的一头爬到另一头需要好几分钟。想爬到墙上天花板上更是遥不可及。可是，虽然他的状况恶化了，却得到了在他看来是足够的补偿——每天晚上，此前他仔细观察一两个小时的客厅的门打开了。客厅里的家人看不到他，但和以往不同，这样，他可以躺在黑暗的房间里，看到家人坐在灯光下的餐桌上，听他们谈话，这多半是得到大家的允许的。

当然，他们不再有以前那种轻松活泼的谈话了。从前，格里高尔出差住在旅店的小房间里，疲乏地钻进潮湿的被窝时，他就经常想起这样的谈话。现在，他们经常都是静悄悄的。吃过晚饭，父亲很快就会在扶手椅里睡着了，母亲和妹妹互相提醒要安静。母亲弯身凑到灯前，为一家时装店缝制高档的衬衣。已经找到了一份售货员工作的妹妹，晚上在学习速记和法语，以便以后能找到一个更好的职位。有时父亲会醒过来，好像不知道自己睡着了似的对母亲说："你今天又要做到多久啊！"说完又再次睡着了，母亲和妹妹则相视苦笑一番。

父亲很固执，在家里也拒绝脱掉他的工作服。父亲总是整整齐齐地穿着制服睡觉，他的睡衣被闲置在一边，挂在衣钩上，好像在这儿随时准备应差，等候上司吩咐似的。因此，尽管有母亲和妹妹的精心照料，那件原本就不是很新的制服很快就脏了。格里高尔常常整晚地看着这件满是污渍，金色纽扣却又始终擦得锃亮的衣服，老头子就穿着它睡觉，虽然很不舒服，但是很安静。

时钟一敲十点，母亲就轻声唤醒父亲，试图说服他上床去睡，因为在这里终究睡不安稳，而父亲六点钟就得去工作，真的需要睡个好觉。尽管他总按时入睡，但是，自从他工作后就变得更加固执，总是硬要在桌旁多待一会儿，所以母亲比以前更难说服他从沙发椅上换到床上去睡。然而，不管母亲和妹妹如何带着些许责备和警告地不断催他，他还是不紧不慢地摇着头，闭着眼睛，哪怕是磨上一刻钟，也不起来。母亲软磨硬泡，一边在他耳边说好话，一边用力拽他的袖子，妹妹则丢下手头的工作，帮助母亲，可是这一切毫无作用。父亲死沉沉地躺在沙发椅中。直到两个女人把手伸到他的胳肢窝下架住他，他才睁开眼睛，看看母亲，看看妹妹，然后说："这就是生活！这就是我晚年的平静生活！"他在两个女人的搀扶下吃力地站起身，好像他自己的身体就是他的沉重负担似的，他让母亲和妹妹把他扶到门边，然后让她们松开，独自一人往前走，母亲赶忙扔下针线，妹妹也赶忙放下笔，追上去继续帮助父亲。

全家人都工作过度、疲惫不堪，除了为格里高尔做些必要的事情之外，谁还有空来多管他呢？家庭预算变得更少了，原来的女佣也被辞退了，请了一个身材高大、满头白发、骨瘦如柴的女佣，她每天早晚各来一次，干一些最粗重的活，其他家务活大部分都是母亲做完针线活后自己做。连以前母亲和妹妹参加娱乐活动和节日庆典时才穿戴的，十分偏爱的各色首饰也卖掉了，这是格里高尔在他们晚上谈论卖出的价格时听到的。可是，他们抱怨最多的是，就目前的经济状况来看，这套住房太大了，可是他们不能离开，因为无法想象如何把格里高尔搬到新的住宅。格里高尔可以十分清楚的看到，妨碍他们搬迁的不仅仅是考虑到他，因为只要用一个合适的箱子，开几个气孔，很容易就能把他运走。使他们收回这一决定最主要的原因是，他们完全绝望了，同时又想到他们遭此巨大的不幸——在整个亲戚朋友的圈子里，谁也没有受到过如此的打击啊。这个世界要求穷人做的，他们都完全在做，父亲给那些银行小职员拿早点，母亲为陌生人洗衣服耗干了自己的血汗，妹妹按顾客的命令在柜台后跑前跑后，他们哪里还有精力做更多其他的事啊。格里高尔为此觉得背上的伤口又重新疼痛起来。每当母亲和妹妹把父亲安顿到床上，重新回到客厅里，放下手中的活，紧贴着脸挨着坐在一起时，母亲都会指着格里高尔的房间说："格蕾特，把门关上吧。"这时，格里高尔又独处在黑暗中，母亲和妹妹则在隔壁涕泪交加或者欲哭无泪地凝视着桌子。

一天又一天，一夜又一夜，格里高尔几乎没有睡过一次整觉。有时候他会想，下次开门时他又像从前那样，把全家的事务全部揽到自己手里。他的脑海里又出现了久违了的老板和行政文员，推销员和学徒，那个迟钝的工友，两三个其他生意上的朋友，外省一家旅店的一个女服务员，这是一段美丽而短暂的回忆，还有一家帽子店的女营业员，他曾经正儿八经地向她求过爱，但是他的行动太慢——所有这些人都和陌生人或者已经忘却的人混杂在一起萦绕在他的脑海里，但他们全都可望不可即，根本不能来帮他和他的家人，所以他们消失时他很开心。但接着他又没有一点心情去为家里人操心了，一股怒火涌上心头，他为家里人对他缺乏照料而生气，尽管他想不起他特别想吃什么，他还是在心里盘算着，他如何才能到厨房去，即使他不饿，也要拿些本该属于自己的东西。现在，妹妹再也不考虑如何让格里高尔吃得特别高兴，而是早上和中午到店里上班前，匆匆忙忙地用脚往格里高尔屋里踢一些吃的东西。到晚上，不管那些食物是否被吃过，还是连碰都没有碰，大多数时候是没碰，就挥动扫帚把食物扫了出去。她仍然是在晚上打扫卫生，但是总是草草了事，快得不能再快了。墙上留下一道又一道脏痕，地上满是小团的尘土和污垢。起先，格里高尔在妹妹进来时，总是走到这类特别脏的角落，以此向妹妹表示某种指责。可是，就算他在那里待上几个星期，妹妹也会不管不顾，她和他一样看见了这些脏东西，可是她已经打定主意不管它了。同时，她现在变得未曾有过的敏感，这一点家里人都能理解，因为打扫格里高尔房间的重任只能由她一个人承担。有一次，母亲对格里高尔的房间进行了一次大扫除，用了好几桶水来冲刷，屋里湿漉漉的，格里高尔为此很不高兴，他摊开身子，又气又恼地躺在沙发上，一动也不动。然而母亲却因此受到了惩罚，因为妹妹晚上一回到家，发现格里高尔的房间发生的变化，就十分委屈地跑到客厅里，不顾母亲举起双手央求，抽泣起来。扶手椅中的父亲当然被她的哭声惊醒，他和母亲先是惊讶而又无奈的看着她，然后他们也忍不住老泪纵横。父亲朝右边责备母亲，说不该把打扫格里高尔房间的事交给妹妹，又朝左边的妹妹吼叫，不准她以后再去打扫格里高尔的房间。母亲则试图把愤怒不已的父亲拉到卧室去，妹妹哭得浑身发抖，两只小拳头捶打着桌子。格里高尔发现竟无人想起关上房门，以免他看见他们又吵又闹的场面，他气得尖声叫起来。

妹妹尽管下班后已经疲惫不堪，不愿像从前那样去照料格里高尔，但是母亲不来代她，格里高尔也不会没人管。因为现在的女佣是个老寡妇，在漫长的一生中坚强地挺过了最困难的岁月，所以对格里高尔并不厌恶。有一回她并非出于好奇，而是偶然打开了格里高尔的房门，正好和格里高尔迎面撞个正着。格里高尔大吃一惊，尽管没人来追，却东躲西藏地跑起来。她看见他这个样子，就惊讶地把手抱在胸前站住了。从那以后，她每天早晚都要稍稍打开格里高尔的房门，向里看一眼。一开始，她用她大概以为是向他表示友好的话冲他喊上几句："老屎壳郎，过来！""瞧，这老屎壳郎！"格里高尔对这些话不作任何回应，而是一动不动地待在原地，仿佛房门从来没有被打开似的。格里高尔多希望他们嘱咐老女佣每天打扫他的房间，而不是让她随心所欲地打扰他啊！一天早晨，下着大雨，雨点打落在窗玻璃上，也许是春天到来的信号吧，老女佣又再次拿那些话来烦格里高尔，他十分不满，好像要向她进攻似的向她爬去，自然他的动作缓慢而又迟钝。老女佣非但不害怕，反而操起门边一把椅子，站在那儿张大嘴巴，很明显，她手里的椅子不砸到格里高尔的后背上，她是不会闭上嘴巴的。她看到格里高尔又转过身去，这才问了一句："不再往前了？"然后平静地把椅子放回到墙角里。

现在，格里高尔几乎完全绝食了。只有当他偶然从为他准备好的食物旁边经过时，他才玩儿似的往嘴里送进一口，在嘴里含上几个小时，然后大多又把它吐掉。起先他想，让他没有胃口吃饭的原因是房间的状况令他忧伤，可是他很快就习惯了房间里的这些变化。他们已经养成习惯，把别的地方放不下的东西都搬到他的房间里，而这样的东西多得很，因为房子里有一间房间租给了三个房客。有一次，格里高尔透过门缝看见，三个房客都留着大胡子，他们都是不苟言笑的先生，非常讲究整洁，这意味着不仅他们的房间要整洁，而且既然他们租住在这里——要求整个住宅都要整洁，尤其是厨房。他们容不得没有用的杂物，尤其是肮脏的东西。而且大部分生活器具都是他们自己带来的。因此，好多东西就变得多余了，这些东西又不能变卖，家里人也不想扔掉，于是这些东西都塞进了格里高尔的房间，连厨房里的垃圾箱也都搬了进来。只要是眼下用不着的东西，总是急急忙忙做事的老女佣，都一股脑儿往格里高尔的房间里扔，幸好格里高尔只看见扔进来的东西和那只拿住它的手。老女佣也许想着等有什么机会了再把这些东西拿回去，或者一下子把它们统统扔出去，可实际上，它们只要第一次扔在什么地方，就一直待在那儿，除非格里高尔在这些废弃物中爬行，挪动了它们。他起先是因为没有地方爬行，不得不在其中穿行，后来他在废弃物中爬行发现了乐趣，觉得很好玩，虽然他这样爬完后精疲力尽，又伤心得要死，再一次接连几个小时躺着一动不动。

这几位房客有时候也在家里公用的客厅里用晚餐，所以有时晚上客厅的门是关着的，不过格里高尔不在意客厅门是否开着，毕竟有几次门开着，家里人也没有察觉，他也没有利用，反而躺在房间最昏暗的角落里。有一回，老女佣把客厅的门开了一条小缝，那三位房客晚上回来，打开电灯时，那扇门依然开着。他们在桌子旁，即以前父亲、母亲和格里高尔吃饭的地方坐下，展开餐巾，拿起刀叉。母亲立刻从厨房门口走出来，端着一碗肉，后面紧跟着端着满满一盆土豆的妹妹。肉和土豆都冒着腾腾热气，房间里充满了它们的香味。房客们弯下腰，把头凑到放在他们面前的食物上，好像他们在用餐前先检验一番似的，坐在中间的那位先生，看样子被其他两位当成权威，果真在碗里切下一块肉，以便确定肉是否熟透，要不要退回厨房。看起来他很满意，在一旁紧张地看着的母亲和妹妹这才长吁一口气，露出了笑容。

家里人在厨房吃饭。不过父亲进厨房前要经过客厅，手里拿着帽子，向各位弯腰一鞠躬，绕着桌子转一圈。房客们全都站起来，嘴里咕哝着什么。别人一走，只留下他们自己时，他们就一言不发地吃着饭。格里高尔觉得奇怪的是，透过饭桌上的种种声响，他总能听出牙齿的咀嚼声，仿佛他们想要向格里高尔表明，吃饭是需要牙齿的，没有牙，嘴巴哪怕再漂亮也白搭。“我想吃点东西，”格里高尔满怀焦虑地说，“可不想吃他们吃的这些东西。看他们吃得多香啊，而我快要饿死了！”

在整个这段时间里，格里高尔不记得听见过小提琴声，但是就在这个晚上，从厨房传来了小提琴声。三位房客已经吃完饭，坐在中间的那位拿出了一份报纸，给另外两位每人一张，然后他们靠在椅背上一边看报，一边抽烟。当小提琴声响起时，他们站起身，踮着脚走到门厅的门口，互相紧挨着停住了脚步，留心听着小提琴声。厨房里的人肯定听见了他们的脚步声，因为父亲喊了一句：“各位先生或许不喜欢这琴声？我们可以马上停下来。”“恰恰相反，”中间那位先生说，“小姐是不是可以到我们这里来。到客厅里来拉不是更宽敞、更舒适吗？”“哦，好的，我们很乐意。”父亲应道，好像拉提琴的是他自己。房客们回到房间里等着。很快，父亲拿着乐谱架、母亲拿着乐谱、妹妹拿着小提琴进了客厅。妹妹平静地做着演奏前的准备工作。父母以前从未把房间租出去，所以对三个房客分外客气，甚至不敢坐到自己的椅子上去。父亲靠在门上，右手插在紧扣着的制服的两个纽扣之间。一位房客给母亲让了个椅子，放在一个角落里，母亲没有再挪动椅子，就在那坐下了。

妹妹开始演奏。父亲和母亲从各自所待的地方注视着妹妹双手的动作。格里高尔被琴声吸引，壮着胆子向前爬了一点，脑袋已经伸到客厅里了。从前他总是为别人着想，并引以为豪，而现在他几乎很少为别人着想。更重要的是，现在他比以往任何时候都更应该藏起来，因为他的房间里到处都是灰尘，稍稍一动就会尘土飞扬，所以他也满身是灰。他的背上和腰间全黏着绒线、毛发和残羹剩饭。现在，他对这一切已经毫不在意，再也不像以前那样，一天好几次后背着地，在地毯上来回地蹭去污物。虽然处于这种状况，他仍然毫不羞怯地在一尘不染的客厅的地板上向前爬了几步。

不过在场的人倒没有人注意到他。家人们都全神贯注于小提琴的演奏。起先房客们双手插在裤兜里，走到妹妹的乐谱架后，近的都能看到乐谱了，而且他们这样肯定干扰到妹妹了，但是很快他们就低头小声地交谈着，退回到窗边，然后就待在那儿，父亲紧张地观察着他们的神情。可以明显的看出来，他们原以为能听到一场美妙动听的小提琴演奏，但是结果却大失所望，他们对妹妹的演奏已经厌倦了，现在只是出于礼貌才让她继续拉着，打扰他们的宁静。看他们从鼻孔和嘴巴向上喷吐雪茄烟雾的神态，就可以知道他们已经特别烦躁了。其实妹妹演奏得十分精彩。她的脸侧向一边，专注而忧伤的目光跟随着一行行乐谱移动。格里高尔又向前爬行了几步，把头紧紧地贴在地板上，希望能够与妹妹的目光相遇。音乐如此打动他的心，他是动物吗？他似乎觉得，眼前出现了一条通往他曾经一直渴望得到的不知名的食物的路。他决定挺进到妹妹跟前，去拽她的衣裙，从而让她能带着小提琴来他房间，因为这儿没有人愿意像他那样欣赏她的演奏。他不想让她离开他房间，至少只要他活着一天。他那骇人的形象会第一次对他有用，他要同时守卫住房间的各个房门，向入侵者吼叫。然而，他不会勉强妹妹和他待在一起，而是自愿这样做，她挨着他坐在沙发上，低着头，耳朵贴在他胸口，然后，他要告诉她自己一直想送她去音乐学院学习，要不是遭此不幸，他在去年圣诞节——圣诞节已经过了吧？——就会不顾任何人的反对，当着全家人的面宣布这个计划了。妹妹听了后一定会热泪盈眶，格里高尔则搭到她的肩膀上，吻她的脖子，自从她去上班以来，她就一直不戴项链或领子，敞着脖子。

“萨姆沙！”中间那位房客朝父亲喊了一声，不说一句话，用食指指了指慢慢爬近的格里高尔。小提琴声戛然而止，中间那位房客朝他的两个朋友微微一笑，摇了摇头，然后又看向格里高尔。父亲似乎觉得应该先安抚房客，而不是立刻赶走格里高尔，其实他们根本没有发火，似乎觉得格里高尔比小提琴演奏更加有趣。父亲跑向他们，张开双臂，试图把他们推回他们的房间，同时用身体挡住他们的视线，不让他们看见格里高尔。现在他们真的有点生气了，不过不清楚是父亲的行为惹恼了他们，还是因为他们现在才发现，有格里高尔这样一个邻居和他们住在一起。他们要求父亲作解释，并举起他们的手臂，不安地捋着胡须，慢慢地退回到他们的房间。同时，刚从被突然打断演奏的失落中缓和过来的妹妹，有点不知所措，垂手拿着琴和弓，眼睛继续看着乐谱，仿佛她还在演奏一般。现在她缓过神来，突然振作起来，把小提琴往坐在椅子里、因呼吸困难而喘着粗气的母亲怀里一放，赶紧跑向隔壁的房间，房客们在父亲的催促下正快速的往前走回自己的房间呢。随着妹妹熟练的双手，床上的被子和褥子很快被铺的整整齐齐，房客们还没有走进房间，她就已经整理好了床铺，偷偷地溜了出去。父亲又犯了倔脾气，忘了他在房客们面前应有的尊敬。他力劝着，把他们一直推到门里，房客们终于不耐烦了，中间那个先生重重地跺了一脚，让父亲停住了脚步。他抬起手说道：“我现在郑重宣布，”向母亲和妹妹瞥了一眼，毅然决然地继续说着，“考虑到这所住宅和这个家庭里令人作呕的状况，我要求立刻解除房间的租约。已经住了几天的房租，我当然一个子儿也不会给，相反，我还要考虑是否向你提出很容易说明理由的要求，你们等着瞧吧。”他停下不说了，眼睛盯着前方，仿佛在等待什么。果然，他的两个朋友也开了口：“我们也马上退房。”话音刚落，他就抓住门把手，砰地关上了门。

父亲用两只手摸索着，踉踉跄跄地回到自己的座椅，一屁股坐了下去。看样子，他似乎想舒展身子，像往常的晚上一样打个盹儿，可是他那颗失去控制的脑袋上下晃动着，这表明他根本没有睡着。在整个这段时间里，格里高尔仍然一直躺在被房客们发觉的地方。他对自己的计划落空感到失望，也许还因为长期挨饿造成的虚弱，使他无法动弹。他确信等一会儿大家就会转向他，于是他胆怯地等待着。母亲手指一哆嗦，小提琴从她的怀里掉到地上，发出一阵巨响，可是连这巨响也没有让格里高尔受到惊吓。

“爸爸，妈妈，”妹妹用手敲了一下桌子说道，“这样下去可不行。也许你们不明白，我可看透了。我都不想叫这只怪物哥哥，所以我只说：我们一定要设法摆脱它。我们已经仁至义尽，尽可能的照顾它、容忍它，我想，谁也不能指责说我们有任何不对的地方。”

“她说得完全正确。”父亲自言自语道。母亲还一直呼吸困难，捂着嘴闷声地干咳，眼神迷茫，神经错乱的样子。

妹妹赶紧奔向母亲，扶着她的额头。妹妹的话似乎给了父亲一些明确的想法，他坐直身子，在房客们用完晚餐尚未撤走的盘子间摆弄着他那顶杂役帽子，不时地看一眼静静躺着的格里高尔。

“我们必须设法摆脱它，”妹妹现在只是对父亲说，因为母亲一直在剧烈咳嗽，什么也听不见，“它还会要了你们的命的，我可以想到这个结局正在向我们逼近。我们不能拼命地干完重活后，回到家还要来承受这没完没了的折磨。我们不能忍受这些，我一点也受不了啦！”说完，她放声大哭起来，泪水滴落到母亲的脸上，她机械地用手替母亲拭去泪水。

“孩子，”父亲用同情和非常理解的口吻说，“可是我们该怎么办呢？”

妹妹只是耸耸肩，表示她也一筹莫展，本来她还有些办法，现在一哭，心里乱七八糟的没了辙。

“要是他能听懂我们的话……”父亲几乎是带着询问的口气说道。妹妹一边哭一边使劲挥手，表示这是完全不可能的。

“要是他能听懂我们的话，”父亲又说了一遍，闭上眼睛，表示他接受妹妹认为这是不可能的看法，“也许我们就可以和他达成一些协议。可是这……”

“必须弄走它，”妹妹喊道，“这是唯一的办法，父亲。你们只要抛开这是格里高尔的念头就行。我们欺骗了自己，一直认为它是格里高尔。它怎么会是格里高尔呢？要是它是格里高尔，他早就该明白了，人不能和这样一个怪物一起生活，早就自动跑掉了。我们不再有哥哥，但是我们可以继续活下去，并且缅怀他。而现在，这只动物迫害着我们，赶走房客，显然它想占据整栋住宅，让我们露宿街头。看，父亲，你快看！”她突然大喊起来，“他又来了！”妹妹惊恐万分——完全让格里高尔不能理解——甚至丢开母亲，使劲把她从椅子中推开，仿佛她宁可牺牲自己的母亲，也不愿留在格里高尔附近似的，快步跑到父亲身后。受妹妹这个举动的刺激，父亲也情绪激动起来，他站起身，像保护妹妹似的稍稍抬起双臂挡在妹妹前面。

然而，格里高尔根本没有想要吓唬任何人，更不想吓唬妹妹。他只不过开始转身，想回到自己的房间里去，而由于他致命的伤痛状况，他在转身时需要极大的努力，不得不借助脑袋的帮忙，他多次抬起脑袋向地板撞去。他停止了转动，环视四周。他们似乎看出了他的良好意图，惊恐只持续了一会儿。大家都一言不发、面带忧色地看着他。母亲躺在她的椅子上，双腿并拢在一起向前伸出，双眼因精疲力竭而几乎紧闭，妹妹坐在父亲旁边，双手搂着父亲的脖子。

“现在也许他们会让我转身了。”格里高尔一边想，一边又开始转起身来。他累得气喘吁吁，不得不停下来歇息几次。根本没有人在催他，一切由他自己定夺。当他最终完成了转身动作，他马上径直向房间爬去。他感到很惊讶，从这里到他房间的距离竟如此之大，而且一点不明白，他身体这么虚弱，刚刚怎么会几乎不知不觉地走完这段距离的路程。他一心想着快点爬回去，所以根本没有注意，家里人一点没有打扰他，既没有说话，也没有哭泣。直到他到达门口，他才扭过头来，只不过没有完全扭过来，因为他感觉他的脖子僵硬了，不过他总算看到，除了妹妹站起身以外，身后的情况没有什么变化。他最后瞥了已经熟睡了的母亲一眼。

他刚一进房间，他的门就立刻被关上了，上了闩，锁了起来。身后突如其来的响声让格里高尔大吃一惊，吓得他腿发软。急着来关门上锁的是妹妹。她早就已经站直身体等着，格里高尔一进屋，她就轻盈地跳过来，格里高尔根本没有听到她的脚步声，当她在锁孔里转动钥匙时，她朝父母喊了一声：“终于结束了！”

“现在怎么办？”格里高尔在黑暗中环视着四周问自己，但他很快发现，他现在根本无法动弹。这对他来说并不十分惊讶，倒是他到现在为止还能真真切切用他的细腿活动，让他觉得有点不可思议，甚至他还感觉相当舒服。事实上，他浑身疼痛，但是他觉得疼痛在逐渐减轻，最后完全消失。背上那只嵌进肉里的烂苹果，苹果四周蒙上了一层白色的灰尘的发炎的部位，他几乎已经感觉不到了。他满怀爱意，充满感情地回忆他的家人。他觉得自己必须从家里消失，这个想法在他脑中比妹妹想的还坚定。他就这样一直处于寂寥的、平静的沉思状态中，直到他听见钟楼上的钟敲响凌晨三点。他看到窗外的天开始蒙蒙亮。然后，他的脑袋不由自主地完全耷拉下来，从鼻孔里微微呼出最后一口气。

一大早，老女佣来了。家里人多次求她不要砰地一下的开关门，然而她浑身是力气，再加上时间又急，每次她一早起来干活，总是要扰乱整栋住宅里的人的清梦。这天，她照样到格里高尔房间看他一会儿。起先并没有发现什么异常，她想格里高尔是故意躺着不动，祈求可怜罢了，她相信他具有各种智力。她手里正巧拿着一把长扫帚，就站在门口用扫帚去搔格里高尔。可格里高尔没有反应，她不免有点火大，就使劲往格里高尔身上捅，直到把他推出了他原来待的地方，他也毫无抵抗，这时她才隐隐觉得不对劲。她很快搞清楚了事情的真相，不由得睁大了眼睛，大声呼喊起来，她几乎没有费什么时间就拉开卧室的门，冲着黑乎乎的房间大声喊道："你们快来看，它死了，就躺在那儿，一点都不动了！"

萨姆沙夫妇正坐直了身子，靠在双人床上，被老女佣的叫喊吓了一大跳，慢慢回过神来，明白了她说的是什么。于是，他们急忙各自从自己这一边下床，萨姆沙先生把毯子往肩上一披，萨姆沙太太则只穿着睡衣走了出来，赶往格里高尔的房间。这时，客厅的门也开了，自从住进了房客，格蕾特就睡在这里。格蕾特已经完全穿好了衣服，仿佛她根本没有睡觉似的，她脸色苍白，似乎也证明了这一点。"死了？"萨姆沙太太用询问的目光看着女用人问道，尽管她可以自己去看个究竟，而且无须审查就能看清楚。"我看是的。"老女佣一边回答，一边用扫帚把格里高尔的尸体往旁边推了一大段，以此证明她的话没错。萨姆沙太太做了一个姿势，好像要去拉住扫帚，但又没有这样做。"行了，"萨姆沙先生发话了，"现在我们可以感谢上帝了。"他在胸前画了一个十字，三个女人跟着他画了十字。格蕾特的眼睛一直盯着格里高尔的尸体，说道："你们看，他多瘦啊。他好长时间没有吃过任何东西了啊。就是吃进去了，也都吐了出来。"确实，格里高尔的身体又干又瘪，平平地贴在地上，这时他们才看清楚。现在他的身体不再由他的细腿支撑着，而且也没有别的东西转移他们的视线。

"格蕾特，到我们房间里来一下。"萨姆沙太太露出一丝忧伤的笑意对格蕾特说，格蕾特回头看了一眼尸体，跟着父母来到他们的卧室。老女佣关上了门，把窗户完全打开。尽管天还很早，但清新的空气里已经透出一丝暖意，毕竟已经是三月底了。

三位房客从他们的房间走出来，发现没有为他们准备早餐而惊讶，他们已经被忘掉了。"早餐在哪里？"中间的那位先生面有愠色地问老女佣。老女佣赶紧把手指放到嘴唇上，一声不响地向三个房客示意，问他们是否想去格里高尔的房间。他们真的进了房间，一个个都把双手插在有点旧的衣服口袋里，围着格里高尔的尸体站成一圈，此时的房间鸦雀无声。

这时卧室的门打开了，萨姆沙先生穿着他那件制服走出来，一只胳膊挽着太太，一只胳膊挽着女儿。他们都已经有点哭红了眼睛，格蕾特时不时地把脸贴到父亲的胳膊上。

"请你们马上离开我的家！"萨姆沙先生指着房门向他们说，双臂依然挽着太太和女儿。"您这话是什么意思？"中间那位房客惊慌地问，脸上露出甜蜜的笑容。其他两位双手背在身后，不停地搓着，仿佛欣喜地期盼着一场结局必定对他们有利的大吵闹。"我刚才说的就是我的意思。"萨姆沙先生答道，然后带着他的两个女人，一字排开向那位房客走去。这位房客先是站在那儿，低头看着地，仿佛他头脑里的种种事件正在重新排列组合。"好，那我们走。"然后他抬起头，看着萨姆沙先生，好像他突然变得卑躬屈膝，要求萨姆沙先生批准他的决定似的。萨姆沙先生只是睁大眼睛，多次朝他点了点头。接着，没有任何停留，那位先生真的马上大步走进门厅，他的那两个朋友停止了搓手，已经倾听他们的对话好久了。这时，他们也连蹦带跳地跟着他走过去，好像突然害怕萨姆沙先生会抢在他们前头走进门厅，切断他们与他们头儿的联系似的。在门厅里，他们三个人从衣钩上拿下帽子，从手杖架上拿下手杖，默默地鞠了个躬，离开了住所。萨姆沙先生带着妻女，跟着他们走到外面的过道里，因为他们对房客的意图有一种完全没有道理的怀疑。他们靠在栏杆上，看着三位先生虽然走得很慢，然而却一直顺着长长的楼梯往下走，在每一层的楼梯拐角处，他们会消失不见，过一会儿又重新出现，他们越往下走，萨姆沙一家人对他们的兴趣就越小。当一个肉店伙计头上顶着一筐货，神态自若地走近他们，然后经过他们身边时，萨姆沙先生带着两个女人离开了栏杆，如释重负地回到家里。

他们决定今天休息，最好拿出一些时间出去散步。他们劳累了这么久，也该休息一下了，而且也绝对需要休息。他们在桌旁坐下，写了三封请假信，萨姆沙先生写给他的经理，萨姆沙太太写给她的订户，格蕾特写给她的店主。他们写信时，女佣进来说她要走了，因为早晨的活她做完了。三个写信人起先只是点点头，谁也没有抬头看她，可是老女佣却是不想走的样子，一直站在这儿，他们这才生气地抬起头来。“怎么了？”萨姆沙先生问道。老女佣微笑着站在门口，好像她有一件大喜事要向他们报告，可是只有别人追根究底盘问她时，她才会说似的。她帽子上那根小小的、竖起来的鸵鸟羽毛向四周轻轻晃动着，她在他们家干活时，萨姆沙先生见了她帽子上的这根羽毛就恼火。“您究竟还想要什么？”老女佣最敬重的萨姆沙太太问道。“是这么回事儿，”她很和善地笑着说，笑得几乎无法马上接下去，“隔壁房间的那个家伙该怎么弄走，你们不用操心了，事情已经办妥了。”萨姆沙太太和格蕾特又伏到桌子上，仿佛想继续写信似的。萨姆沙先生注意到女佣正要开口详细描述事情的细节，就伸出一只手果断地阻止她不要继续下去。既然被阻止继续说下去，女佣突然想起她正急着要走，于是不高兴地大声说道：“各位再见。”然后怒冲冲地转过身，夺门而出。

“晚上就辞退她。”萨姆沙先生说，可不管是妻子还是女儿，谁也没有理他，因为老女佣似乎又扰乱了她们刚刚得到的平静。她们站起身，走到窗边，互相搂着待在那里。萨姆沙先生转过椅子，坐着朝她们看了好一会儿。然后他喊道：“你们过来，不要再去想那些往事了。你们倒是来关心我一下啊。”两个女人马上听从他的话，快步走到他跟前，拥抱和亲吻了一下他，然后快速写完他们的信。

接着他们三个人一起离开家，乘坐电车到郊外去，他们好几个月没有这样做了。车厢里只有他们三个人，温暖的阳光洒满了车厢。他们舒舒服服地靠在座位上，谈论着未来的前景，经过仔细分析，他们的前景可以说一点不坏，他们三个人都有一份不错的工作，尤其是未来会很有前途，到现在为止，他们互相之间还从未询问过彼此的工作。当前，改善生活状况的最大举措莫过于换一套房子。他们现在想要一套比现在住的、还是格里高尔挑选的房子小一点、便宜一点，但是位置要好一点、更加实用的房子。这段时间以来，格蕾特变得更有活力。他们就这么闲谈着，虽然女儿最近遭受了许多磨难，脸颊苍白无色，但是萨姆沙夫妇几乎同时发现，女儿已经出落成一个体态丰满的俏姑娘了。夫妇俩安静了下来，几乎下意识地交换了一下会意的目光，他们想，是时候该为她找一个如意郎君了。到达目的地时，格蕾特第一个站起来，舒展她充满青春朝气的身体，他们觉得，他们新的梦想和良好的意愿仿佛得到了某种确认。